유
혹
2

유혹

2

권지예 장편소설

민음사

차례

안갯속으로

오랜만에 평소보다 집에 일찍 들어온 인규는 지완이 밤 외출을 했다는 걸 알았다. 술 약속이 갑자기 취소되었는데, 굳이 연락을 하지 않고 온 탓인지 집 안은 엉망이었다. 두 아들놈이 라면을 끓여 먹었는지 주방이 지저분했다. 이 여편네가 애들 저녁도 안 먹이고 나갔나? 그런데 부엌은 그렇다 치고 안방으로 들어오니 방은 더 가관이었다. 옷을 고르느라 옷장 문이 열려 있었고 서랍장의 옷과 속옷들이 밖으로 나와 있었다. 무엇을 입고 나갈까 몹시 고민한 흔적이 보였다. 반쯤 열린 서랍장에는 그동안 인규가 한 번도 보지 못한 야한 속옷 세트들이 들어 있었다. 그걸 보자 인규는 아아, 이 여자가 바람이 난 게 아닐까 하는 생각이 거의 확신처럼 들었다.

휴대폰으로 전화를 해 볼까 하다가 그만두었다. 대신에 인규는 위스키를 꺼내 스트레이트로 석 잔을 마셨다. 알딸딸해졌지만 원하는 잠은 오지 않고 정신이 더 말똥해졌다. 만약 지완이 자신을 배반한다면 인규는 유미에게 배반당하는 것보다 더 상처가 클 거 같았다. 믿는 도끼에 발등을 찍히면 더 아프고 화가 나는 법이다. 손에 닿을 듯 말 듯 한 떡을 놓치는 것보다 꽉 쥔 떡을 놓치는 게 훨씬 약 오르는 법이니까. 그만큼 인규는 지완이 당연히 자신만을 믿고 의지하며 사는 여자라고 생각했다. 그러나 그 당연한 사실도 흔들릴 수 있는 건가…… 갑자기 굳건한 가정이 아이티의 지진 같은 대재앙으로 한순간에 무너질 수도 있다…… 는 생각이 퍼뜩 들었다. 마음을 진정하기 위해 유미와 통화라도 해 볼까 싶었지만 그럴 기분도 아니었다.

속에 열불이 나지만 이상하게 기운이 빠져 침대에 누워 있는데 지완이 집 안으로 들어오는 기척이 났다. 그녀가 안방 문을 열자 무슨 향수 냄새와 담배 냄새가 섞인 공기가 살짝 흘러들었다. 남자의 향기라고 직감했다. 인규는 잠든 척했다. 살짝 샛눈을 떠 보니 안방으로 들어오던 지완의 깜짝 놀라는 모습이 보였다. 얼굴이 상기돼 있다. 손에는 무슨 쇼핑백 같은 게 들려 있었다.

지완이 인규가 깰세라 살금살금 욕실로 향하는 기척이 느껴졌다. 지완이 샤워를 하는 동안 인규는 그녀의 휴대폰을 열어 보았다. 그러나 의심할 만한 전화번호나 이름은 보이지 않았다. 쇼핑백을 열어 보니 웬 셀린느 가방이 나왔다. 무심결에 가방을 뒤적여 보는데 무언가 툭 떨어졌다. 그건 작은 카드였다.

지완 씨에게 어울리는 가방이라 한참 전부터 찜해 놨어. 약간의 문제가 있어서 반품 교환을 하다 보니 이제야 선물하게 됐어. 내 사

랑 이 가방에 한 아름 담아 보내. 내가 애완견처럼 이 가방에 들어
가서 늘 당신 몸에 붙어 다니면 좋겠어. 키스! 쪼오~~옥 ♡♡

— 당신의 팻 욘사마

피가 거꾸로 솟았다. 당장이라도 욕실로 달려가 남자의 흔적을
열심히 지우고 있을 마누라를 패 주고 싶은 충동이 불꽃처럼 일었
다. 그러나 아이들이 아직 자지 않고 있었다. 황망한 가운데 인규
는 가방을 원 상태로 돌려놓은 다음에 옷을 걸치고 조용히 집을
나왔다. 취기가 오른 멍한 상태에서 차를 몰고 거리로 나갔다. 그러
나 야심한 그 시각에 갈 데가 없었다. 그냥 아무 생각 없이 차를 몰
다 보니 유미의 아파트 단지에 다다랐다. 김유신의 애마가 따로 없
구나. 인규는 쓴웃음을 지었다. 차에 와인이 한두 병 있을 것이다.
오늘 밤 유미와 실컷 취하고 싶었다. 오늘은 집에 돌아가지 않을 거
야. 인규는 휴대폰을 꺼내 유미에게 전화를 하려 했다. 그러나 주머
니에 휴대폰이 없었다. 급히 나오느라 집에 두고 온 게 분명했다.

*

유미가 저녁을 먹고 오랜만에 느긋하게 텔레비전을 보고 있는데
지완에게서 문자가 왔다.

— 내가 오해했나 봐. 그 셀린느 가방 오늘 받았어. 욘사마 넌 귀
엽당~ ^^

지완의 행복한 얼굴이 떠올랐다. 지완은 차분하게 문자를 보냈지만 아마 유미에게 마구 자랑하고 싶었을 것이다. 결국 용준이 카드를 긁어 또 하나의 셀린느 가방을 질렀구나. 속 좀 쓰렸겠구나. 셀린느 가방 두 개에 거의 두 달치 월급이 날아갔겠다.

ㅡ오 부럽다. 넌 복이 넘치는구나. 행복한 밤 보내라.

지완에 대한 유미의 감정은 복잡하다. 홀로 자란 유미에게는 유일하게 친한 친구로서 이상하게 자매애가 느껴지기도 하고, 인규의 아내인 것에 약간의 죄책감도 있으며, 어느 때는 온실 속 꽃 같은 지완의 인생에 질투가 나기도 했다.

특히나 권력과 돈을 양손에 쥔 그녀의 집안에 대한 후광을 생각하면 더욱 그랬다. 그녀의 아버지 유 의원은 4선 의원인 데다 잠깐 차관을 역임한 적도 있다. 대학 시절에 유미는 자신의 아버지, 즉 엄마가 Y라고 부르는 남자가 자신의 아버지일 거라 늘 상상하곤 했다. 지체 높은 Y라는 남자가 꼭 지완의 아버지 같은 사람, 아니 어쩌면 유 의원이 Y일지 모른다는 착각까지 했다. 그래서 지완의 집에 갔을 때 그녀의 아버지 유 의원의 눈빛을 보며 유미는 처음으로 아버지의 눈빛에 대한 환상을 키웠고, 지완을 마치 이복 자매처럼 느끼기도 했다. 그게 상상일지라도 착각일지라도 유미는 그럴 대상이 있다는 게 행복했다.

그때 벨 소리가 났다. 이 밤에 누굴까? 도어 뷰에 나타난 남자는 다름 아닌 윤동진이었다.

"어머, 연락도 없이 웬일이에요?"

"그냥 갑자기 암행어사 출두요! 하고 싶었지."

"나 탐관오리 아닌데, 황금 오린데!"

"지금 나쁜 짓 하고 있는 거 아니면 잠깐만 들어가게 해 주지."

"나 지금 화장도 지우고 미운 오린데……."

"괜찮아. 그래도 내 눈엔 백조야. 나 시간 없어."

유미는 잠깐 거울을 일별하고 문을 열어 주었다.

"뭐예요? 연락도 없이."

유미가 장난스럽게 눈을 흘겼다.

"난 또 알몸으로 뛰어나와 맞아 줄 줄 알았더니……."

유미를 따라 소파에 앉은 동진이 서류 가방에서 무엇을 찾았다.

"뭐 찾아요? 오랏줄로 묶고 곤장 치려고?"

유미가 묻자 동진이 웃었다. 그가 꺼낸 것은 자동차 모델 브로슈어였다.

"뭐예요?"

"맘에 드는 걸로 골라 봐. 그냥 편하게 받아들이면 좋겠어. 유미 씨 차가 좀 낡았더라. 전에 눈 오는 날에도 고생한 거 같고."

"아직 괜찮은데…… 그리고 부담스러워요."

"유미 씨는 생각보다 딴 여자들에 비해서 허영심 같은 게 없는 거 같아. 나도 가끔 유미 씨 차를 이용하니까 너무 부담 갖지 말고 골라. 선물하는 사람 마음도 생각해 줘야지."

유미는 솔직히 윤동진의 마음이 고마웠다. 기사가 되어 주는 인규도 고맙지만 아예 좋은 차를 선물하는 동진도 고마웠다. 역시 돈이 좋긴 좋구나.

"그렇다면 고마워요. 좀 생각해 볼게요."

유미가 동진의 목에 매달려 입을 맞췄다.

"세단형이 좋을까? SUV가 좋을까?"

"그러니까…… 난 당신 기사니까 이사님 좋을 대로 해요. 남자들은 차를 여자 고르듯 하잖아."

"오유미 같은 걸로 사고 싶어. 잘 빠진 걸로 치면 유미 씨는 세단형이지만 성격은 뭐랄까, SUV처럼 강하고 화끈하기도 하지."

"왜 나를 그렇게 보지? 내가 얼마나 연약하고 섬세하고 여성적인데."

"그래, 한마디로 외유내강이지. 나도 엔진이 강하고 모양은 아름다운 차가 좋아. 하지만 차는 타 봐야 알지. 그런 의미에서 잠깐 시승해 봐도 될까?"

윤동진이 싱긋 웃었다. 유미가 말없이 고개를 까딱이며 윤동진의 손을 침실로 잡아끌었다.

"시동만 켰다 끄는 건 아니죠?"

"느낌이 좋으면 고속도로를 달릴 수도 있지."

"그래요. 마음껏 운전해 봐요."

동진이 유미 위에 올라가서 자세를 잡았다. 손길이 닿을 때마다 금방 달아오른 엔진이 기분 좋은 소리를 냈다. 유미는 동진의 손길에 온몸을 맡기고 착 감기는 감창소리를 내기 시작했다. 여자의 가쁜 신음 소리에 기운을 얻은 남자는 힘이 막 솟는다. 유미는 동진과 몸을 합칠 때면 그가 자신감과 남자다움을 느낄 수 있도록 더욱더 신경을 쓴다. 지금은 섬세하기 그지없는 여성스러운 몸짓과 교성으로 동진을 흥분시키고 있다.

그 시각에 인규는 휴대폰을 집에 두고 왔다는 사실을 알고는 잠시 차 안에서 망설였다. 그냥 돌아가자니 지완에게 상처받은 마음이 너무도 쓸쓸했다. 와인 잔을 기울이며 유미에게 위로받고 잠들면 그나마 덜 힘들 것 같았다. 유미의 아파트 현관 디지털 도어록의 비밀번호를 인규는 알고 있다. 얼마 전에 유미가 새 번호를 알려 줬다. 어쩌면 유미가 없을 수도 있고 혹시 다른 남자와 함께 있을 수도 있지 않은가. 그러나 그대로 돌아가기에는 인규의 발걸음이 떨어지지 않았다. 폭설 내리던 밤의 따스했던 온기가 그리웠다.

일단 번호를 누르고 살짝 들어가 보자. 인규는 결심을 하고 차 트렁크에서 와인 두 병이 든 종이 쇼핑백을 꺼내 들고 유미의 아파트로 향했다. 번호를 누르자 문이 찰칵하고 열렸다. 거실에 불이 켜져 있으나 유미는 보이지 않았다. 유미의 이름을 부르려다가 현관에서 남자 구두를 보았다.

아, 이건 또 뭐야! 인규는 돌아서서 도망치고 싶었다. 그러나 마음 한편으로는 어떤 놈인지 보고 싶었다. 그때 침실 쪽에서 요상한 소리가 들려왔다.

"으으음, 차 좋은데! 승차감도 좋고 잘 나간다."

"액셀을 더 밟아. 아아. 그래, 좋아."

도대체 뭘 하고 있는 거야? 컴퓨터게임의 자동차 경주 시뮬레이션이라도 하고 있나? 하지만 두 남녀의 헐떡임은 더욱 고조되었다. 불 켜진 거실 소파에는 자동차 브로슈어가 흩어져 있었다. 인규는 어금니를 꾹 깨물고 침실의 열린 문틈을 살짝 들여다보았다. 밑에 깔린 유미는 눈을 감은 채 입을 벌리고 고통과 환희가 뒤섞인 표정으로 신음 소리를 내고 있다. 유미의 위에 올라탄 남자는 역삼각형의 군살 없는 등판만 보일 뿐 얼굴을 볼 수 없었다.

인규는 현장에서 정신없이 뛰쳐나왔다. 아아, 처용의 심정이 이럴까? 가랑이가 넷인 현장을 보다니. 게다가 지완의 현장도 안 봐도 불 보듯 뻔하니 이건 두 배의 고통이다. 인규는 차에 타 핸들에 머리를 박았다. 차를 몰고 고속도로로 나가 분리대를 들이받고 죽어 버리고 싶은 충동이 일었다. 아니면 처용처럼 춤을 춰야 한단 말인가. 차라리 이 순간, 정신 줄을 놓고 싶다.

윤동진이 돌아가고 난 뒤 유미는 그가 두고 간 자동차 브로슈어를 뒤적였다. 지완이 선물로 명품 백을 받은 것과는 차원이 다르다. 선물로는 사실 너무 부담스럽다. 어찌해야 좋을까. 그렇다고 똥인지 된장인지 모르고 꿀꺽 받기만 해서야……. 유미가 타는 자동차는 7년이 넘었다. 그것에 비하면 그가 권하는 차종들은 최신형 고급 사양의 수입 제품들이었다. 갑자기 차가 바뀌면 인규나 다른 사람들이 빤하게 눈치를 채지 않을까. 속물이라고 손가락질하겠지.

그러다 졸려서 자기 전에 양치와 세수를 하려고 화장실로 향하는데 웬 포장된 와인이 보였다. 종이 쇼핑백을 보니 인규의 가게 로고가 찍혀 있었다. 아까 동진과 안고 있을 때 무슨 소리를 들은 거 같았는데, 그때 인규가 다녀갔단 말인가? 그렇다면 이를 어쩌나! 유미의 가슴에서 큰 돌덩이가 떨어지는 소리가 났다. 혹시 두 사람이 얽혀 있는 걸 본 건 아닐까?

인규에게 문자라도 보내 볼까? 그러나 유미는 고개를 흔들었다.

긁어 부스럼이 될 거 같았다. 대신에 윤동진에게 문자를 보내 봤다.

—별일 없어요? 잘 가고 있죠?

그러나 그에게서는 답이 없었다. 그는 10시 이후로는 보통 휴대폰을 꺼 놓았다. 이미 12시가 넘었다. 잠이 올 거 같지 않아서 위스키를 한 잔 마시고 있을 때 문자 수신 음이 들렸다. 이 시각에 누가?

—자니?

뜻밖에도 지완이었다. 용준과 행복한 밤을 보냈을 지완이 자랑이라도 늘어놓고 싶은 걸까? 그걸 들어 줄 기분은 아닌데……. 유미는 자고 있는 척 무시하려다가 생각을 바꿨다. 야심한 시각에 연락 없이 인규가 유미의 집을 방문하는 일은 거의 없다. 물론 인규가 유미의 현관 비밀번호를 알고 있는 유일한 남자라 할지라도. 그의 집에서 무슨 일이 일어난 게 아닐까?

—아니.

문자를 보내자마자 지완이 바로 전화를 해 왔다.

"미안해. 마음이 불안해서…… 큰일 났다."

지완이 불안한 목소리로 말했다.

"나 걸린 거 같아."

"무슨 소리야?"

"오늘따라 남편이 일찍 집에 와 있지 뭐니? 자고 있더라고. 그래서 얼른 씻고 잘 생각이었는데 씻고 나오니까 없어졌어."

"그런데 뭐가 걸렸다는 거야?"

"오늘 용준이가 가방을 선물했잖아. 그 안에 개가 쓴 사랑의 카드가 들어 있었는데 남편이 그걸 본 거 같아. 감이 확실해."

그런 일이 있었구나.

"너한테 아무 말도 없이 밤중에 그냥 나갔단 말이지."

"응. 너무 걱정돼서 죽겠어. 이 시각에 사고라도 나면 어쩌나 해서."

"전화라도 해 보지 그러니."

"휴대폰도 두고 나갔더라고. 혹시라도 다른 데서라도 휴대폰으로 연락 올까 하고 그이 폰 들고 있어."

그러고 보니 유미가 좀 전에 인규에게 문자를 보내지 않은 건 정말 잘한 일이다. 그 시각에 유미가 인규에게 연락을 한다면 지완으로서는 도무지 납득되지 않을 테니까.

유미는 인규의 상황이 어떤지 이해가 되었다. 지금 이 시각, 인규의 마음이 받은 상처를 헤아릴 수 있을 거 같았다. 지완은 계속 뭐라고 걱정을 쏟아 냈지만, 유미는 제 코가 석자였다. 다혈질인 인규가 지완에게나 유미에게, 아무 말이나 액션 없이 사라진 것은 그가 감당 못 할 충격을 받았다는 반증일 것이다. 정신을 차려 욱하는 성격으로 다시 돌아온다면 어떤 일을 저지를지도 모른다.

"그러니까…… 유미야, 우리의 우정을 걸고서라도 반드시 비밀을 지켜 줘야 해. 너만 입을 꼭 다물면 돼. 꼭! 알았지?"

지완이 호소하는 목소리로 부탁했다.

"응, 알았어. 너무 걱정 말고 지금은 좀 자 보도록 해."

"잠이 오게 생겼니?"

"술이라도 한잔해. 성급하게 대처하지 말고 상대의 반응에 따라 차근차근 풀어 가. 나한테 상황도 자주 알려 주고."

"고마워. 너밖에 없다. 사랑은 변해도 우정은 변치 않는다는 말

이제 이해하겠다."

"인규 씨 연락 오면 나한테도 꼭 문자 줘."

"알았어. 고마워. 잘 자."

유미는 스카치위스키를 잔에 가득 따라 목구멍으로 넘겼다. 그때 다시 휴대폰이 울렸다. 인규일까? 동진일까? 그러나 용준이었다.

"너무 늦은 시간에 죄송해요. 좀 전에 지완 씨에게서 연락 받았어요."

용준의 풀이 죽은 목소리가 전화기 너머에서 들려왔다.

"어떡하죠? 그 집 남편 성깔이 보통 아니라면서요? 쌤 조언대로 명품 가방 선물했다가 이런 일이 벌어지고……."

듣자 하니 유미에게 살짝 불만을 토로하는 투다. 한 달치 월급을 투자한 돈도 아까울 테고 유부녀를 소개한 유미가 좀 원망스럽다는 투다.

"그 정도 위험 감수 안 하고 유부녀랑 연애하려고 했단 말이야? 그동안의 따스했던 연애에 대한 수업료라 생각해. 당분간은 지완이와 만나는 거 자제하고……."

"유부녀는 유난히 부담 없는 여자인 줄 알았는데 정말 골치 아프네요."

"그래도 지완이가 용준 씨보다는 지금 훨씬 더 힘든 상황이야. 남자답게 지켜 주고 배려해 줘."

"아후! 내 인생 왜 이렇게 꼬이나 모르겠어요. 지금 저랑 술 한잔 하실래요?"

유미는 잠시 말이 없었다.

"어차피 한 번은 저와 술 마시자고 했잖아요. 그거 오늘 가불할
게요. 제가 댁으로 갈게요."

"아냐, 집으로 오지 마."

"그럼 제 집으로 오실래요?"

"그것도 싫어. 밖에서 한잔하자."

"술 좀 하고 홍대 앞 클럽에 가서 실컷 춤이나 출래요? 오늘 클
럽 데이거든요."

유미는 잠시 생각하다가 그러자고 했다. 어차피 잠은 달아났고
밤새 괴로워할 바에야 술이나 진탕 마시고 취하는 게 나을 거 같았
다. 스키니 진에 검은 가죽점퍼를 걸치고 밖으로 나왔다.

그러나 이 상황에 용준과 술을 마시는 게 합당한 것인지 잘 모
르겠다. 누가 봐도 모양새가 우습다. 술에 취하더라도 오늘은 그의
유혹에 넘어가지 말아야 하며 또 그를 유혹해서도 안 된다. 유미는
집으로 다시 들어갈까, 하는 생각이 들었다. 그러나 최근 유미 주변
에서 일어나는 불안한 기류는 아무 생각 없이 취하고 싶다는 생각
으로 그녀를 몰아세웠다.

유미는 택시를 타고 용준이 말한 술집으로 향했다. 지완의 일
로 충격을 받은 인규는 유미에게 위로를 받고 싶어 찾아왔다. 그러
나 유미는 더 끔찍한 장면을 마련해 놓고 있었던 셈이다. 인규는 어
떤 선택을 할 것인가. 껌처럼 들러붙어 떨어질 것 같지 않던 인규였
지만, 막상 그가 유미를 떠난다면 그와 공유한 비밀은 찢어져야 할
까? 아니면 지완과 이혼하고 유미와 더 공고해질까? 그것도 아니라
면 윤동진과 박용준을 가만두지 않을 것인가. 생각이 복잡하게 꼬

였다. 인규의 반응을 두고 볼 일이다.

　그날 밤 용준과 술을 잔뜩 마시고 아침에 눈을 뜨니 처음 와 보
는 곳이었다. 용준도 술이 떡이 되어 잠들어 있었다. 다행히 둘 다
옷을 입은 상태였다. 자세히 살펴보니 용준의 원룸 오피스텔인 것
같았다. 아무것도 기억나지 않았다. 그저 정신 줄을 놓고 폭음을
했다. 용준도 마찬가지였다. 유미는 냉장고에서 물을 꺼내 한 잔 마
시고 용준의 집을 나왔다. 마취에서 덜 깬 듯 정신이 멍했다. 휴대
폰을 들여다보니 오전 9시 12분이었다.

　나중에 용준에게서 들으니 어떤 여자가 몸을 흔들어 깨우기에
유미인 줄 알았는데 정신을 차리고 보니 지완이었다고 했다. 유미
의 얼굴이 지완으로 보이는 걸 보니 아직도 취했구나, 속으로 생각
하고 그냥 계속 잤다고 했다. 완전히 깬 것은 오후 2시가 넘은 시각
이라고 했다. 지완이 그때까지 앉아 있었다 한다. 큰일 날 뻔했다.
일찍 나오길 정말 잘했다. 만약 유미가 용준의 집에서 널브러져 자
고 있을 때 지완이 왔으면 그 사태는 또 어떻게 감당했겠는가. 그렇
게 생각하니 유미의 인간관계는 한 다리 걸러 안 걸리는 데가 없었
다. 저인망(底引網)처럼 주변에 얼쩡거리는 남자들을 모두 싹쓸이한
꼴이라니. 지완의 남편과 애인도 모두 유미의 그물에 걸린 물고기나
다름없다. 따지고 보면 우정의 위대함을 찬양하는 지완에게 가장
못 할 짓을 한 셈이다. 우정은 위대하지만, 남자들이 유미에게는 우
정보다 애정을 주는 탓에 이런 사달이 생기는 것이라고 유미는 생
각한다.

인규에게서는 이틀째 연락이 없었다. 가게에도 나가지 않은 게 분명했다. 휴대폰을 놔두고 갔다니 연락할 방법이 없었다. 지완에게 전화를 해 보니 집으로도 지완의 휴대폰으로도 전혀 연락이 오지 않았다고 했다. 그는 어디로 간 것일까.

새 주가 시작되는 월요일 아침. 유미는 마음이 찜찜했다. 윤 이사에게 전화를 해 보았다. 다행히 전화가 연결되었다.

"주말 잘 지냈어요?"

"잘 지냈지. 유미 씨는?"

"즐겁게 보내지 못했어요."

"왜 차가 마음에 드는 게 없어요?"

"아뇨, 차를 고를 마음이 아니었어요. 그냥 좀 우울해서……."

"무슨 일일까?"

윤동진이 알 리 없지 않은가.

"차는 좀 있다가 골라도 되죠?"

"그야 그렇지만…… 김빠지기 전에 고르는 게 좋지. 참! 차 얘기가 나왔으니까 말인데 그날 내 차 타이어에 펑크가 났어."

"어머! 그래요? 큰일 날 뻔했네요."

"뭐 다행히 빨리 알아차리고 조치를 해서 별일은 없었어."

"왜 그런 일이……."

"글쎄…… 그리고 좀 이상한 기분이 들긴 했어. 아파트 현관을 나오는데 어디선가 카메라 플래시가 터지던데, 그게 꼭 나를 찍는 거 같은 느낌이 들더란 말이지. 내가 파파라치가 붙는 유명 연예인도 아닌데. 유미 씨한테 전화할까 하다 그만뒀어. 그 시각에 유미

20

씨 아파트 앞에서 그런 걸 문제 삼는 게 우습다 싶어 그냥 덮어 뒀지."

인규의 짓일까? 인규가 그를 기다렸다가 어린애처럼 그런 짓을 한 걸까? 그러나 적어도 인규가 그렇게 유치한 짓을 할 위인은 아니라고 유미는 짐작한다. 하지만 모르는 일. 사람은 누구나 유치, 아니 야비해질 수 있다. 특히 남자는. 질투로 상처받은 남자는 여자보다 더 은밀하게 유치할 수 있다.

그러나 더 이상한 일은 오후에 터졌다.

지완으로부터 휴대폰이 걸려 왔다.

"유미야. 이게 무슨 일이니?"

지완의 목소리가 떨렸다.

"인규 씨가…… 인규 씨가……."

"인규 씨한테서 연락 왔니?"

"지금 병원이야."

"뭐? 병원?"

"좀 다쳤어."

"뭐? 상태는 어떤데?"

"누구한테 맞았는지 아니면 어디서 술 먹고 굴렀는지…… 머리를 다쳤어. 다리도 한쪽이 부러지고……."

"세상에!"

"강변 덤불숲 속에 처박혀 정신을 잃고 있는 걸 사람들이 발견해서 병원에 싣고 왔대. 휴대폰이 없으니까 연락도 못 하고 그랬나봐. 사람들도 안 다니는 외진 곳인데 요행히 발견된 거야."

"교통사고는 아니고?"

"차는 근처에 있었는데 멀쩡하대. 그런데…… 그게 문제가 아니라…….."

"그게 문제가 아니라면……?"

지완이 훌쩍였다.

"인규 씨가 아직 정신을 못 차렸어. 지금 검사 중이야."

이게 도대체 무슨 일인가. 유미는 당장에라도 인규를 보러 가고 싶었지만 입장이 입장인지라 마음을 가다듬고 지완을 위로했다.

"별일이야 있겠니. 너무 걱정 마."

"다 나 때문이야."

"자책하지 마. 지금은 그런 거 하나도 도움 안 돼."

"발견된 곳이 그 사람이 얼마 전 양평 강변에 땅을 샀던 곳이야. 그 사람, 베네치아 분점을 그곳에다 크게 오픈하려는 꿈이 있었거든. 친정에서 도움을 줘서 결국 땅을 샀는데, 아마 거길 갔던 모양이야. 그래도 그 사람은 식구들 먹여 살리려는 꿈으로만 가득했는데 난, 나는…….."

지완이 기어코 흐느꼈다.

얼마 전에 인규가 땅을 샀다며 자랑하는 걸 유미도 들었다. 인규의 인생에 베네치아의 기억은 잊을 수 없는 추억이기 때문에 어떤 식으로든 그곳에 자신만의 꿈의 궁전을 만들고 싶다고 했다. 그 궁전의 실질적인 황후는 바로 유미 너라는 말과 함께. 베네치아가 그저 이탈리아의 한 도시이기 때문이 아니라 그곳에서 유미와 함께했기 때문이라는 말과 함께……. 베네치아의 의미는 이렇듯 지완과 유미에게 다른 의미로 다가왔다.

인규는 왜 그날 밤에 그곳으로 달려가서 그런 변을 당했을까? 술에 만취한 인규가 실족하여 생긴 사고일까? 아니면 누군가가 인규에게……? 갑자기 몸이 싸늘해지고 소름이 돋았다.

"만약, 만약…… 애들 아빠한테 무슨 일이 생기면 난 어떻게 하지?"

"뭐야. 인규 씨가 죽기라도 한단 말이야?"

"죽는 것도 그렇지만, 혹시 정신 줄이라도 놓으면……."

"지완아, 정신 차려. 바보 같은 소리 하지 마."

유미가 목소리를 높였다.

"유미야, 의사가 부른다. 나중에 전화할게."

지완이 급히 전화를 끊었다. 심란한 가운데 유미의 머릿속에는 두 가지 가능성이 재빨리 스쳐 지나갔다. 그가 죽는다. 혹은 그가 정신 줄을 놓는다. 즉 의식불명의 식물인간이나 정신이상이 된다? 인규는 유미에게 늘 말했다. 죽을 때까지 유미를 지켜 주겠다고. 어쩌면 유미를 영원히 위험으로부터 지켜 내는 것은 그 자신이 이 세상에서 사라져 주는 것인지도 모른다. 그가 바로 위험 분자이기 때문이다. 또는 그의 진실한 말을 세상이 믿지 않는 상태의 금치산자가 되는 것. 유미는 몸을 떨었다.

지완을 위로한다는 명목으로 유미는 다음 날 인규가 입원한 병원에 갔다. 인규는 머리에 붕대를 감고 다리에 깁스를 한 채 잠들어 있었다.

"오전에 잠깐 눈 떴어."

지완이 유미를 끌고 병실을 나갔다. 휴게실 자판기에서 커피를 뽑아 유미에게 건네며 지완이 한숨을 쉬었다.

"이만하기 천만다행이야. 다행히 MRI나 CT 검사엔 큰 이상이 없는 거 같다고 해. 두고 봐야지 뭐."

"눈 떠서 너는 알아봐?"

"그게……."

지완이 애매하게 말했다.

"말을 안 해."

"안 해?"

"안 하는 건지 못 하는 건지 모르겠어. 그래도 날 알아보는 거 같긴 해."

"어떻게 알아?"

"눈빛으로 알지. 우리 10년도 넘은 부부야."

"그래……."

유미도 한숨을 쉬었다.

"그 눈빛이 무얼 말했는데?"

"복잡하더라. 어쨌건 난 딱 잡아떼는 얼굴로 예전처럼 대했어."

"그래야지. 잘했어."

"사실 그이가 그걸 안다는 증거도 없잖아. 그 부분을 나한테 확인한 것도 아니고."

지완은 어느새 자신을 합리화하고 있었다. 여자들은 이 판국에도 앙큼하다. 유미는 지아비만 아는 정숙한 여인의 얼굴을 하고 있는 지완의 얼굴을 바라보며 물었다.

"그럼 실어증은 고칠 수 있대?"

"의사 말로는 일시적인 충격 때문에 그럴 수 있다는 거야. 좀 더 두고 보자고……."

"충격?"

"응, 머리를 누군가 둔기로 세게 내리쳤다는 거야."

"누가?"

"모르지. 우리 그이 성질은 좀 그렇지만, 인심도 넉넉하고 뒤끝도 없는 사람이잖아. 누군가에게 원한 살 일은 털끝만큼도 없는 위인인데……."

"그러게……."

유미는 고개를 끄덕여 주었다.

"아빠하고 오빠한테 부탁을 좀 했어. 어떤 놈인지 꼭 잡아내야지."

"참, 아버님은 안녕하셔?"

"아, 한 30분 후에 오빠가 병원에 잠깐 모시고 온다고 했어. 그래, 한 번 뵙고 가."

"아냐. 그냥 안부만 전해 드려. 건강도 안 좋으시다며?"

"너 보면 아주 반가워하실 텐데. 지금도 가끔 네 안부 물어보셔."

"하긴 못 뵌 지도 정말 오래되었네."

"너 대학 때는 우리 집에 자주 놀러 왔는데, 정말 오래됐지."

지완의 아버지 유 의원의 얼굴이 떠올랐다.

"너 우리 아빠 좋아했잖아. 너네 아빠가 이런 분이면 좋겠다고……."

그랬다. 권력과 돈, 그리고 인물까지 훤한 지완의 아버지와 그의 딸로 태어난 지완이 질투가 나서 미칠 것 같던 시절이 있었다. 그때 간호사가 지완을 찾았다.

"여기 계시네. 환자를 놔두고 자릴 비우시면 어떡해요. 환자 눈 뜨셨어요."

"그래요?"

지완이 헐레벌떡 병실로 향했다. 유미도 망설이다가 천천히 지완의 뒤를 따랐다. 지완은 시침을 떼며 인규를 대한다고 했지만, 자신은 어떻게 대해야 하는 걸까. 그날 인규는 어쩌면 지완에게보다 자신에게 더 배신감을 느꼈을지도 모른다. 그래도 인규의 얼굴을 보고 가는 게 낫지 않을까?

유미는 천천히 문을 열고 인규의 병실로 들어갔다.

"여보, 유미가 병문안 왔어."

지완이 말했다. 머리를 온통 흰 붕대로 감은 인규는 얼굴이 부어 있었다. 게다가 눈이 퉁퉁 부어서 눈을 떴는지 감았는지 잘 분간되지 않았다. 눈의 깜박거림으로나 알 수 있었다. 그래서인지 그의 표정을 알기는 쉽지 않았다.

인규는 지완의 말에 미동도 하지 않았다. 그러나 유미가 그의 앞으로 다가가자 달라졌다. 눈꺼풀의 움직임이 빨라졌다. 무언가 감정의 동요가 있음이 분명했다. 그러나 그는 입술을 꾹 다물고 있었다.

"안녕하세요. 저 알아보시겠어요?"

유미는 이렇게 의례적인 인사말을 건넬 수밖에 없는 자신의 처지가 답답했다. 유미는 인규의 눈을 조용히 바라보았다. 지완의 말마

따나 그의 가늘게 벌어진 두 눈 사이로 두 사람만이 알고 있는 느낌이 전해져 오는 것 같았다. 그 속에서 나오는 눈빛으로 유미는 인규가 자신을 알아본다는 게 느껴졌다. 그리고 그 눈빛에는 둘만이 알고 있는 복잡 미묘한 감정이 숨어 있다는 것도. 그는 그걸 견디지 못하겠는지 그만 눈을 감아 버렸다.

"피곤한가 봐."

지완이 유미에게 속삭였다.

"그래, 여보. 걱정 말고 한숨 푹 자."

지완이 링거액을 점검하고 인규의 시트를 다시 여며 주었다. 그때 문밖에서 소리가 들리더니 문이 열렸다.

"어머, 아빠!"

지완이 소리쳤다. 유 의원이 지완의 오빠 지훈의 부축을 받으며 들어서고 있었다. 그는 지팡이를 짚었고 걸음이 약간 불안정했지만 외모는 예나 지금이나 영락없는 노신사였다.

"오빠, 예정보다 일찍 도착했네."

"응, 그렇게 됐어. 좀 어때?"

"방금 잠들었어. 참 여긴 유미. 아빠, 유미가 나 위로한다고 문병 왔어요."

유미가 얼른 고개를 숙여 인사했다.

"안녕하세요? 아버님, 그리고 오빠……."

유 의원이 떨리는 손으로 유미의 손을 잡았다.

"그래, 오랜만이구나……."

"아버님, 여전하시네요."

"여전하긴. 내가 요즘 건강이 좀 안 좋아서…… 그래, 지완이가 그러는데 요즘 성공했다고……?"

"아이, 무슨 그런 말씀을……?"

유미가 지완을 장난스레 슬쩍 흘겨보았다.

"어머, 말이야 바른 말이지. 예전에 비하면 용 된 거 아니니?"

유 의원이 헛기침을 하더니 인규에게로 눈길을 돌렸다.

"그래, 황 서방은 아직도 말을 못 하냐?"

지완이 인규를 깨웠다.

"여보, 여보. 아버지 오셨어."

"자면 깨우지 마라. 그나저나 누가 이런 짓을 했는지 내가 안 그래도 꼭……."

그때 인규가 눈을 떴다. 지완네 식구들이 모두 달려들었다.

"이 사람아. 나 알아보겠나?"

인규는 여전히 말이 없었다.

"어서 일어나서 베네치아를 다시 지어야지. 건강만 되찾으면 내가 얼마든지 지원해 줌세."

유 의원이 인규를 보며 말했다.

"그리고 어떤 놈이 그랬는지 어서 자네 입으로 얘길 해 줘야지. 당장 그놈을 내가……."

유 의원이 흥분하자 지훈이 끼어들었다.

"아버지, 진정하세요. 그건 저한테 맡기시고요."

유미는 지완네 식구들과 함께 있는 자리에서 물러나기로 했다.

"잠깐 나가 있을게."

병원 로비로 나오자 마음이 갑자기 무거워졌다. 알 수 없는 불안감이 밀려들기 시작했다. 유미는 크게 심호흡을 했다. 언제부턴가 서서히 밀려오는 먹구름 같은 불안감은 무엇일까? 아니, 불안감이 아니라 조금씩 실체를 드러내는 징조들은……?

유미는 어서 병원을 떠나고 싶었다. 지완에게 문자를 보냈다.

―미안해. 급한 일이 있어서 먼저 간다. 또 연락하자.

그리고 엘리베이터를 향해 돌아서는데 누군가 유미를 불렀다.

"유미야."

뒤를 돌아보니 유 의원이었다. 그가 지팡이를 짚고 급히 유미에게 다가오고 있었다.

"잘 지내고 있다니 다행이구나."

"덕분에……."

"한 번쯤은 찾아오겠거니 했는데…… 연락도 없고……."

"죄송해요."

"아니다. 바빠서 그랬겠지."

"예."

"어려운 일이 있거든 연락하래도."

"그럴 일 없었어요."

"이 늙은이가 도움될 일이 있으면 주저하지 말고 얘기해라. 내가 살면 얼마나 더 살겠냐."

"고맙습니다. 의원님, 건강하세요."

"그래, 또 보자……."

유미는 꾸벅 인사를 하고 돌아섰다. 뒤돌아보니 그가 남자 화장실로 들어가고 있었다. 아마도 유 의원은 화장실을 간다는 핑계로 유미를 보기 위해 급히 나온 듯했다.

택시를 타고 사무실로 돌아오니 박용준이 긴장한 눈빛으로 유미를 쳐다보았다. 박용준도 자신이 일부 연관된 일이니 궁금할 것이다. 언제부턴가 지완이 그에게 연락을 끊었다고 했다. 유미는 그의 눈빛마저도 귀찮아 자신의 사무실 문을 잠가 버렸다. 그러고는 의자에 깊숙이 몸을 묻었다. 그러자 용준의 문자가 그 틈을 비집고 들어왔다.

―화첩?

송민정과 놀더니 가끔 영어 문자질이다. '화첩(What's up?)' 그것도 소리 나는 대로 한글로…… 화첩인지 수첩인지 케첩인지, 유미는 대거리할 기분이 아니었다. 그때 휴대폰이 울렸다. 박용준은 눈치 없이 집요한 데가 있다. 그러나 박용준이 아니었다. 윤 이사였다. 유미는 받고 싶지 않았으나 혹시 업무에 관련된 일인가 싶어 상관의 전화를 받았다.

"여보세요……."

"왜 그리 기운이 없지? 아까 사무실로 전화했더니 자릴 비웠다고 하던데. 어디 가서 기운 빼고 온 거야?"

"미안해요. 나 농담할 기분 아니에요."

"음, 나도 그럴 기분 아냐. 두 가지만 말할게요."

윤동진이 정색을 하고 존댓말을 해서 유미도 몸을 세우고 긴장했다. 그는 사업 관계에서는 유미에게 존댓말을 한다.

"첫째는 아버님, 즉 회장님이 오 실장을 한번 보고 싶어 해요."

"왜요? 미술관.건으로요?"

"아마 그런 거 같은데 나도 아직 자세히는 몰라요. 그런데 집으로 초대하겠다고 하시는데……?"

"집으로요?"

"특별한 경우이긴 한데, 아무튼 미술관 재개관 일을 잘 정리해서 말씀드릴 준비를 하세요."

"언제요?"

"나도 정확히는 잘 몰라요. 다분히 독재적이고 변덕스러우시니까…… 내가 알게 되면 금방 연락할게요. 그리고……."

"네……."

"사람 묘하게 기분 나쁘게 하는 재주 있는 거 알아요?"

"무슨 말인지……?"

"사람 성의를 그렇게 무시하는 겁니까?"

"네……?"

"선물을 뇌물로 착각하는 못된 버릇이 있는 거 아니에요? 내가 뇌물을 바치는 겁니까? 그렇게 고고해요?"

유미는 짐작이 갔다.

"아, 그건 제가 요즘 너무 정신이 없어서……."

"자동차 하나 고르는 데 그렇게 오래 걸려요? 남자는 눈만 맞으면 속전속결로 하면서?"

"뭐라고요? 말씀이 너무 지나치신 거 같은데요."

"그럼 뭐하느라 요즘 그렇게 정신이 없어요. 나한테 말해 줄 수 있어요?"

"나중에 말씀드릴게요. 그리고 자동차는 제가 곧……."

"집어치워요. 나는 오유미에게 자동차나 바치면서 알랑대는 골빈 벼락부자가 아니에요!"

윤동진이 화를 냈다. 이런 모습은 처음이다. 부자들은 자신들의 선심이 효과적으로 받아들여지지 않으면 상처를 받는다. 자존심에 상처를 입었음에 틀림없다. 유미는 요즘 자신이 윤동진에게 소홀했음을 깨달았다. 그것은 실수라면 실수였다. 유미는 애조 띤 목소리로 한숨을 쉬며 말했다.

"제가 요즘 우울한 일들이 좀……."

"그러게 그게 뭔지 나한테 말하려 해 본 적도 없죠? 나는 오유미 영혼에 스며들 수 없는 놈인가요? 그저 수갑과 채찍만 갖고 노는 어린애로 보는 겁니까?"

"아아, 그게 아니라……."

윤동진이 유미의 말을 듣기도 전에 전화를 끊어 버렸다. 왜 또 일이 이렇게 꼬이나. 생각해 보니 유미도 화가 났다. 자동차는 분명히 자신이 기사니까 주면 아무거나 고맙게 받겠다고 말한 적이 있다. 그래서 그가 골라 주겠거니 생각했다. 사실 자동차를 선물 받는 입장에서 요것조것 따지는 것도 속물스럽다. 속물이긴 해도 속물 티를 내지 않아야 한다는 게 유미의 처세술 아니던가. 속물은 눈앞의 이익에 연연하지만 유미는 눈앞의 이익에 초연한 모습을 보이고 싶어 한다. 그깟 자동차 하나 선물해 주면서 유세를 떠는 윤이사가 오히려 맘에 들지 않는다. 그렇게 속이 좁은 인간이란 말인가? 그러니 내가 그에게 무슨 영혼의 고민을 털어놓겠는가. 그가 오유미를 진정으로 이해한다고? 유미는 고개를 저었다.

이 세상에서 나를 이해해 줄 사람은 누구인가. 그리고 이 세상에서 내가 정말로 사랑하는 사람은 누구인가. 그 생각을 하자 유미는 가슴 절절하게 외로워졌다. 누군가를 붙들고 울고 싶은 심정이었지만 아무도 떠오르지 않았다. 인생이 혼자라는 걸 일찍부터 깨달은 유미였다. 외로워도 슬퍼도 나는 안 울어. 어렸을 적부터 「들장미 소녀 캔디」라는 만화의 주제가를 홀로 부르며 캔디처럼 살아온 유미였다. 이런 고통들이 내 존재에 과부하가 되어도 난 결국 짐을 나눠 가지지 못하고 홀로 먼 길을 떠나야 하는 건 아닌가. 혹시 나도 엄마처럼 모든 비밀과 고통을 안고 자살을 택하는 건 아닐까? 가끔은 그런 무서운 생각이 들어 놀라곤 했다.

그물에도 걸리지 않는 바람

갑갑한 며칠이 지났다. 유미는 사무실에서 일도 하고, 하루는 대학에 강의를 나갔으며, 틈나는 대로 방송 원고도 썼다. 아무 일도 일어나지 않았다. 윤동진으로부터는 연락이 없었고 더더군다나 인규에게서도 아무런 소식을 듣지 못했다. 사람의 인연이 이렇게 안개처럼 흐려지고 결국 잊히는 것인가. 하지만 차라리 아무런 일도 일어나지 않는 게 평화로웠다. 모든 것을 마음에서 내려놓으니 안달복달할 일도 없었다. 갑자기 바닷가 암자에 있을 진호가 생각났다. 모든 세속 번뇌에서 벗어나 그가 가끔 머무는 암자로나 한번 찾아가 볼까. 하지만 그는 거기에 가끔씩만 머문다고 한다. 그는 바람 같은 존재. 저인망 같은 유미의 그물에도 걸리지 않는 바람 같은 존재다. 요즘 몇 번 전화를 해 봤으나 전원이 꺼져 있었다.

그 무렵 지완이 전해 온 인규의 소식에 유미는 더욱더 마음이 우울해졌다.

"인규 씨가 점점 회복이 되고 있어. 정말 다행이야."

"이제 실어증에서 벗어난 거야? 말을 해?"

"아니, 아직. 조만간 하게 될 거 같아. 그런데 정신이 또렷하고 의사 표현도 강하게 하고 있어."

"말을 못 하는데 어떻게 의사 표현을 한다는 거야?"

"필담을 하거나 문자 메시지로 해."

"그래?"

"그런데 일부러 말을 안 한다는 느낌이 들기도 해."

"왜?"

"그냥 그래. 무언가 두려운 게 있어서……."

"두려운 게 있다고?"

"전에 아버지한테 이 사람이 이렇게 된 상황을 암암리에 수사해 달라고 부탁한 적이 있다고 했잖니. 그런데 이 사람이 모든 것을 그만두라고 반발하고 있어. 본인은 거기에 대해 입을 꽉 다물고 있으면서 말이야. 파지 말고 캐지 말고 그대로 두라고, 몇 번이고 글로 문자로 말을 하고 있어."

그런데 지완과의 통화가 있고 얼마 지나지 않아 유미에게 문자가 왔다. 놀랍게도 인규가 보낸 것이었다. 그의 휴대폰 번호가 찍혀 있었으니까.

─이에는 이. 눈에는 눈. 무서운 일이다. 조심해라.

유미가 고심하다가 답을 보냈다.

─가해자가 누구인지 알아요?

답은 없었다. 괜히 답을 보냈나, 불안하고 후회되었다. 어쩌면 인규는 지완의 말대로 두려움에 떨고 있을지 모른다. 무엇을 은폐하기 위해 스스로 벙어리가 된 건지도 모른다. 그때의 그 일과 연관이 있는 걸까? 하지만 그 일을 아는 사람은 세상에 인규와 유미 둘뿐이다. 당사자는 이미 이 세상 사람이 아니다.

유미는 마음의 격랑이 느껴질 때면 어디 호스트바 같은 데라도 가서 광란의 밤을 보내고 싶었다. 그렇지 않으면 인규와 미친 듯 술을 마시고 울면서 세상의 끝에서나 할 법한 섹스를 하고 싶었다. 그러나 지금은 오히려 냉정해져야 한다.

그나마 낙이 있다면 동네에 새로 생긴 조용한 칵테일 바에 들러 독한 바카르디 같은 걸 몇 잔 마시고 집에 오자마자 쓰러져 자는 거였다. 그러면 꿈도 없이 잘 수 있었다. 누군가를 부를 수도 있지만, 그러면 더 허무한 기분이 될 거 같았다. 세상의 남자와 섹스를 하는 것은 분명 허전한 무엇을 채우는 것이지만, 그것은 순간적인 찰나적인 쾌락일 뿐이다. 색즉시공, 공즉시색. 그게 바로 진리다.

유미가 동네의 칵테일 바 '블루문'에서 술을 마시고 취해서 흔들거리며 아파트로 들어섰다. 그때 유미는 퍼뜩, 누군가가 집 안에 들어와 있음을 깨달았다.

불도 켜지 않은 거실에 앉아 있는 잿빛 실루엣.

"진호!"

유미는 스위치를 올림과 동시에 놀라서 소리를 질렀다. 남자는 감고 있던 눈을 떴다.

"진호가 뭐냐, 진호가."

"어이구, 그럼 네가 진호지, 진주냐?"

유미가 그에게 달려들어 앉아 있는 그의 머리통에 반갑게 입술을 쪽 맞춘다. 갑자기 눈물 나게 그가 반갑다. 유미는 삭발한 그의 잘생긴 머리통을 볼 때마다 꼭 중이 될 팔자를 타고난 게 아닐까 생각했다. 그만큼 남자는 승려라는 직업이 어울리는 외모였다.

"정효라는 법명을 놔두고 속가의 이름을 왜 부르니?"

"어렵잖아. 정효. 정효 스님. 발음이 너무 어려워."

"너 웬 곡주를 이렇게 마셨냐. 독한 냄새가 나는구나."

"땡중이 술 냄새는 잘도 맡네. 술 한잔할까?"

"아니, 됐다."

"인마, 고기도 먹고 술도 마시고 육보시도 하고 그래야지. 도가 다 저잣거리에 있는 거야. 알아?"

정효는 그런 유미를 빙긋이 웃으며 바라보고 있다.

"하긴 정효 시님은 그런 거라면 진즉 하산할 때가 됐쥬."

유미가 입술을 실룩이며 비아냥댔다.

"그나저나 뭔 바람이 불어서 여기까지 고매한 선승이 납시었나?"

"요새 한 번만 들러 달라고 전화다, 문자다 여러 번 한 건 누구고?"

"흥, 언제는 눈이나 깜짝했남? 그렇게 보고 싶다고 집 비밀번호 다 가르쳐 주고 언제든 아무 때나 한 번만 들르라고 애원해도 몇 년 동안 얼씬도 않더니. 정효 스님도 이젠 늙나 보다. 외로운 거지?"

유미의 앙탈에 아랑곳없이 그가 걱정스러운 얼굴로 물었다.

"요즘 이상하게 한 번 오고 싶었다. 무슨 일이 있냐? 너의 기운이 좋지 않구나."

유미는 갑자기 목이 메었다.

"힘들어서 그렇지 뭐. 사는 게 힘들어서……."

정효는 환자를 들여다보듯이 차분하게 유미를 응시했다.

"으음, 상심이 큰 거 같구나. 나무 관세음……."

"언제 갈 거야? 가지 마."

"기약 없는 몸이 무슨 약속을 하랴."

"며칠 만이라도 내 곁에 있다 가, 스님. 안 그럼 염주랑 목탁이랑 다 숨겨 놓는다."

"하루면 어떻고 며칠이면 어떠냐. 일각이 여삼추고 삼추가 일각 인 것을."

"제발 땡중스러운 그런 말 좀 하지 마. 나랑 있을 때는 옛날의 진호로 돌아가 줘. 장난도 잘 치고 눈물도 많고 음담패설도 잘하 던…… 무엇보다도 나를 사랑했던……."

아아, 이 남자와 한때 사랑하던 시절이 있었다. 정말로 어여뻤던 그런 날들이 지난날에 있었다. 유미는 파르스름한 두상에 잿빛 승 복을 입고 있는 이 남자를 다시금 바라보며 인연의 덧없음과 잔인 함을 생각했다. 왜 그때는 몰랐을까. 지나고 보니 사랑인 것을.

너무나 외롭고 불안할 때 구세주처럼 나타난 그가 유미는 고마 웠다. 유미가 그의 손을 덥석 잡았다. 그러고는 그의 손목에 빗금처 럼 수없이 그어진 흉터를 어루만졌다.

"그때 나를 죽을 만큼 사랑했어?"

유미가 축축한 목소리로 물었다. 정효는 못 들은 척 유미의 손에서 팔을 뺐다.

"이 집 주인은 손님에게 차도 한잔 대접 안 하나?"

유미는 그때야 일어나서 다기를 꺼내 녹차를 우려냈다. 차향이 번지는 동안 스물다섯에 만나 꼬박 두 해를 사랑했던, 아니 그때는 지긋지긋했던 남자를 바라보았다. 시댁에서 뛰쳐나와 남편 정효수에게 몇 차례 붙잡히면서도 정효, 아니 진호와 여러 번 방을 옮겨 다녔다. 가난했던 두 사람이 만난 건 어느 룸살롱에서였다. 룸살롱 아가씨와 웨이터의 관계였다. 당시 진호는 아르바이트를 하고 있었다. 그는 군대를 다녀와서 휴학을 한 뒤 절에서 고시 공부를 하다 내려와 등록금을 벌고 있었다. 가난한 법대생과 복잡한 사연의 미대 졸업생은 결국 가장 생활비가 싸게 먹히는 동거를 선택할 수밖에 없었다. 유미에게 첫눈에 반한 젊은 혈기의 진호는 한시도 유미와 떨어지려 하지 않았다.

그때만 해도 진호는 집착이 사랑이라 생각했다. 나중에 지친 유미가 그를 피해 도망 다닐 때 유미를 끌어당기는 수단으로 그는 매번 손목을 긋곤 했다.

유미가 차를 마시는 진호의 무릎을 베고 누우면서 말했다.

"나도 중이나 될까……?"

"중이나……? 픽이나!"

진호가 코웃음을 쳤다.

"스님들 다 파계시키려고? 넌 요물이야."

"그럼 안 되나? 나 같은 요물도 있어야 도 닦는 내공이 업그레이드되지."

"네가 황진이냐?"

"그럼, 너는 서화담이냐?"

유미가 발딱 일어났다.

"우리 정효 스님 그동안 도를 얼마나 잘 닦았는지 봐야지."

아직 취기가 가시지 않은 유미가 옷을 활활 벗어젖힌다. 그리고 정효의 손을 붙들고 일으켜 세워 소파로 데려갔다. 유미는 그의 손을 자신의 젖가슴에 갖다 대고 문질렀다. 그러나 정효는 미소만 짓고 있었다.

"스님이 되더니 고자가 된 거 아냐? 아님 도통해서 내가 여자로 안 보이는 건가? 너 옛날의 진호 맞아?"

그는 유미가 하는 대로 가만히 있었다. 유미는 일부러 그를 자극하려고 결심한 듯했다.

"무슨 스님이 자비심이 코딱지만큼도 없냐? 외롭고 불쌍한 여자 중생에게 보시도 안 베풀고."

유미가 정효의 손을 마침내 백옥의 계곡 숲 사이로 집어넣었다.

"봐. 푹 젖었잖아."

"너같이 배부른 중생에게는 보시 안 한다. 너는 주지육림에 파묻혀 주야장천 고기 맛을 볼 테니."

"그럼 누구한테 한다는 거야?"

"불쌍한 중생. 여자의 몸을 타고 났으나 남자의 사랑을 평생 한 번도 받아 보지 못한 여인들이라면 모를까."

"내가 얼마나 불쌍한 여자인지 알아? 사랑을 모르고 사는 여자야."

갑자기 정효가 유미의 옥문을 후벼 팠다. 유미의 입에서 아아,

저절로 소리가 나왔다.

"더 이상 이 문으로 업을 짓지 마라."

그 말에 유미가 정효를 확 밀었다.

"야, 재수 없어. 목마르고 살이 고픈 불쌍한 중에게 오랜만에 해 갈 좀 시켜 주려 했더니…… 진호 너 생각해서 보시하려 했더니. 깬다, 깨!"

정효가 유미의 엉덩이를 철썩 때리며 껄껄 웃었다.

"살 한번 차지구나."

"역시 안 넘어가는데? 스님, 졌습니다요."

유미도 장난스레 깔깔 웃어넘겼다. 사람의 인생이 길지 않을 텐데 불과 10년 전 이 남자는 유미의 몸을 목숨 걸고 탐했다. 유미는 그때의 진호도 아스라이 그립지만, 지금의 정효도 기대고 싶은 단하나의 남자라는 생각이 든다. 유미가 정효에게 말한다.

"그냥 나 좀 안아 줄래? 그냥 품에……."

정효가 팔을 벌려 유미를 안았다. 유미는 그의 품에 안겨 눈을 감았다. 그에게서는 쌉싸래한 햇녹차의 향기가 났다. 정효 또한 잿빛 장삼 자락으로 유미의 몸을 감싸 안고 눈을 감았다.

"이러고 있으니까 너무 좋다. 너무 편해."

유미가 꿈꾸듯 말했다. 정효도 유미의 몸을 아기 재우듯 토닥였다.

"내 애기…… 힘들었구나……."

내 애기……. 정효는 유미를 안을 때마다 그렇게 말하곤 했다. 청년티를 벗지 못한 젊은 남자였던 진호가 유미를 안으면서 그렇게 말하는 게 유미는 그 당시 참 촌스럽다고 생각했다. 그런데 지금은 갑자기 코끝이 찡해졌다. 갑자기 설움에 겨운 아이처럼 울음이 목 줄을 타고 물꼬를 트기 시작했다. 유미는 아프게 울음을 삼켰다.

"내 애기, 힘들었구나. 요즘 늘 꿈에 보여서 네 마음자리가 편치 않구나 했다. 마음에 걸려 있는 모든 번뇌 다 내려놓아라. 그깟 욕 망, 티끌보다 못하다. 마음의 참 평안을 찾아야지."

유미는 후드득, 눈물을 그의 잿빛 승복 소매에 떨어뜨렸다. 마치 그것이 신호가 된 듯 어깨가 떨려 오더니 삽시간에 가슴 밑바닥에 서 슬픔이 울음이 되어 터져 나왔다. 정효는 그런 유미를 쓰다듬으 며 조그맣게 나무 관세음보살을 읊조렸다.

"세상 모든 일에 끝이 있으면 좋겠어. 언제가 끝인지 알면 좋겠어."

유미가 울면서 말했다. 그가 내일 해가 뜨면 사라지는 바람이라 해도 오늘 밤만은 그의 품에 안겨 실컷 울고 싶었다. 상수도가 있으 면 하수도가 있어야 하는 법. 사람 또한 누구나 그래야 한다. 오랫 동안 유미는 자신의 슬픔을 처리할 줄 몰랐다. 다만 정효가 몇 년 에 한 번씩 바람처럼 다녀가면 바람결에 그 슬픔을 실어 보내곤 했 다. 세상의 어떤 남자도 그것을 해 줄 수 없을 것 같았다. 윤동진도 황인규도 박용준도 아버지 같은 김 교수도…….

정효는 유미를 안고 방으로 들어가 눕히고 자신도 유미의 옆에 누웠다. 언제부턴가 두 사람은 옷을 벗고 있으나 입고 있으나 의미 가 없었다. 세상에서 유미가 유혹할 수 없는 단 한 사람의 남자였 다. 그런 의미에서 정효는 남자가 아니라 일종의 솔 메이트라고나 할까. 유미는 담배 한 대를 꺼내 물었다. 잠깐 옛 시절이 생각났다.

"진호야, 정말 미안해. 예전엔 내 남편에게 걸려서 무지하게 맞기도 많이 하고 나 때문에 죽을 고비도 많이 넘기고 하더니……."

"아마 전생의 업이겠지."

"너와 난 전생에 무엇이었을까? 남녀 쌍둥이? 아니면 아버지와 딸? 여왕과 충신?"

"그래, 그 사람은 잘 지내? 정효수. 그리고 네 딸 설희……."

"응, 잘 지내. 설희가 벌써 고2야."

"그렇구나."

"정효 스님은 행복해?"

유미의 뜬금없는 물음에 정효는 잠시 침묵을 지켰다.

"내가 몰래 프랑스로 도망갔을 때 나는 결국 이 남자를 내가 죽이는구나 생각했어."

"그랬지. 너는 나를 죽인 거나 다름없었지."

"난 진호 네가 당연히 자살할 줄 알았어. 나를 떠나서는 살 수 없다며 늘 죽으려고 했잖아."

"너 떠나고 다시 병실에서 깨어났는데 그때가 석가탄신일이었어. 거리의 연등이 흐릿하게 보이는데 부처님의 온화한 미소가 빛처럼 쏟아졌어. 그 길로 나는 예전에 고시 공부하던 암자로 들어가 출가를 결심했지."

"네가 죽었다고, 아니 너를 내가 죽였다고 생각하며 살았어. 너를 생각하면 죄의식이 너무 무거웠어. 그런데 네가 중이 되었다는 소문을 듣고는 또 얼마나 배신감이 느껴지던지…… 후후."

유미는 담배 연기 사이로 웃음을 내뱉었다.

"내가 떠난 건 잘한 거 같아. 이런 인연으로 다시 만난 것도 감사하고."

"나무 관세음보살……."

"그때만 해도 이런 그림이 그려지진 않았는데…… 웃겨. 사람의
앞날은 한 치 앞도 알 수 없다더니. 하지만 모든 일이 인과관계가
있는 거지? 불교에서는 그걸 연기설이라고 한다고 했나? 그럼 나
는 어떻게 나의 과거에서 벗어날 수 있지? 난 예전의 유미가 아니라
고 끊임없이 세뇌하고 살았어. 너도 알다시피 난 그저 그런 지하 세
계의 여자였고 그런 악순환의 고리에서 다람쥐처럼 살 수밖에 없는
인생이었어. 그때 누군가가 돈을 지원하며 프랑스 유학을 권했고
난 새로 태어나고 싶었어. 그래서 너를 버렸던 거고."

유미의 이야기는 계속 이어졌다. 정효는 몇 가지 묻고 싶은 것들
이 있었지만 참았다. 그리고 계속 유미의 이야기를 들어 주었다. 그
게 지금 자신이 유미를 위해 할 수 있는 일이었다.

"그때를 기점으로 내 인생은 변했지. 지금 난 조금씩 비상을 하
는 새처럼 하늘로 날아오를 준비를 하고 있어. 난 자신 있어. 난 이
제 남자들의 노예가 아니라 그들의 훌륭한 파트너야. 또는 그들을
내가 가진 재능으로 지배할 수도 있어. 그런데 언제부턴가 나의 과
거가 내 발목을 붙잡고 있는 거야. 벗어날 수 없는 그림자처럼……
무언가 자꾸 조여 오는 느낌이야. 그래서 요즘 두려워."

유미가 정효의 품으로 더욱더 파고들자 정효는 유미의 몸을 쓸
었다.

"누군가 나를 노리고 음해하는 것 같기도 하고, 내 주변에서 서
성이기도 하고, 내 가까운 사람을 해치기도 하고……."

유미가 일어나 앉았다.

"예전에 내가 에로 비디오 찍은 거 알고 있지? 누가 그걸 집에서 빼 갔어. 혹시 네가 그런 건 아니지?"

유미가 정효에게 물었다. 그가 고개를 저었다.

"그래, 아닐 줄 알았어. 그냥 물어본 거야. 네가 우리 집 현관 비밀번호를 아니까. 누군가가 그걸 가져갔다면 무슨 목적이 있을 거야. 나를 공개적으로 망신을 주려 한다거나…… 그런데 뭐 그런 건 견딜 수 있어. 결국 시간이 흐르면 그런 건 사람들의 뇌리 속에서 잊히게 마련이니까."

정효는 10여 년 전의 유미를 기억했다. 비디오를 찍기 위해 에로 배우를 하겠다고 했을 때 두 사람은 물건을 집어 던지며 격렬하게 싸웠다. 돈이 되면 뭐든지 하려는 유미는 당시 배 속에서 3개월 된 정효의 아이까지 지우고 비디오를 찍었다.

"그런데 말이야. 죽어도 잊히지 않는 게 있어."

갑자기 유미는 간절하고 진실하게 무언가를 고백하고 싶은 욕구가 솟아났다. 정효가 생각에서 벗어나 물었다.

"그게 뭔데?"

유미는 선뜻 대답하지 않았다. 다시 정효의 품으로 파고들어 왔다.

"세상에 비밀은 없는 걸까?"

유미의 몸은 아까보다 더 떨렸다.

"날 좀 꼭 안아 줘."

불안정한 목소리로 울듯 말하는 유미를 정효는 꼭 끌어안았다.

"내가 언젠가 이야기했지? 황인규라고. 나의 오래된 애인. 그 남자가 누군가에게 테러를 당했어. 그 남자와 나는 어떤 일에 함께 연루되었는데 어쩌면 복수를 당한 거 같아. 뭐 그런 일련의 일들이 요즘 내 주위로 다가오고 있어."

"어떤 일에 연루되었다는 건 무슨 일이야?"

처음으로 정효가 유미에게 물었다.

"그건…… 그건 말 못 하겠어."

"그 일이 죽어도 잊지 못할 기억을 만든 거겠지."

"어떻게 알아? 너 도사야?"

이럴 때 보면 유미는 어린애 같다.

"그래 도사야. 정효 도사라고 유명하지."

"아이, 농담하지 말고."

"그런데?"

"프랑스로 가서 사실 나는 한동안 공부를 하지 않았어. 여러 가지 다양한 경험들을 했지. 그 얘긴 나중에 하게 되면 할게."

"황인규라는 사람과의 인연은 오래되었다고 했잖아."

"그랬지. 그 사람은 그때 요리를 배우겠다고 이탈리아에도 있다가 프랑스에도 있었지."

"그래, 그랬다고 전에도 말했지."

"프랑스에서 우연히…… 만났어. 처음에는."

정효는 가끔 유미가 옛 추억을 더듬을 때는 가만히 들어 주었다. 들어 주는 것이야말로 다른 방식으로 유미에게 사랑과 평화를 주는 것이라고, 그도 유미도 비슷한 생각을 했다.

"우연히…… 엄밀하게 따지면 우연은 아니야. 그는 우연으로 알

46

고 있지만, 사실은 내가 먼저 접근을 한 거였어."

"이유가 있었겠지."

"으음……."

유미가 다시 담배 한 대를 물었다. 정효는 유미를 바라보았다. 유미가 피우고 있는 담배의 연기가 어렴풋이 향불 연기처럼 번져 올라왔다.

"어쩌다 우리는 어떤 일에 얽히게 됐어. 그리고 그 남자는 중대한 실수를 했지. 문제는 아무도 그 일을 모를 텐데…… 그리고 당사자는 죽었는데."

"그럼 누가 복수를 한다는 거야?"

"그러니까…… 그런 일은 없겠지? 귀신이 복수를 하거나 그럴까?"

정효가 허허 웃었다.

"너 마음이 많이 허하구나."

"무언가 고백을 하면 불교에서도 죄가 싹 없어지면 좋겠어. 가톨릭의 고해성사처럼."

정효는 왠지 유미를 안쓰러운 눈으로 바라보았다.

"그러고 싶지 않으면 그러지 마라. 언젠가는 네가 털어놓을 날이 있을 거라 생각한다만……."

유미는 그의 품에서 그때의 이야기를 털어놓고 싶은 강렬한 유혹을 느꼈다. 하지만 이 남자가 유미의 육체만을 탐하는 애욕에 가득 찬 세속의 남자와는 좀 다르다 해도, 그가 신은 아니지 않은가. 해탈한 부처도 아니다. 그가 유미에게 무엇을 해 줄 수 있을까. 그래도 언젠가는 그에게 고백을 할 날이 있을지도 모르겠다. 다만 답답한 가슴속이 간질거려 유미는 재채기처럼 이 말을 터트리고 말았다. 그리고 금방 후회했다.

"불가에서 살인을 한 영혼은 어떻게 되지?"

정효는 말없이 눈을 감고 있었다. 그 태도가 초연한 건지 오연한 건지 슬쩍 기분이 나빠졌다. 유미가 눙치듯 말했다.

"아냐, 쓸데없는 말을 했네. 다시 태어난다면 난 고양이로 태어날 거 같아. 아니면 뱀으로⋯⋯."

정효는 무언가를 깊이 생각하는지 기도를 하는지 정신을 집중하느라 양미간에 주름이 졌다.

"차라리 오욕칠정, 감정이 없는 식물로 태어나면 좀 좋을까⋯⋯."

유미가 반듯하게 누워 한숨을 쉬며 말했다. 정효가 바람 같은 남자라면 유미는 바람결에 쓸리는 아무 감정도 욕심도 없는 풀이고 싶다. 눈에 띄는 꽃이 아니라 많은 사람이 무심하게 짓밟고 지나가는 잡초이고 싶다. 길거리나 담장에 피어 뭇사람으로부터 꺾고 싶다는 유혹을 느끼게 하는 '노류장화'로 태어나고 싶지는 않다.

어느새 잠이 들었던 걸까? 유미는 어지러운 꿈을 꾸었다. 누군가에게 쫓겨 어느 도시의 골목을 뛰었다. 하이힐이 거추장스러워 양손에 구두 한 짝씩을 들고 뛰었다. 그 골목이 어느 곳인지 유미는 잘 알지 못했다. 한참을 뛰다 보면 막다른 골목에 해골이 서 있기도 했고, 베네치아 가면을 쓴 남자가 있기도 했으며, 뱀파이어가 피를 흘리며 웃고 있기도 했다. 가까스로 도망친 길에서 유미는 인규를 만났다. 인규의 손에는 피가 잔뜩 묻어 있었다. 유미를 보자 인규가 머리를 감싸 쥐고 무릎을 꿇었다. 인규 옆에는 한 남자가 죽은 듯 누워 있었는데, 갑자기 그가 영화에서 와이어 촬영을 하는 것처럼 유미의 눈앞으로 휙 날아왔다. 피를 흘리는 그의 얼굴은 야차처럼 웃고 있었다. 그의 얼굴이 기관차처럼 달려들 때, 유미는 뭉크의 「절규」라는 그림에 나오는 인물처럼 고막이 터질세라 단말마의 비명을 질렀다.

꿈에서 깨어 벌떡 일어나니 정말로 목과 귀가 아팠다. 아무것도 덮지 않은 알몸이었다. 지난밤에 장삼 자락으로 유미를 감싸 주던 정효는 흔적도 없이 사라졌다. 그러나 공기 중에서 희미한 향냄새가 나는 것 같았다. 그는 마치 알라딘의 요술 램프 속으로 사라진 것 같았다. 혼곤한 상태에서 깨어난 유미는 설핏 선잠에서 깨어난 어린애처럼 막막하고 슬펐다. 야속한 사람……

몸에 한기가 느껴졌다. 감기가 오는 것 같았다. 유미는 얼른 커다란 목욕 타월을 꺼내 욕실로 가서 샤워기를 틀고 뜨거운 물세례를 온몸에 받았다. 그리고 진드기처럼 붙어 있는 것 같은 악몽을 떨쳐 내기라도 하듯 머리채를 마구 흔들었다. 탐스러운 긴 머리칼에서 떨어지는 물방울이 사방으로 튀었다.

그러자 악몽의 기억이 머릿속에서 떨어져 나가는 것 같았다. 그리고 어젯밤 정효가 다녀간 것도, 아니 예전의 잊고 싶었던 그 일도 먼 우주의 블랙홀로 사라지는 것 같았다. 유미는 거울을 바라보았다. 거울에는 메두사처럼 산발을 한 여인이 서 있었다. 유미는 그 여자를 연민에 가득 찬 시선으로 바라보았다. 거울 속에는 한없이 깊고 고독한 눈빛의 여자가 슬픈 듯 서 있었다.

"넌 누구니?"

"난 유미(由美)야."

"나쁜 년!"

"난 죄 없어. 모든 건 유미(由美), 아름다움에서 말미암은 거야."

"아름다움이라고?"

"응."

"넌 세상에서 가장 위태로운 무기를 가졌을 뿐이야."

"그건 타고난 재능이지, 내가 선택한 건 아니야."

"잘난 척하긴!"

유미는 거울 속의 여자를 주먹으로 한 대 쳤다. 속이 좀 후련해졌다.

인간은 가면을 쓴 동물이다. 삶이 그대를 속일지라도 슬퍼하거나 노여워하지 말 일이다. 푸시킨의 시였던가. 삶이 인간을 속이는 게 아니라 인간이 삶을 속이는 것이다. 불안한 인간일수록 더욱더 가면을 쓰고 삶을 연기한다.

정효가 바람처럼 다녀가고 난 후 유미는 좀 더 마음의 여유를 찾을 수 있게 되었다. 그는 유미에게 아무것도 해 주지 않은 것 같아도 유미를 자유롭고 여유롭게 했다. 마치 물고기를 물에 방생하듯 자연스레 유미의 숨통을 터놓았다. 그게 이상하고 묘했다. 옛 남자 진호가 아닌 구도자로서의 정효는 유미에게 그런 존재다. 삶을 견디는 강력한 단 한 방의 예방주사를 맞은 것처럼 유미는 또 한동안 아무렇지 않게 살아 낼 것이다.

어쨌든 과거는 과거고 현재는 현재다. 삶은 매 순간을 순간 이동하는 것이다. 유미는 현재의 삶의 순간에 집중할 수밖에 없다. 그게 유미뿐 아니라 모든 인간의 숙명인 것이다.

때마침 유미를 현재의 삶으로 강력하게 끌어들인 건 바로 윤 이사였다. 정효가 다녀가고 난 지 이틀 후, 한 남자가 전화를 해 왔다. 마침 퇴근을 하고 오랜만에 일찍 집에 들어와 쉬고 있을 때였다.

"오유미 씨 되시죠?"

"예, 그런데요."

"지금 집에 계신가요?"

"누구시죠?"

"선물 배달 왔습니다."

선물? 택배 기사인가? 아니면 누가 꽃이라도 보낸 걸까?

"잠깐 내려와 보시죠."

"택배라면 집까지 배달하셔야 하는 거 아니에요?"

"좀 큰데……."

"……?"

"그럼 그럴까요?"

잠시 후 남자가 벨을 눌렀다. 현관문을 여니 택배 기사가 아니라 정장 양복을 입은 남자가 서 있었다. 잠깐 유미가 의아해하자 그가 웃으며 명함과 함께 무언가를 내밀었다. 그것은 자동차 키였다.

"윤동진 이사님이 보내셨습니다. 선물을 한번 확인해 보셔야죠. 집 앞에 세워 두었습니다."

기어이 윤 이사가 차를 선물로 보냈구나. 그러면 그렇지. 유미는 회심의 미소를 지었다. 유미는 건네받은 자동차 키를 보았다. 삼각별 마크의 메르세데스 벤츠. 유미는 남자를 따라 엘리베이터를 타고 세워 둔 자동차로 갔다. 아파트 앞 주차장에는 흰색의 잘 빠진 반짝이는 신형 벤츠 한 대가 군계일학처럼 눈부시게 서 있었다.

"이사님이 차 선택에 아주 많이 고심하셨어요. 요즘 30대 전문직 여성들에게 아주 인기 좋은 차입니다. 스타일이 죽이죠. 이렇게 보디라인이 잘 빠진 차는 벤츠 CLS 모델이 최고죠. 정말 이 차와 잘 어울리겠어요. 차 주인의 이미지에 딱 맞는 차네요. 하여간 이사님 안목은 알아줘야 한다니까."

"윤 이사님께 차 여러 대 팔았나 보죠?"

"아, 그럼요!"

"그분이 여자 보는 안목도 뛰어나죠."

유미가 지나가는 투로 말하자 남자가 뭔가 찔리는 듯 머쓱한 표정으로 입을 다물었다. 어쩌면 윤동진은 여자들에게 자동차를 선물해 왔는지도 모른다. 그러거나 말거나 차는 완만하고 유려한 곡선으로 미끈하게 잘 빠졌다. 아무리 못 줘도 1억은 넘을 것이다.

남자는 자동차의 여러 장점을 설명하느라 입에 침이 튀었다. 남자가 돌아가고 나자 유미는 운전석에 앉았다. 반짝이는 작은 궁전에 들어와 앉은 공주가 된 기분이었다. 그때 무언가가 유미의 눈길을 끌었다.

조수석에는 빨간 장미 꽃다발이 놓여 있었다. 유미는 리본에 적힌 글자를 보았다.

백마(白馬)가 당신이 간절히 원하는 그 어디로든 데려다 줄 것이오.

— 백마를 선물한 왕자님이

글귀를 읽은 유미는 윤 이사의 센스에 미소가 흘러나왔다. 예전에는 백마 탄 왕자님이 말을 태워 주었지만, 요즘 왕자는 아예 백마를 선물한다. 아무리 사랑은 돈으로 환산할 수 없는 그 무엇이라 하지만, 선물은 사람의 마음을 움직인다. 그가 이 정도의 성의를 보이는 것이 쉽지는 않았을 것이다. 꽤 괜찮은 남자라는 생각이 든다. 갑자기 그에게 고맙고 미안한 마음이 들었다. 얼마 전에 그가 화를 내고 전화를 끊은 후, 유미도 연락을 하지 않았던 것이다. 밀고 당기기의 전략일 수도 있지만, 사실은 유미의 상황이 복잡 심란했기 때문이다.

어쨌든 지금은 유미에게 펼쳐진 인생이라는 책의 새로운 페이지를 열어야 할 때다. 솔직히 윤동진의 센스는 가끔 귀여운 데가 있지만, 그의 취향은 유미와 잘 맞지 않는다. 벤츠는 돈 많은 꼰대들이나 타는 차 아니던가. 이 자동차만 해도 돈 많은 그의 허세가 좀 느껴진다. 자동차 마빡에 박은 삼각 별은 왜 이리 큰 거야. 그는 어쩔 수 없는 속물인지 모른다. 속물이면 어때. 절에 가서 놀 것도 아니고 어차피 난 속세의 여자인데. 그래도 이 모델은 좀 경쾌해 보이긴 했다. 그러나저러나 걱정이었다. 중고 준중형 국산차를 타다가 갑자기 벤츠라니. 남들이 뭐라고 입방아를 찧을까.

유미는 시동을 걸고 시운전을 해 보았다. 묵직하면서도 중후한 부드러움으로 차가 나갔다. 이 느낌은…… 그래, 남자의 물건이 노련하게 들어올 때와 비슷하다. 더도 덜도 없이 충만한 만족감이 밀려왔다. 가슴이, 온몸이 뿌듯해졌다. 그래, 이 맛이야.

그 생각을 하자 유미의 아랫도리에서부터 묵직한 그리움이 밀려올라왔다. 그러고 보니 남자를 받아들이지 않은 지 꽤 되었다. 동네를 잠시 돌다가 아파트 주차장으로 일단 들어왔다. 일단 윤동진에게 고맙다는 인사를 해야겠다는 생각이 들었기 때문이다.

윤동진의 휴대폰으로 전화를 하자 로밍 서비스 안내가 나왔다. 그가 잠이 잔뜩 묻은 목소리로 전화를 받았다.

"어머! 미안해요. 어디세요? 유미예요."

"으음…… 여기 미국."

"잠 깨워 미안하지만, 전화하지 않을 수 없었어요. 선물, 백마 고마워요. 에구, 근데 전화해서 윤 이사님 있는 곳으로 달려가려고 했는데……."

"맘에 들어요?"

그가 조심스레 물었다.

"혹시 아직까지 나한테 화나 있어요?"

"그러면 내가 미쳤다고 선물을 보냈겠어."

"너무 과한 선물 같아서 부담스러워요."

"그만한 가치가 있으니까 선물했지. 난 사업가요. 냉정하게 들리겠지만 사랑도 일종의 거래지. 기브 앤드 테이크."

"틀린 말은 아니에요. 명심할게요."

"이건 계약금에 불과해. 아직까지 안심이 안 돼요."

"아파트 짓는 회사라 그런가? 후후…… 날 부동산 취급하네."

"유미 씨가 부동산이면 좋겠어. 꼼짝 안 하게."

"그런데 자동차를 선물한 그 아이러니는 뭐죠? 아니면 깊은 뜻이 있나?"

"왠지 쿨해 보일 거 같아서……."

그가 멋쩍게 웃는 것 같았다.

"걱정 말아요. 당신이 선물한 이 차가, 나와 당신이 간절히 원하는 곳으로 데려가 줄 거예요. 지금 이 차를 타고 당신 품으로 가미카제처럼 뚫고 들어가고 싶거든요."

유미는 자신도 모르게 그 말을 하면서 자동차의 기어 스틱을 쓰다듬었다.

"정말? 이미 유미는 내 가슴에 박혔는데 뭘."

"나 보고 싶어요?"

"슈어! 오브 코스! 내 품으로 달려들 거란 말을 듣는 순간부터 애가 빵빵하게 커졌는걸."

"내가 만져 줘서 그럴걸요."

"무슨 소리야?"

유미가 남자의 소중한 물건이라도 되는 듯 끝이 두툼하고 퉁퉁한 자동차 기어 스틱을 애무하듯 만지며 웃었다.

"내가 기어 스틱을 애무하고 있거든요."

"그게 내 거랑 연결되어 있나 보다."

그도 웃었다.

"기어 스틱이 실한 게 맘에 드네요. 애를 쓰다듬다 보니 당신이 더 보고 싶어요. 언제 와요?"

"며칠 더 있다 가는데…… 목소리 들으니까 감질만 나네. 미치겠다."

"내 손길을 상상해 봐요. 부드러운 손끝으로 귀두를 자극하고 있는……."

유미도 눈을 감고 기어 스틱의 끝 부분을 만지작거렸다. 그게 남자의 딱딱한 물건처럼 느껴졌다.

"그리고 그걸 내 뜨거운 흰 손으로 감싸 쥐고…… 그래요. 꼭 쥐고…… 업 앤드 다운……."

동진의 흥분한 숨소리가 귓가를 스쳤다. 유미도 흥분이 몰려왔다. 휴대폰을 귀와 어깨 사이에 끼고 어느새 왼손은 바지춤으로 들어가 팬티 표면을 더듬고 있었다. 푹 젖어 미끌거리는 팬티 위를 손끝으로 자극하자 자신도 모르게 높은 신음 소리가 흘러나왔다. 그 소리에 동진도 덩달아 흥분하는 소리가 들려왔다.

"좀 더, 좀 더……!"

유미는 그 소리에 오른손으로 기어 스틱을 쓰다듬다 흔들어 댔다. 왼손도 저절로 자신의 팬티 속으로 들어가 촉촉하고 부드러운 살을 만지기 시작했다.

"입으로 해 줘!"

동진의 달뜬 목소리가 휴대폰으로 들려왔다. 그 소리에 반사적으로 유미가 고개를 숙였다. 그 통에 귀와 어깨에 끼어 있던 휴대폰이 떨어졌다. 눈을 떠 보니 휴대폰은 배터리가 튕겨 나가 있었다. 이게 무슨 오두방정이람. 선팅이 잘 되어 있기에 망정이지 남들이 봤으면 얼마나 웃기는 장면이었을 것인가. 휴대폰을 어깨로 받치고 한 손은 팬티, 한 손은 기어 스틱 위에서 열심히 움직거리고 있는 그 꼬락서니라니! 윤동진은 물론 유미도 굶어서 꽤 배가 고프긴 한가 보다.

배터리를 끼워 다시 전화를 해 보려 하는데 동진에게서 전화가 왔다.

"아 뭐야! 잘 나가다가."

"너무 몰입하다 보니 기어 스틱을 입으로 빨 뻔했어요. 그래서 휴대폰 떨어뜨렸어."

"공연히 잠만 깼네."

"다시 할까?"

"다시는 무슨…… 어유, 허무하다."

"그렇죠? 우리 꼴이 웃겨, 하하……."

유미가 공연히 웃음을 터트렸다.

"좀만 기다려. 가서 화끈하게 하자."

"그래요. 신차 시승 기념으로 내가 쌔끈하게 해 줄게."

"그래, 명차 가치만큼 명기의 가치가 있겠지."

"그건 그거고, 나 정말 기뻐요."

"뭐가?"

"자동차로도 갈 수 없는 먼 거리에 있어도 이렇게 한마음으로 달아오를 수 있다는 거. 내 안에 이렇게 간절히 닿고 싶어 하는 그리움이 있다는 거, 그거 알아요?"

유미가 촉촉한 콧소리로 말했다. 잠시 침묵 뒤에 동진이 말했다.

"아무래도 난 이게 사랑이 아닌가 싶어. 난 그런 거 잘 안 믿는 놈인데…… 그냥 이제는 믿고 싶어."

이상하게 그 말에 유미의 가슴이 먹먹해졌다. 유미는 일부러 윤 이사를 찔러 보았다.

"당신은 욕심쟁이, 의심쟁이잖아요."

"아냐, 중요한 건 내 마음이니까. 어쩌면 섹스보다도……."

"섹스보다도……?"

"난 이제 마음의 평안을 얻고 싶어."

"마음의 평안이라면……?"

유미가 조심스레 물었다. 빨리 잔금을 치르고 법적 소유권을 얻고 싶다는 말씀? 그러나 그 말을 목구멍으로 삼켰다.

"서울 가서 이야기하지. 진지하게."

"그래요. 휘발유 대신 그리움 만땅 채워 놓고 기다릴게요."

아, 혹시 그가 결혼을 꿈꾸는 걸까? 어쩌면 예상보다도 그는 빨리 안정적인 관계를 원하는 걸까? 진지하게 이야기해 보자는 말은 무슨 의미일까?

유미는 그와 통화를 끝내고 다시 새 차를 둘러보았다. 남자들의 선물을 많이 받아 보긴 했지만, 이만큼 고가의 선물은 없었다. 선물은 일종의 미끼지만, 그렇다고 그 미끼에 모든 걸 걸고 잡힐 잔챙이는 아니다. 유미는 대어, 아니 대함(大艦). 언젠가는 나도 어느 항구에 닻을 내리겠지. 그게 윤동진이라면 세속적으로는 나름대로 유혹의 전장에서 승전보를 울리는 것일 텐데……. 유미는 왠지 아직까지는 거친 풍랑 속의 바다를 더 헤매야 할 배를 타고 있는 것 같다. 남자는 배, 여자는 항구라지만 유미의 항구는 어디일까?

다음 날 유미가 벤츠를 끌고 온 걸 본 용준은 감 잡았다는 얼굴로 한마디 했다.

"대단하시네요."

"뭐가? 차가?"

"아뇨, 오 실장님 능력이……."

"응, 이거 내가 할부로 산 거야."

"에이, 거짓말 마세요. 그 능력이 아니고요."

"왜 이래? 박 팀, 나도 그만한 경제적 능력은 있다고."

유미는 자신을 고가의 화대를 받은 고급 매춘부 취급하는 듯한 용준의 표정이 기분 나빴다. 사실 이모가 건네준 땅문서의 땅만 판다면 이 정도 차야 굳이 못 살 것도 없지.

"이건 누군가가 선물한 거예요. 미끼 냄새가 나는걸요. 오 실장님이 그 정도로 유혹적이니까 비싼 미끼를 던진 거죠. 낚시꾼이 누군지 알아맞혀 볼까요?"

유미는 속이 뜨끔했다.

"근데 그걸 덥석 문 오 실장님, 살짝 실망스러운데?"

"쓸데없는 소리 하지 말고 관심 꺼."

유미가 말이 많은 용준에게 퉁을 주었다.

"아아, 난 언제나 이런 차 한번 타 보나. 지완 씨 폴크스바겐 타 본 게 외제 차 처음 타 본 건데."

지완의 이름을 올리는 용준의 얼굴을 유미는 슬쩍 일별했다. 그리고 화제를 돌릴 생각으로 물었다.

"지완이는 연락 없어?"

용준이 머뭇거리더니 입을 꾹 다물어 버린다. 유미도 화제를 돌렸다.

"왜 송민정, 개도 외제 차 탄다며?"

"안 태워 줘요. 내가 무슨 전염병 환자나 되는지, 젠장! 송민정 얘기는 꺼내지도 마세요. 그러고 보면 지완 씨가 참 따듯한 여잔데……."

지완과 통화를 한 지도 꽤 되었다. 인규가 병원에서 퇴원하고 정신과 상담을 받고 있다고 했던가. 인규와는 연락이 닿지 않고 있다. 유미는 이 상황에서 그저 몸을 사릴 수밖에 없었다.

"사실 지완 씨와 한 번 만났어요. 남편이 폭식을 하고 공황 증세를 보인다며 울더라고요. 다른 사람이 된 거 같다고."

"그래?"

"결혼 생활이 별 의미가 없지만, 남편이 불쌍해서 지금 당장 헤어질 수도 없다며……."

"그래서? 용준 씨 마음이 흔들렸구나?"

"저도 지완 씨가 불쌍해서 당장 헤어질 수도 없더라고요."

"부처와 보살이 따로 없구먼."

유미가 비꼬듯 말했지만, 사실 궁금한 건 인규의 상황이었다. 전화를 받지 않는 인규에게가 아니라 지완에게 전화를 걸어 인규의 상태를 점검해 보고 싶었다. 오후에 유미는 지완에게 전화를 걸어 보았다. 서로 안부를 묻다가 유미가 단도직입적으로 물었다.

"남편은 좀 어때?"

"말이 없고 우울증 증세도 있고 무엇보다 불안해하는 거 같아.

다행히 말은 간단한 의사소통 정도는 하기 시작했어. 그 사람 얼마나 입담이 좋았니? 그런데 가끔 멍 때리고 앉아서 먹을 것만 쫓아다니는 게 영 딴 사람이 된 거 같아."

"뭘 불안해한다는 거야?"

"나도 잘 모르겠어. 물어도 대답도 안 해. 아마 가출해서 다친 그날 밤의 일과 연관이 있는 거 같긴 한데…… 전화도 아예 다 꺼 놓고 사람과의 접촉을 피하는 거 같아. 이러다 우리 베네치아 망하겠어."

"그래, 네가 고생이 많겠다. 내가 도와주지도 못하고 어쩌니?"

"어떻게 되겠지. 어쨌든 그 사람 몰래 아버지가 따로 조사를 좀 하는 거 같긴 해."

"아버님이?"

"응, 아버지는 이 사건을 다른 각도로 보시는 거 같아. 뭐 정적(政敵)의 복수 같은…… 우리 아버지, 정의파잖아."

"으음…… 그래?"

"하여간 미치겠어. 어쩔 땐 내가 먼저 돌아 버릴 거 같기도 하다니까. 유미야, 언제 나랑 술 한번 마시자. 아니, 나 좀 재미있는 데 데리고 가 줘."

지완이 한숨을 쉬었다.

"용준 씨와는 연락 안 해?"

"그 껄떡쇠가 얌전히 있겠니? 한 번 만났어. 걔 때문에 이렇게 됐는데 싶어서 안 만나려 했는데…… 내 처지가 서글프다 보니까 또 유혹에 빠지게 되네. 유미야, 인간은 왜 이렇게 나약한 거니?"

"인간의 역사가 유혹의 역사 아니겠어? 뱀이 이브를 유혹하고 이브는 아담을 유혹하고 그렇게 시작된 역사잖아."

"그나저나 용준 씨가 그러는데 너야말로 유혹의 달인이라더라. 네가 재벌을 물었다며?"

"뭐? 걔는 무슨 남자가 말도 안 되는 입방정을 떠니? 내가 무슨 뱀이니? 사람을 물게."

뱀. 그렇다. 꽃뱀. 말해 놓고 나니 괜히 지완에게 꽃뱀을 연상시킨 것 같았다. 자격지심이겠지만, 어쨌거나 지완에게는 그런 비유조차 자존심 상한다. 사람 간을 잘 보는 데다 입마저 싼 용준에게 유미는 잠깐 화가 났다. 똥 찬 제비 같은 놈! 헛된 욕망에 갈대처럼 흔들리는 줏대 없는 놈. 가진 거라곤 쌍방울밖에 없어서 이리저리 껄떡대느라 경망스레 방울 소리만 울려 대는 놈. 하지만 타고난 환경이 인간을 지배하는 법. 유미는 박용준이란 인간을 나름대로 이해하려고 한다. 사실 아직 소문내서는 안 될 일이지만, 재벌 2세인 윤동진의 낚시에 물릴 타이밍이 점점 다가오고 있지 않은가. 그러면 돈과 일과 사랑을 모두 얻게 된다.

"그래, 유미야. 어쨌든 얼른 좋은 사람 물어서 너도 행복해져야지. 결혼도 하고…… 널 보면 바람 앞의 등불 같아."

지완이 유미의 기분을 알아챘는지 적당히 얼버무린다.

"글쎄, 난 이 생활도 좋은데…… 나, 안 좋아 보이니? 넌 결혼, 재미없다며?"

"결혼은 처음과 끝만 좋은 거 같아. 처음에 설레는 시간 잠깐과 노후에 말이야. 사실 중간은 지루한 터널이지. 너도 노후를 생각해야지."

"얘, 그만해. 할망구 같다."

"사실 나도 요즘 이혼하고 싶은 생각이 불쑥불쑥 들어. 애들 아빠가 요즘은 남자가 아니라 다 큰 정신지체아 아들 같아. 하지만 이 나이에 이혼하면…… 기쁨은 나누면 두 배가 되고 슬픔은 나누면 반으로 된다고 하지만 이혼해서 찢어지면 많지도 않은 재산 남아나지도 않아. 암튼 중요한 건 경제 공동체로 뭉쳐야 재산도 몇 배로 불어난다는 거야. 그러니 능력되면 재벌이랑 결혼하면 얼마나 좋니?"

지완이 수다를 풀어 놓았다. 인규도 그랬지만, 지완도 결국 결혼을 지키는 힘이 돈이라는 걸 말하고 있었다. 어쩌면 재산을 지키는 게 결혼이라는 제도인 것이다. 만약 유미가 지완처럼 부잣집 딸이라면 인규는 예전에 지완과 이혼을 감행하고 유미와 재혼했을 것인가. 지완과 전화를 끊고 나서 유미는 씁쓸했다.

그때 윤동진에게서 전화가 왔다.

"차 잘 나가? 나, 내일이면 귀국해."

"잘 나가죠. 그런데 너무 비싼 옷을 입은 거처럼 거동이 좀 불편해요. 남들이 누군가가 뒤에 있는 거처럼 생각하고…… 그런 게 싫어요."

"왜 그렇게 남들의 시선을 의식하지?"

"분수에 안 맞으니까 그렇죠."

"내가 뒤에 있는 게 싫은가?"

"치이, 그렇다고 뭐 평생 그림자처럼 내 뒤에 붙어 있을 거도 아니면서."

유미는 입을 삐죽거렸다.

"원 없이 뒤에 붙어 있을게."

무슨 생각을 하는지 윤동진이 낄낄거렸다.

"그거 내가 좋아하는 자센데……."

"아이, 참. 점점 이상해져."

"응, 나 유미 씨랑 이런 말할 수 있는 게 좋아. 나 야한 속옷도 사간다."

"야한 속옷? 어떤 건데? 뭐 그물 팬티 이런 거 아냐?"

"안 가르쳐 줘. 참 그건 그렇고 아버지가 유미 씨를 보고 싶어해. 이번 주 주말에 집으로 한번 데려오라는데? 나도 자세한 건 몰라. 하여간 서울 가서 보자."

이번 주 주말이라면 오늘이 화요일이니 며칠 남지도 않았다. 무언가가 다가오고 있는 게 분명했다. 그게 희망의 속삭임이길 유미는 바랐다.

그러나 30분 후, 유미는 희망의 속삭임 대신 악마의 속삭임을 들어야 했다.

퇴근 전에 메일이 온 게 있을까 싶어 메일 박스를 열었다. 그런데 스팸 메일과 업무용 메일 속에 '단미님께'란 제목이 붙은 메일이 끼어 있었다. 요즘은 예전보다 블로그 관리를 약간 소홀히 하는 통에 그런 메일이 오는 경우가 많지는 않았다. 그래도 알 만한 블로거들은 다 아는 블로그라서 연애에 관해 한 수 배우고 물어보려는 사람들이 가끔 메일을 보내곤 했다. 또는 작년 설희 담임이었던 안지혜처럼 넋두리로 가득 찬 메일을 보내는 사람도 있었다. 가끔씩은 싱거운 남자들의 엉큼한 제안도 있었다. 이론에는 밝으신데 실전으로 저와 한판 붙어 보심이 어떤지? 또는 제 물건이 이러저러하니 한번 진상하여 평가를 받고 싶다는 둥…….

편지를 보낸 사람의 아이디는 '홍두깨'였다. 홍두깨가 뭐냐. 아무리 그래도 그렇지 너무 노골적이잖아? 유미는 킬킬대며 메일을 열었다.

단미님, 안녕하세요? 사이버 세상에서 단미님은 모든 여자나 남자가 원하는 아이콘이 되어 있으시더군요. 하지만 사랑은 감성이나 달콤한 말보다는 뭐니 뭐니 해도 섹스. 백문이 불여일견이죠. 여기 단미, 아니 현실 세계의 오유미의 S 파일이 있습니다. 이론이 있으면 실제도 있어야 하는 법. 맛보기로만 조금 보냅니다. 환상적인 섹스를 보여 줄 뿐 아니라 당신에게는 옛 추억을 되찾는 파일일 겁니다. 즐감하시길.

장난 메일 같기도 해서 삭제하려다 호기심이 동했다. 그래도 설마, 했다. 유미는 첨부 파일을 열었다. 다운로드 되자 1분 30초 정도의 동영상이 나왔다.

아! 그런데 장난이라 하기에는 그 안에 유미가 생생히 들어 있었다. 유미뿐 아니라 유미의 상대 남자도 생생히 들어 있었다. 캠코더를 고정해 놓고 촬영한 듯 화면에 등장한 남녀는 침대에서 정신없이 얽혀 있었다. 마지막 장면은 절정이 지났는지 유미가 침대에서 젖가슴을 드러낸 채 반쯤 일어나고, 남자가 장난스레 V 자를 그리며 카메라 앞으로 다가오는 장면에서 끝나 버렸다.

유미는 살이 떨렸다. 남자는…… 남자는 이미 저세상 사람이 된 남자. 그가 화면에서 생생히 웃고 있는 게 소름이 끼쳤다. 눈을 의심하며 다시 한 번 재생해 보았다. 아, 기억난다. 분명히 그 남자와 함께 이 장면을 촬영한 적이 있다. 두 사람의 고조된 신음 사이로 텔레비전을 켜 놓았는지 프랑스어가 들렸다. 8년 전의 어느 날. 프랑스 파리. 한때 저 남자를 사랑했다. 남자는 유미와의 정사를 캠코더로 촬영하고 싶어 했고, 유미는 허락했다. 카메라가 돌아가자 오히려 더 적극적인 건 유미였다. 그 이전에 잠깐 에로 비디오를 찍었던 경험을 살려 추억의 장면이 되더라도 멋지게 연출하고 싶었다.

이것은 지난번에 없어진 에로 비디오테이프도 아니다. 그렇다면 이것은 두 사람만 알고 공유하는 추억일 텐데 왜 이런 파일이 나돌아 다니는 걸까. 그가 죽은 걸 알고는 곧바로 그의 집에 가서 모든 물건을 처리하지 않았던가. 메일을 보낸 사람은 누구인 걸까? 혹시 죽은 그가 메일을 보낸 건 아니겠지?

그가 누구든, 그는 이 동영상 파일을 협박용으로 쓰려고 하는 거겠지? 그런데 왜?

한때 유명 연예인들이 동영상 파문으로 신세를 망친 일이 있다. 유명 연예인, 특히 여자에겐 그것이 목숨과도 같다. 그 이후 그녀들은 무덤 속에서 세월을 견뎌야 했다. 단미님이라 시작한 메일은 분명 나의 유명세를 겨냥하고 있다. 하지만 아무리 그래도 내가 연예인급은 아닌데……. 그의 목적은 무엇인가. 그는 그저 우회적으로만 말했을 뿐이다. '이론이 있으면 실제도 있어야 하는 법'이라고.

이 문구를 보면 동영상을 유포하겠다는 협박이 살짝 들어가 있다. 하지만 옛 추억 운운하는 것은 무엇일까? 보통 남자 애인이 변심한 여자 애인의 마음을 돌리고자 이런 짓으로 협박하는 경우가 있다. 하지만 옛 애인인 그는 죽었다. 그렇다면 도대체 누가 이런 짓을?

유미는 당장 직설적으로 묻는 메일을 쓰려고 하다가 그만둔다. 이럴 때 인규에게 전화를 걸어 넋두리라도 하면 얼마나 좋을까. 인규의 상황이 어떨지 몰라 휴대폰도 못 하고 있는 요즘 상황이 답답할 뿐이다. 인규의 상태가 저러니 잘못하면 지완에게 딱 걸리기 십상이다.

퇴근 시간이 지나도록 전전긍긍하던 유미는 다시 이메일을 열어 답장을 썼다. 피하지 말고 정공법으로 부딪혀 보는 게 나을 것 같았다.

홍두깨님, 안녕하세요. 보내 주신 메일은 잘 읽어 보았습니다. 그리고 첨부 파일도 보았습니다. 냉정하게 말하면 당신의 행위는 무척 비열하게 여겨집니다. 당신이 누구인지 신원을 밝혀 주시고, 의도하는 목적이 무엇인지 제게 분명히 말씀해 주시면 진지하게 대화에 응할 용의가 있습니다. 그럼 답을 기다리겠습니다.

메일을 보내고 나자 기운이 빠졌다. 집에 들어가고 싶은 기분도 아니었다. 박용준이라도 붙잡고 저녁이나 먹을 걸 그랬나? 클럽에라도 가서 부비부비를 할 시간도 아니다. 그리고 언제부턴가 그런 것은 재미가 없어졌다. 나이가 들어 가나 보다. 이럴 때 어디 괜찮은 호스트바나 알아 두었으면.

그때 마침 전화가 왔다. 오랜만에 박 PD가 전화했다. 허전하고 심란했던 유미는 그의 전화가 오히려 반가웠다. 벌써 봄 개편 때가 되었나? 세월 참 빠르다. 안 그래도 일정이 바빠져서 라디오 방송 원고를 쓰는 일이 부대꼈다. 그 일을 그만두려고 차일피일 상황을 보던 중이었다.

"어머, 박 PD님! 안 그래도 생각이 꽂혀서 전화하려 했는데. 텔레파시가 통하나 봐."

"오늘 비가 와서 그런가? 술이 당겨서. 오랜만에 한잔합시다. 나 오늘 아주 한가해요. 괜찮은 막걸릿집 아는데……."

"좋아요. 오늘은 저도 위로를 받고 싶은 날이네요."

박 PD를 만나 막걸리를 마시던 유미는 방송 일을 그만두겠다고 말했다. 박 PD에게 소위 잘 보일 일이 없어졌으니 그의 요구를 무시해도 된다.

"그러면 우리, 오늘이 마지막 회동 아냐? 좋아. 그럼 오늘은 그동안의 성의에 내가 보답하지. 오늘은 내가 풀 서비스 한다!"

거나하게 술이 오른 그가 큰소리를 쳤다. 그 말에 유미는 긴장을 풀고 정신 줄을 놓고 마셨다. 그가 술값을 치르고 유미를 모텔로 옮겼을 때 유미는 이미 떡이 되도록 취해 버렸다. 그러나 마지막 아쉬운 기회를 그냥 보내고 싶지 않은 박 PD는 퍼진 떡을 치기 위해 떡메에 온 힘을 기울였다. 그러나 유미의 입에서는 교성 대신 계속 잠꼬대 같은 소리만 흘러나왔다.

"야! 홍두깨 너, 죽어! 죽었어!"

그 소리를 자꾸 듣다 보니 정말 박 PD의 물건은 시나브로 죽어 버렸다.

유미가 모텔에서 아침에 일어나 보니 박 PD는 집으로 돌아갔는지 사라지고 없었다. 하여간 유부남이라는 족속들은! 끝까지 곁에서 함께 있지 못하고 돌아간 그가 미웠다. 필름이 끊어졌는지 어젯밤의 일이 잘 기억나진 않지만, 박 PD와의 마지막 세리머니가 싱겁게 끝난 게 분명했다. 여자의 협조 없이는 어떤 능력 있는 남자도 혼자서 능력을 발휘할 수는 없다. 그게 섹스의 법칙이다. 섹스가 협업이라는 걸 남자들은 가끔 까먹는다. 그저 자기 엔진의 힘만 좋으면 되는 줄 안다. 그러나 엔진을 다루는 엔지니어는 여자다. 어제 실신하듯 널브러진 유미와의 섹스가 그도 즐거울 리 없었을 것이다. 그동안 유미가 얼마나 입의 혀처럼 그를 살살이 자극하고 불을 지폈는지 그도 깨달았을 것이다.

남자들이 펌프질을 잘했다면 그건 유미가 마중물로 그들의 능력을 충분히 끌어올렸기 때문이다. 하지만 그들은 그것이 오로지 자신의 능력이라고 과대망상하길 좋아한다. 유미는 그런 남자들의 심리를 잘 알고 부추겼다. 당신 정말 힘 좋네! 와우! 완전 대박이다! 그렇게 과대 포장해 줘서 유미에게도 나쁠 건 없었다. 칭찬은 고래도 춤추게 하는데 하물며 거북이가 머리를 바짝 들고 춤을 추게 하는 건 일도 아니다. 그렇게 그들의 거북이뿐 아니라 자존심을 세워 주면 유미에게도 덕이 돌아오는 것이다.

그런데 이제 박 PD와의 공식적인 관계는 끝이다. 아, 이렇게 또 하나의 인연이 스러지는구나. 그동안 나쁘지는 않았지만, 미련 또한 없다. 그러나 이렇게 모텔 방에서 이른 아침에 혼자 눈을 뜨는 일은 싫다. 유미는 뒤척이다 라디오 방송을 그만두는 결정은 잘한 일이라고 위안한다. 유명인이, 공인이 된다는 건 그만큼 자유의 제한을 받는 일이다.

게다가 갑자기 어제 받은 메일 생각이 났다. 유명세라는 것은 빛과 그림자를 동시에 갖고 있다. 부와 명예를 꿈꾸던 유미는 먼저 사이버 세상에서 유명해졌다. 자신을 가리고도 세상을 조종하는 그 방식이 마음에 들었다. 자신처럼 아무 밑천도 없는 사람이 그렇게라도 인맥을 쌓고 소통하며 세상을 탐색할 수 있다는 게 대단한 매력이 아닐 수 없었다. 그 여파로 라디오 작가와 유명 강사도 되었고, 교수의 꿈도 목전에 두고 있다. 게다가 명예는 결국 돈줄과 연결이 되므로 윤동진을 만나게도 해 주었다. 아아, 고지가 바로 저긴데…… 좀 있으면 다 이루었도다, 하면서 흐뭇한 미소를 지을 수도 있을 텐데…… 어두운 파멸의 그림자가 설핏 비치다니. 유명한 자, 그 이름으로 망할지니. 인터넷에 그 동영상이 퍼지기라도 한다면! 유미는 고개를 흔들었다. 최신 스마트폰을 장만한 후 요즘 유행하는 트위터를 열심히 해서 블로그 추종자들을 고스란히 트위터 팔로어로 만들어 개인 미디어 왕국을 만들겠다고 꿈꿨는데……. 그러나 이제 그 계획은 오히려 위험천만하다. 역공을 당하면 대파멸을 불러올 수 있다. 내 손으로 무덤을 파는 일이다.

유미는 일어나서 객실의 컴퓨터를 부팅하고 메일을 확인했다. 홍두깨에게서 답신이 왔나 살폈다. 그러나 메일은 상대가 수신 확인도 안 한 상태였다. 이건 어쩌면 고도의 심리전일지도 몰라. 사이버 세상의 어느 곳에서 얼굴 모르는 사람이 악마 같은 웃음을 흘리고 있을 거란 생각에 가슴이 답답했다.

유미는 포털 사이트로 들어가 검색을 해 보았다. 이, 유, 진. 수많은 인물이 떴다. 어제 받은 첨부 파일의 동영상 이미지에 1분 30초간 나왔던 남자. 그 화면에서 유미와 함께 생생하게 육체의 향연을 즐기던 남자. V자를 그리며 소년처럼 웃던 남자. 추억 속에만 있는 남자. 그가 혹시 사이버 세상에 살아 있는지……. 그러다 유미는 픽, 웃었다. 그는 이 세상에서 바람과 함께 사라졌다. 유미의 어떤 그물에도 이제는 걸리지 않는 바람이다.

카르페 디엠(Carpe diem)

"오 기사, 도착 시간이 6시 35분이야. 늦지 않게 차 대고 있어."

"옙! 이사님."

동진이 미국에서 출발하기 전에 전화를 했다. 유미더러 인천공항에 마중 나오라는 것이다. 유미가 벤츠를 끌고 나와 환대해 주기를 바라는 게다.

유미는 인천공항으로 달렸다. 역시 이놈은 질주하는 맛이야. 은근한 짜릿함으로 유미는 속도를 즐기고 있었다. 며칠 타 보니 이놈도 별거 아니다. 인간은 참 적응력이 대단하다. 하지만 그것도 일방통행이다. 좋은 방향으로는 적응이 빠르지만 역방향은 끔찍하다. 이제 웬만한 차는 못 탈 거 같다. 인간의 욕망은 호리병이다. 작은 구멍으로 들어갈 수는 있지만 뺄 수는 없는 게 욕망이란 놈이다.

그래서인지 요즘 유미는 불안하다. 윤동진이라는 마술 호리병이 입을 벌리고 있다. 그러나 또 한쪽에서 유미의 발목을 붙잡고 있는 일련의 사건들⋯⋯. 스리 고를 호기롭게 외치다가 싸고, 독박 쓰고, 개 피 보는 일이 생길까 봐서다. 여기서 망하거나 하면 이젠 끝이다.

그는 생각보다 일찍 나왔다. 너무 반가워서 포옹을 하고 싶은 생각이 들었는데 그의 표정이 썰렁하다. 유미를 보고도 지나쳐 간다. 어? 뭐야? 아니나 다를까. 그의 기사가 나타나 그를 보자마자 달려가서 공손히 고개를 숙이고 그의 짐을 끌었다. 상황을 눈치챈 유미가 일부러 돌아섰다. 동진이 손목시계를 보며 그에게 무언가를 지시하자 그는 짐을 끌고 물러갔다. 잠시 후 유미의 어깨에 누군가 손을 얹었다. 돌아보니 윤동진이 웃고 있었다.

주차장에서 유미는 모터쇼의 레이싱 걸처럼 벤츠의 보닛에 팔을 살짝 얹고는 섹시한 포즈를 취하며 웃었다.

"그래, 실제로 보니까 유미 씨랑 정말 잘 어울려."

동진이 흡족한 미소를 지으며 차에 올랐다.

"이사님, 어디로 모실까요?"

"유미 씨 집으로 갈까? 내일 새벽부터 조찬 모임이 있어서 오늘은 늦지 않게 들어가려고 해. 시간도 넉넉하지 않은데 이렇게라도 보지 않으면 힘들 거 같아."

"옙! 그럼 누추하지만 그리로 모시겠습니다!"

"그래, 오 기사. 운전 좀 잘해 봐."

"살살 모실까요, 쫙쫙 모실까요?"

"운전사 맘대로 해."

동진은 유미의 볼을 살짝 꼬집었다. 유미의 손이 기어 스틱으로 옮겨 올 때마다 동진은 유미의 손등을 꼭 감싸 쥐었다. 유미의 손이 핸들로 옮겨 가자 스틱을 툭툭 건드리며 무엇이 생각나는지 그가 웃었다.

"그래, 그놈 참 실하게 생겼네."

"그렇죠? 에고, 얼마나 보고 싶었는지 봉이란 봉은 다 거시기처럼 보여서……."

집에 도착하자 동진은 오래 참았던 욕구를 풀어냈다. 현관에 들어서자마자 유미를 벽에 붙여 놓고는 허겁지겁 키스를 퍼부어 댔다. 동진의 물건이 기어 스틱처럼 단단해지는 걸 유미는 느꼈다. 유미는 바지 위로 솟은 그의 물건을 살짝 쥐었다. 그리고 변속기어를 조절하듯 이리저리 살살 움직였다. 홍분한 동진이 유미의 팔을 끌고 침실로 들어갔다. 그리고 성난 짐승처럼 유미를 침대 매트리스로 패대기쳤다. 오우! 유미는 그의 취향이 점점 변해 가는 게 좋다. 섹스에 있어서는 피학증이 있는 그가 짐승남으로 변하는 게 재미있다. 사실 남자는 짐승스러워야 한다. 그래야 여자를 발정 난 암컷으로 만들 수 있으니까. 그런데 아니나 다를까?

"아 참, 내 서류 가방."

갑자기 동진이 서류 가방을 찾았다. 그가 섹스할 때 쓰는 장난감, 아니 기구를 찾고 있는가 보다. 유미는 쩝, 입맛을 다셨다. 그는 여제(女帝)로부터 자신이 노예처럼 고문당하고 핍박받기를 바라는 성적 판타지를 갖고 있는 남자다. 어쩌다 간혹 노예를 다루듯 남자를 괴롭히는 섹스가 별스럽긴 하지만 유미는 그 취향이 아니다. 최고 명차(明車)의 기어 스틱을 흔들며 운전하는 기사인 게 낫지, 오늘은 채찍을 들고 남자 노예를 때리는 여주인 역할은 당기지 않는데…….

그가 거실에 두었던 서류 가방을 가지고 들어왔다. 알몸에 애지중지 서류 가방을 챙기는 그의 모습이 우스꽝스레 느껴졌다. 다른 짐은 기사에게 다 넘기고 그가 직접 챙겨 온 가방이니 그 안에 든 물건이야 오죽할까. 어쩌면 출장지에서 더 잔인한 기구를 사 왔는지도 모르지.

"내가 얘기했지? 선물……."

"……?"

"웃겨."

그가 가방을 열지 않은 채 흐물흐물 웃었다.

"아아, 맞다. 뭔데요?"

"으음, 일종의 커플 룩이라 해야 하나?"

"커플 룩? 야한 속옷이라고 하지 않았나? 똥꼬 빤스나 그물 빤스?"

유미가 장난스레 물었다.

"뭐 비슷하긴 한데 그건 아니고."

그가 코끝을 손톱으로 긁었다.

"변태라고 욕하진 않겠지? 재미있잖아."

유미는 점점 더 궁금해졌다.

"원래 변탠데 뭐. 아이, 뭐야?"

그가 포장된 물건을 꺼내 유미에게 내밀었다.

"돌아서서 이걸 지금 입어. 난 내 거를 입을 거야. 그런데 절대 돌아보지 마. 내가 하나, 둘, 셋, 할 때까진."

그가 숨바꼭질하는 어린애처럼 진지하게 말했다. 유미는 시키는 대로 포장을 뜯었다. 흰색 레깅스가 나왔다. 그런데 모양이 좀 특이했다.

"어디가 앞이지?"

"트인 데가 뒤야."

하여간 눈치껏 입었다. 다 입고 나니 엉덩이가 시원했다. 동진도 부스럭대고 무얼 입는 거 같았다. 잠시 그가 숫자를 셌다.

"하나, 둘, 셋!"

두 사람이 동시에 돌아섰다. 으악! 헉! 이게 뭐야? 그가 입은 건 검은색 레깅스, 흔히 보는 남자용 타이즈 같았다. 그런데 앞의 가운데가 하트형으로 뚫려 있었다. 그 사이로 그의 봉이 운전을 기다리는 스틱처럼 우뚝 나와 있는 것이다. 그 꼴도 우스웠지만, 유미의 꼴도 만만치 않았다. 거울을 보니 유미의 뒤에는 그야말로 커다란 하트 창문이 뚫려 있었다. 그 안에 풍만한 엉덩이 두 짝이 온통 드러나 있었다. 동진이 멋쩍게 말했다.

"그림자처럼 뒤에 붙어 있어 달라며?"

"요상한 커플 룩이네."

"우리 섹스할 때 입을 커플 유니폼이야. 벗을 거 없이 간편하고, 겨울엔 내복으로 입어도 되고."

"어휴, 어련하시겠어. 자세 나온다, 나와."

"유미 씬 다 이해해 줄 거 같았어. 아, 요즘 여자들 치마 밑에 레깅스 그런 거 많이 입던데, 그 위에 치마 입고 출근해 봐. 노팬티로 다니는 여자들보다 더 섹시할 거 같아."

"당신 참, 장난꾸러기야. 정말 독특해."

그때 그가 다시 유미를 끌고 식탁으로 데려갔다.

"나의 백마가 되어 줘."

그가 유미를 식탁을 잡고 구부리게 했다. 그리고 유미의 드러난 풍만한 알궁둥이를 손으로 때리며 말했다.

"아! 이 커다란 하트 너무 이쁘다. 암말 엉덩이 같네."

그가 갑자기 신음 소리를 내며 유미의 뒤로 밀고 들어왔다. 그답지 않은 강력한 엔진으로 터널을 뚫을 듯 밀고 들어오자 유미의 입에서도 참을 수 없는 신음이 터져 나왔다. 유미의 뇌리에도 암말의 뒤태 같은 자신의 뒷모습이 눈에 보이듯 훤히 떠올랐다. 흥분이 고조되었다. 검은 종마 같은 동진과 씨받이 흰 암말 같은 유미의 두 몸이 빈틈없이 붙어서 리듬을 탔다. 아아, 암말이 되어도 좋아. 흥분되자 암말처럼 히힝거리고 싶어졌다. 유미는 히힝거리며 콧소리를 냈다. 흥분한 동진이 소리쳤다.

"나를 태우고 어디로든 가 줘."

유미는 질주하고 싶었다. 마치 몽골의 초원을 내달리는 말이 된 거 같았다. 그러다 자신의 몸이 초고속으로 달리는 자동차가 된 듯도 했다. 동진은 채찍을 드는 대신에 강력한 기어 스틱을 유미의 몸속에 박은 듯 자유롭게 변속했다. 동진의 기어 스틱이 움직일 때마다 유미의 몸은 성능 좋은 최고급 자동차처럼 민감하게 반응했다. 동진은 유미의 엉덩이를 채찍 대신 손으로 때리기 시작했다. 심지어는 말갈기를 잡듯 유미의 머리채를 쥐고 흔들었다. 극과 극은 통한다더니 이 남자, 사디스트가 되었나? 어쨌든 새로운 변신은 늘 짜릿하다. 그의 봉이 깊게 박혀 숨이 막혀 왔다. 유미는 흥분에 겨워 소리쳤다.

"그만! 빵꾸 날 거 같아!"

그 말이 신호가 된 듯 동진이 사정했다. 유미의 몸이 바닥으로 스르르 미끄러져서 그대로 엎드렸다. 동진이 유미의 엉덩이에 키스하곤 베개 삼아 베고 누웠다.

"참 좋다."

동진이 나른하게 말했다.

"당신, 좀 달라진 거 같아. 취향이 변했나?"

"글쎄, 난 유미 씨와 다양한 모험을 하고 싶어. 당신이란 여자와 살면 참 재미있을 거 같아."

"알고 보면 당신도 재미있는 사람이야. 상상력도 풍부하고…… 섹스는 상상력이야."

"뭐든 그렇지. 요즘 같은 시대엔 더더욱."

"나랑 살고 싶은 생각이 있어요?"

유미는 조심스레 물었다.

"사실 아버지한테 조심스레 운을 뗐어. 그래서 보고 싶어 하시는 거야."

"날 좋아하실까요?"

"좀 까다로운 양반이긴 하지. 하지만 결혼은 결국 내가 하는 거니까."

"당신 생각을 듣고 싶어요."

"많은 제약이 따르겠지만, 당신은 나를 나답게, 본성대로 살게 해 줄 편한 여자라는 생각이 들어. 진지하게 생각하고 있어."

"내 의견은 안 물어요?"

"당신은?"

"글쎄요. 난 사실 결혼에 대해 진지하게 생각해 본 적이 없어요. 그런데 윤 이사님 만나고부터는 가끔 그런 가능성을 상상해 보곤 해요. 그저 상상 말이죠. 그런데 내가 결혼에 어울릴까 모르겠어요."

"좀 자유분방하긴 하지."

"이사님은 나와의 결혼을 통해 무엇을 얻고 싶은 건가요? 고르세요. 사지선다형이에요. 1 현모양처? 2 섹스 파트너? 3 대화 상대? 4 사업 파트너?"

"문제가 형편없군. 모두 정답이야."

"알다시피 난 돈도 없고 태생도 그저 그런 여자예요."

"돈은 나한테 좀 있어. 혹시 나를, 돈을 보고 좋아하나?"

"네."

유미가 망설임 없이 대답했다.

동진의 얼굴에 실망하는 빛이 떠올랐다.

"OX 문제 아니었어요? 그럼 예스지 노예요? 돈 없는 이사님의 모습은 상상할 수도 없는데. 굳이 답을 정확하게 말한다면 난 돈도 많은 당신이 좋아요."

유미가 '도'에 힘을 주었다. 그리고 다시 질문을 했다.

"이번엔 서술형 문제예요. 그럼, 당신이 좋아하는 건 나의 무엇이에요?"

"한마디로 답하긴 어려워."

"나의 외모? 섹스? 성격? 지적 능력?"

"유미 씨의 모든 것이라 해야겠지."

"모든 것? 나에 대해서 얼마나 알아요?"

"결혼해서 50년을 살아도 인간은 서로 모르는 거야."

동진이 모호하게 대답했다.

"그럼, 마찬가지로 유미 씨는 나에 대해서 얼마나 알아?"

그러고 보니 유미도 동진에 대해 아는 게 많지는 않다.

"객관적인 사실과 이미지 말고는 별로…… 나만의 지식이라면 당신의 섹스 취향 정도?"

유미는 머뭇거리다 다시 물었다.

"나에 대해 혹시 뭘 좀 알아보진 않았나요?"

"아니……."

"그럼 됐어요. 당신이 알아야 할 것은 내가 알려 드리죠. 궁금하다면 말이죠."

"궁금하긴 하지."

"나 사실 처녀 아니에요. 결혼한 적 있어요."

"그래? 그럼, 우리 쌤쌤인데."

"아이도 있어요."

"내가 꿀리는데."

동진이 말은 농담조로 했지만 그의 표정이 미묘하게 흔들렸다.

"그리고 난 가족이 없어요. 혼자라고요. 재벌들은 패밀리 좋아하잖아요."

"아인 몇 살인데?"

동진이 엉뚱하게 물었다.

"여고 2학년이에요. 내가 대학 다닐 때 사고 쳐서 일찍 결혼하는 바람에…… 당신은 나보다 훨씬 조건 좋은 처녀에게도 장가들 수 있을 텐데……."

"그렇겠지."

"당신, 지금 얼굴에 뭐라고 쓰여 있는지 알아요? 결혼은 조건 좋은 규수랑 하고 나와는 연애만 했으면 좋겠다. 그렇죠? 솔직하게 말해 봐요."

"그렇게 함부로 말하지 마. 당신을 놓치고 싶지 않은 내 간절한 진심을 그런 식으로 말하면 곤란해."

"남한테 뺏기는 게 싫겠죠. 그래서 부동산처럼 잔금을 치르고 법적 소유권을 독점하고 싶은 거죠. 그래서 결혼을 생각하는 건데, 뭐 전세, 월세도 있잖아요? 사실 나를 소위 세컨드 정도 삼으면 딱인데, 그렇죠? 나를 평생 함께할 아내로 정하는 건 좀 망설여지는 거죠. 내가 세컨드 정도로 옆에 있어 줄 여자는 아닌 거 같으니까……."

동진의 얼굴이 벌게졌다.

"유미 씨는 성격이 참 솔직해서 좋은데, 사람을 빠져나갈 구멍 없이 몰아붙여서 좀 당혹스러울 때가 있어. 내 마음은 진실한데, 솔직히 말하면 결혼은 어디까지나 현실적인 문제니까 나 혼자 결정 못 하는 부분도 좀 있는 거야."

"내가 굳이 결혼하자 그러는 것도 아니에요."

"알아. 그럼 평생 나만 바라보고 살래?"

유미가 픽, 웃었다.

"나 춘향이 아니거든요."

"알아. 그러니까 평생 내 걸로 만들고 싶어. 이젠 오유미가 딴 놈 손 타는 게 싫어."

생각만 해도 싫다는 듯 동진이 고개를 흔들었다.

"결혼을 한다면 모를까. 나를 구속할 생각은 마세요."

유미가 못을 박았다.

"그리고 결혼을 미끼처럼 내게 들이대지도 마요. 나 결혼에 환장한 여자 아니에요. 그리고 돈 좋아하지만 돈의 노예가 될 정도로 자존심 없는 여자 아니에요."

동진에게 은근 까다로운 여자로 부각되길 원하며 그 정도에서 유미는 입을 다물었다. 이 정도면 구매욕을 끝까지 부추긴 셈이다. 돈이 있는 남자들은 돈으로 못 할 게 없다고 생각한다. 약간 약이 오른 듯한 얼굴로 동진이 말했다.

"고기도 먹어 본 사람이 맛을 안다고, 돈을 써 보지 않은 사람은 오히려 돈맛을 모르는 법."

"비웃는 거예요?"

"내가 부자 여자들을 싫어하는 건, 자신들이 그만큼 가졌으면서도 남자 재산이 그에 못 미치면 억울해 죽겠다는 생각을 갖고 있다는 거야. 유미 씨는 좀 달라. 뭐랄까, 돈에 대한 철학이 있다고 할까?"

철학은 무슨 개똥철학? 어차피 잃을 게 없는 사람은 용감하다. 유미는 아무리 돈이 없던 시절에도 절대 굽실대지 않았다. 오히려 그렇게 당당하고 초연하면 돈이 제 발로 걸어온다. 아니면 말고. 언제 내가 '있는 년'이었나, 뭐. 또 그러면 그만이었다. 그러나 물론 속으로는 간절하게 바란 적이 많았다. 욕망을 부끄러워하진 않지만, 절도를 지키고 자존심을 지키고 싶었을 뿐이다.

"그래서 말인데, 이번 주말에 아버지를 만나면 잘 좀 보였으면 좋겠어. 내 희망 사항이야."

"회장님의 입장은 어떠신데요?"

"어떤 선입견도 갖지 않고 만나는 게 좋을 거 같아. 그냥 평상시의 유미 씨를 보여 주면 돼."

"섹시하게?"

유미가 농담조로 말하며 웃었다.

"유미 씨 특유의 자신감과 카리스마, 그리고 열정적인 에너지가 있잖아."

"에구, 그건 남자를 제압할 때나 쓰는 거지. 조신하게 보여야겠죠."

"알아서 해. 뭐든 순발력 있게 잘하잖아. 좋은 분이야. 다만 노인네가 좀 고집이 심해. 까다로운 편이지. 엄마가 돌아가시고 나서 더한 거 같아."

"연애 안 하시나?"

"사람을 잘 못 믿으셔. 이제 우린 한 배를 탔어. 어쨌든 둘이 힘을 합쳐 노를 저어서 우리가 원하는 항구에 도착하자고."

동진의 그 말을 들으니 이제 좀 정착하고 싶다는 생각이 순간적으로 들었다. 동진이 그때 유미의 엉덩이를 콱 물었다.

"아아, 귀여운 나의 암말!"

윤동진의 씨받이 암말로 살아갈 수 있을까. 그의 씨를 배고, 그의 후계자를 만들고, 그리고 돈맛을 알고, 돈에 중독되고…… 그러고 나면 그 끝은 무엇일까. 유미는 욕망의 끝까지 가 보고 싶다는 생각이 들었다. 그것 자체가 하나의 욕망인지, 아니면 생에 대한 호기심인지는 모르겠다. 다만 어디로든 달리고 싶은 것만은 분명하다.

"사랑해."

동진이 속삭였다. 그 말이 마치 당근이라도 되듯이, 아니 휘발유라도 되듯이 유미의 온몸이 다시 충전되었다. 동진이 다시 시동을 켜고 밀고 들어왔다. 그래, 달리는 거야. 온몸의 세포가 생생히 아우성치는 이 살아 있는 삶의 순간을 느끼는 거야. 사랑은, 생은, 다시 올 수 없는 순간들의 질주일 뿐이다. 아아, 카르페 디엠(Carpe diem)!

"아버진 너무 요란한 거 싫어하시니까 청순하게 하고 와. 청순하지만 품위 있고 우아한 여자를 좋아해. 말이 많지 않으면서도 지적이고 성숙한……."

뭐 이렇게 복잡해? 유미는 짜증이 났지만 내색하지 않았다.

"알았어요."

"늦지 않게 와."

오늘은 동진의 아버지인 윤규섭 회장을 만나는 날이다. 원래는 집으로 초대를 하려고 했다는데, 갑자기 일식당으로 장소가 변경되었다. 왠지 대접이 격하된 느낌이 들었다. 어쨌든 명계는 조만간 재개관을 앞둔 미술관 문제를 실무자로서 브리핑하는 자리지만, 실질적으로는 선을 보는 자리다.

차라리 윤규섭 회장을 유혹하라면 그게 더 쉽겠다는 생각이 들었다. 유미는 오후 내내 머리와 옷에 대해 고민했다. 화장은 거의 하지 않았지만, 맹하게 보일까 봐 눈매만큼은 또렷하게 강조했다. 머리는 곱게 빗어 긴 머리를 단정하게 묶었다. 옷은 무난하고 화사하게 연한 살구색 투피스를 골라 입었다. 맘에 들지 않았지만, 조신하게 보여야 했다. 거울을 들여다보니 아직까지 청순미가 좀 남아 있는 듯했다. 새신부가 될 수줍은 20대 처녀로 봐 줄 만도 했다.

10분 먼저 일식당 주차장에서 만난 동진이 그런 유미를 보며 놀랐다.

"숫처녀 같아. 이런 여자가 밤에는 팜 파탈로 변하다니. 긴장하지 마. 내가 옆에 있으니까."

동진이 유미의 손을 잡았다.

"이런 일은 경험이 별로 없어서…… 결혼을 한 번밖에 안 해 봐서."

유미가 조신하게 말했다.

"나 어때요? 조신해?"

유미가 묻는 말에 동진이 고개를 끄덕이며 웃었다.

일식당 룸에 먼저 자리를 잡고 앉은 지 5분이나 되었을까. 백발이 성성하고 깡마른 노인이 남자 비서의 안내를 받으며 들어섰다. 유미가 일어서서 목례를 했다. 노인은 꼬장꼬장한 눈빛으로 유미를 유심히 보았다.

"나 윤규섭이오."

윤 회장이 유미에게 손을 내밀며 악수를 청했다.

"처음 뵙겠습니다, 회장님. 오유미입니다."

유미가 공손하게 말하며 윤 회장의 악수를 받았다. 앙상한 손이
지만 갈퀴 같은 힘이 느껴졌다. 손을 쥔 느낌으로 보아 예민하고 신
경질적인 성격일 것 같았다.

"윤 이사한테서 얘기 들었어요. 미술관 일을 맡아서 아주 잘하
고 있다고. 재개관에 아주 관심과 기대가 커요. 외국 유명 화가들
의 합동 전시라고요?"

"예, 그렇습니다."

"그거 쉽지 않은데…… 그쪽으로 인맥이 좀 있어요?"

"예, 제가 외국에서 유학할 때 화랑에서 아르바이트도 좀 했고
화가들과도 교류가 있었어요."

"오 실장은 프랑스에서 유학했어요."

그때 동진이 끼어들어 한마디 거들었다.

"노파심에서 하는 얘긴데, 오픈을 거창하게 하는 건 좋은데 용
두사미가 되지 않도록 해야 해. 용이 아가리를 너무 크게 벌리면 여
의주를 떨어트리는 법이거든. 욕심이 너무 과하면 그렇다는 거지.
모든 게 분수에 맞아야지."

그러며 유미를 보는 눈이 예사롭지 않다. 용이 아가리를 너무 크
게 벌리면 여의주를 떨어트린다? 일부러 뼈 있는 말을 유미에게 던
진다는 느낌이 강하게 들었다. 그때 서빙 하는 아가씨가 들어와 주
문을 받았다. 참치 오도로니 황복이니 윤 회장이 주문하는 소리가
들렸으나 유미는 왠지 기분이 가라앉았다.

식사를 하면서도 화제는 줄곧 미술관 이야기로 겉돌았다. 그러
다 윤 회장이 주제를 바꿨다.

"내가 미술관에 애착을 갖는 것은, 윤 이사한테 얘기 들어 알고 있는지 모르지만, 그게 먼저 간 집사람이 애착을 갖던 사업이라 더 그래요. 내가 살아생전에 별로 잘해 주지 못했는데, 죽고 나니 더 후회가 돼. 그 사람의 유지라도 더 빛내 주고 싶은 마음이 들어요. 사람은 자고로 배우자를 잘 만나야 해. 오늘날 내가 여기까지 온 건 집사람의 덕이 커요."

유미가 온화한 미소를 띠며 공손하게 고개를 끄덕였다.

"아, 예에……."

"집안에 사람이 잘못 들어오면 삼대에 쌓은 공이 하루아침에 무너져요. 특히나 며느릿감은 더 그래요. 나야 이제 무덤 자리 봐야 할 늙은이니 그렇지만, 나날이 발전하는 아들의 혼사 문제만큼은 모른 체할 수가 없지."

동진도 그 대목에서 공감을 표하듯 고개를 끄덕였다. 아버지에게 꼼짝도 못 하는 태도다. 갑자기 윤 회장이 반말로 단도직입적으로 물었다.

"그런데 동진이가 자네와 결혼할 의사를 비쳤어. 자네, 어떻게 생각하나?"

유미는 사르르 녹는 참치 뱃살을 씹다가 말문이 막혔다. 어떻게 생각하느냐고? 뭐라고 대답해야 할까? 유미가 동진의 눈치를 살폈다. 동진은 모른 척 음식만 먹고 있었다. 유미에게 꽂힌 노인의 눈빛이 더 따가워진다. 윤 회장은 유미 같은 신분의 여자와 아들이 결혼하는 걸 탐탁해하지 않는다. 그것만은 분명하게 느껴졌다.

"회장님, 외람된 말씀이지만, 정말로 저의 진심을 듣고 싶으신 건지요? 아니면 회장님이 하신 말씀을 제가 새겨들어야 한다는 의미인지요?"

"이 아가씨, 눈치 한번 빠르네. 그 정도면 머리는 꽤 돌아가겠는 걸. 하여간 생각을 말해 봐."

유미는 결심한 듯 입을 열었다.

"회장님, 아무리 재벌가의 결혼이 당사자만의 문제가 아니라 해도 결혼은 명백히 두 남녀의 감정과 신뢰가 우선되어야 한다고 생각합니다. 그게 결혼의 최우선 조건일 것입니다. 아직 저희끼리 구체적으로 합의 결정한 건 없지만 그 근본적인 결혼 조건에는 부합한다고 서로 생각하고 있습니다. 그것이 결혼으로 이어질지는 잘 모르겠습니다. 저 또한 결혼만을 목표로 윤 이사님을 만나고 윤조미술관에서 일했던 건 아닙니다. 저도 결혼에 대해 신중합니다. 저의 인생과 결혼에 대해 더 진지하게 생각해 보고 싶을 뿐입니다. 사람은 누구나 자신의 행복에 대해서는 간절합니다. 윤 이사님은 신중한 분이십니다. 윤 이사님이 그렇게 의사를 표했다면 아드님을 믿고 두고 보심이……."

"말이 많군. 한마디도 지지 않겠어."

윤 회장이 거북한 표정을 지었다.

"죄송합니다."

까칠하게 나오는 윤 회장이 마음에 들지 않았으나 자리가 자리인지라 유미가 입을 다물었다.

"자신감 하나는 대단하군. 회사 직원감으로는 나쁘진 않아. 하지만……."

그때 동진이 끼어들었다.

"유미 씬 탁월한 감각이 있어요. 제 배우자는 그런 사업 감각도 중요하다고 봅니다. 경영 문제도 같이 의논하면 더 좋겠죠."

"네가 아주 단단히 홀렸구나. 사업가 집안의 괜찮은 규수들 다 들이대도 결혼 안 한다고 싫다고 하더니…… 사실 그래서 자네가 어떤 여잔지 더 궁금했던 거야. 동진이에게 몇 가지는 들어서 알고 있어요. 불우한 인생을 살았더구먼."

유미는 얼굴에 뜨거운 물을 뒤집어쓴 것처럼 진땀이 났다.

"그건 그렇고 생년월일시나 적어 봐."

생년월일시라니? 궁합을 보겠다는 건가? 사주를 보겠다는 건가? 최첨단 건물을 짓는 YB건설 총수의 머리에서 고작?

"유미 씨가 저보다 한 살 어려요."

공연히 동진이 끼어들자 윤 회장이 지청구를 주었다.

"넌 쓸데없이 나서지 마라."

유미는 메모지에 생년월일시를 적어 주었다. 그걸 건네받은 윤 회장이 말했다.

"내가 생년월일시를 받은 걸 결혼으로 통하는 길이라 김칫국부터 마시지는 말라고."

점점 모욕감이 느껴졌다. 어찌해도 나는 윤 회장에게 밉상이다. 객관적인 조건도 탐탁해하지 않으니 사주나 궁합에서 나쁜 건 다 트집을 잡을 것이다. 노예로 차출당하는 것도 아니고 오랑캐에게 공녀로 바쳐지는 것도 아닌데, 이런 대접을 받아야 하는 걸까? 설사 결혼이 성공한다 하더라도 저 까칠한 노인네와 인연이 얽히는 건 싫다.

유미는 더 이상 식욕이 나지 않았다. 담배 생각이 간절했다. 실례를 무릅쓰고 잠깐 나왔다. 화장실에 가서 담배 한 대를 피우고 다시 룸으로 들어가려는데 안에서 소리가 들렸다.

"저 아이 보통 애가 아니다. 네 머리 꼭대기에서 놀 애야."

"시간을 두고 예쁘게 봐 주세요. 좋은 여자예요."

"암튼 안 된다."

"아버지, 도대체 왜 그렇게 삐딱하게만 보세요? 저 여자 정말 열심히 사는 현명한 여자예요."

"도대체 왜냐고? 이 바보 같은 녀석. 그 이유를 내가 알려 주지, 조만간."

유미가 들어서자 윤 회장이 머뭇거리다 마무리를 지었다.

"어쨌거나 만나서 반가워요. 이것도 인연인데 어떤 식으로든 좋은 인연이길 바라요. 우리 윤조미술관의 훌륭한 실무자로. 또 알아요? 내 며느리가 될지도. 사람의 일은 한 치 앞도 모르니까. 내가 좀 까칠하게 굴어도 오유미라는 자네 개인에게는 아무 감정이 없어요. 언제 한번 또 봅시다."

윤 회장을 배웅하고 돌아서자 동진이 유미에게 말했다.

"너무 신경 쓰지 마. 내 전처 때도 저러셨어. 일단 내 사람이 되면 품을 벌리는 분이야. 속정은 더 깊은 분이지. 지금도 내 전처와 가끔 만나 식사하셔."

동진이 마지막 말은 괜히 했나, 머쓱한 표정을 지었다.

"좀 참담하고 힘드네요."

유미가 한숨을 쉬었다. 공연히 서러워졌다. 그 기분을 알았는지 동진이 유미의 어깨에 손을 얹고 위로했다.

"그래도 사주를 적어 달라 그러신 건 아주 관심이 많다는 얘기야. 난 아주 긍정적인 생각이 들어."

"됐어요. 더 이상 얘기하지 말아요."

"기사 보냈으니 내 차로 드라이브나 할까?"

"좀 힘들어요. 집에 가서 쉴래요."

유미는 아쉬워하는 동진과 헤어져 집으로 돌아왔다. 머리가 아팠다. 대충 옷을 벗고 침대에 들었다. 시간은 겨우 9시 반이었다. 잠자리에 들기는 좀 이른 시각이었다. 마음이 허전했다. 누군가에게 답답한 속을 털어놓고 싶었으나 떠오르는 마땅한 사람이 아무도 없었다. 정효에게라도 전화를 할까. 그러나 저녁 공양도 예불도 끝났을 너무 늦은 시각이다.

이렇게까지 해서 재벌가의 며느리로 들어가야 하는가. 평생 유목민처럼 자유롭게 지내다가 윤규섭 같은 재벌 총수의 조직으로 들어가서 눈치를 보며 배부른 돼지처럼 지내는 게 행복인가? 그리고 그걸 견딜 만큼 나는 과연 윤동진을 뼛속 깊이 사랑하는가?

그때 휴대폰이 울렸다. 누굴까? 동진일까? 발신인은 의외의 인물이었다.

"나다. 오늘 윤 회장을 만났더구나."

"어떻게 아셨어요?"

"내가 누구냐? 넌 이 애비를 과소평가하는 경향이 있어."

조두식이었다. 갑자기 유미는 조두식을 만나 봐야겠다는 생각이 들었다. 전에도 윤 회장 운운하는 소리를 한 걸로 보아 그는 윤씨 집안과 모종의 관계가 있거나, 있었거나 한 듯했다. 게다가 측근이 아니라면 오늘 윤 회장을 만난 걸 그가 어떻게 알았을까.

"어디 계세요? 잠깐 만나 뵐 수 있을까요?"

"너 오늘 힘들 텐데 쉬려무나. 그 영감 성질이 지랄 같지?"

"아니, 괜찮아요. 잠깐 차라도 한잔……."

"내가 갈 수 없는 상황이야. 틈내서 일간 또 연락하지. 참 돈이 돌면 나한테 좀 땡겨 주라. 일 잘되면 물론 갚을 거다."

또 그 수작이 나오는구나. 그러나 유미는 그에게 미끼를 던지듯 물었다.

"얼마나요?"

"한 2000?"

"네에?"

"뭘 그리 놀라? 최신형 벤츠를 타는 고귀한 신분이?"

이건 또 어떻게 알아? 유미는 섬뜩했다.

"그건 너무 많아요. 현금이 없어요."

"그럼 1000이라도. 모레까지 부탁해."

"힘들지만 최선을 다해 볼게요."

"오호, 그래야지. 우리 착한 딸. 잘 자거라."

의붓아버지 조두식의 징글맞도록 느끼한 목소리가 사라졌다. 유미는 그가 요즘 무엇을 하는지 궁금했다. 늘 그랬지만 그 또한 바람 같은, 무정형의 인간이다. 하여간 그를 만나 뭔가를 캐 보고 싶은 생각이 들었다. 그가 정말 아버지같이 믿음직스러운 사람이라면 최근에 일어난 일련의 사건들을 그와 의논해 보고 해결해 달라고 하고 싶었다. 모르긴 해도 그는 지하조직 세계에도 끈이 닿는 사람이라 요긴하게 필요할 때가 있을 거 같았다.

갑자기 얼마 전에 받은 이상한 메일에 답장을 보낸 생각이 나서 유미는 벌떡 일어났다. 컴퓨터를 부팅해서 메일함을 열어 보았으나 여전히 수신 확인이 되지 않았고, 홍두깨로부터 새 메일도 오지 않았다. 아닌 밤중에 홍두깨라고, 그냥 그렇게 해프닝으로 끝날 일은 아닐 텐데…….

그때 또다시 휴대폰이 울렸다. 사촌 수민이었다.

"어머, 오빠, 아니 언니! 웬일이야?"

"유미야, 잘 있었니?"

"그럼, 난 잘 있지. 언니도 잘 있지? 이모는?"

"그래, 안 그래도 엄마가 지난주에 미국으로 가셨어."

"어머, 나 인사도 못 드렸는데…….."

"엄마가 괜히 슬프기만 하다고 연락하지 말라고 했어. 지난번에 너와는 정리할 거 다 했다고."

"그래도 너무 죄송하네."

"참! 나 다음 주에 서울 갈 일이 있는데 좀 볼까?"

"그래? 우리 집에 와서 자. 근데 무슨 일?"

"응, 나 서울에 일이 있어서. 그 얘긴 나중에 얘기할게. 내가 널 보려고 하는 건 그 때문이 아니고…….."

"무슨 일이 있어?"

"일이라기보다는 너한테 뭘 전해 줄까 싶어서."

"뭔데?"

"엄마가 미국 가려고 짐을 싸느라 옛날 살림 다 꺼내서 정리하고 그랬나 봐. 그런데 어디선가 너네 엄마 유품이 나왔대. 어쩔까 하다가 너한테 전해 주라고 하셨어."

엄마의 유품이라니? 엄마가 세상을 떠난 건 벌써 10년도 넘었다. 엄마의 갑작스러운 죽음을 전해 들었을 때는 이미 장례식이 끝났을 때였다. 당시 유미는 말하자면 '사랑의 도피' 중이었다. 정효수와 이혼을 결심했지만 응해 주지 않는 그와 그의 집안의 반대와 보복을 피해 가출한 상태였다. 게다가 진호를 만나 동거를 하던 중 걸핏하면 정효수가 찾아와 행패를 부리는 통에 진호와 외딴 섬에 잠시 묵고 있었다.

엄마는 목을 매 자살했다고 한다. 맨 처음 엄마의 죽음을 발견하고 신고를 한 사람이 조두식이었다고 한다. 그의 말을 그대로 받아들인다면, 그날은 그가 외항선을 탄 지 4개월 만에 부산에 기착하여 엄마를 찾아간 날이었다고 한다. 엄마는 입던 옷 그대로 화장실의 샤워 커튼 봉에 목을 매달고 있었다 한다. 유서는? 물론 있었다. 흰 종이에 엄마답지 않게 휘갈겨 쓴 두 줄의 문장. "끝도 없이 고통스러운 인생 여기서 끝내고 싶어. 내가 사랑했던 이들 모두 남아서 나 대신 행복하길." 엄마의 필체는 맞았지만, 유미에게 남긴 편지는 한 조각도 없었다.

유미가 내려갔을 때, 이모는 머뭇거리며 말했다. 좀 미심쩍어. 목을 매긴 했지만, 걔 얼굴과 팔에 상처가 있던데…… 그 소리를 듣고 유미는 단박에 조두식을 의심했다. 그러나 유미가 연락 두절된 사이에 그는 얼마든지 증거인멸을 했을 것이다. 그렇게 급히 엄마를 화장한 것도, 아무리 집을 뒤져도 별 특별한 유품과 유물이 없는 것도 이상했다.

오래전, 유미가 대학에 가려고 서울로 떠나올 때 보았던 엄마의 일기장조차도 감쪽같이 사라져 버렸다. 물론 그사이에 엄마가 태웠거나 버렸을 수도 있다. 희미하지만 아직도 잊히지 않는 구절이 있는 그 일기장을 유미는 다시 확인해 볼 도리가 없었다. 머릿속에 남아 있는 그 구절을 유미는 다시 떠올려 보았다.

유미가 서울로 간다. 아무리 막으려 해도 유미는 큰물에 나가 노닐어야 할 물고기다. 아니면 천륜이 부르는지도 모르겠다. Y의 자식도 대학생이 되었겠지. 아아, Y…… 평생을 그의 숨겨진 여자로 산다 해도 나는 괜찮아……. 하지만 언젠가는…….

그런데 엄마의 유품이라니? 유미는 왠지 모르게 가슴이 떨려 왔다. 엄마의 유품은 엄마 인생의 비밀의 씨앗을 잉태하고 있을지 모른다. 엄마의 인생은 나의 인생과 탯줄처럼 연결되어 있을 것이니…… 그것이 어쩌면 내 인생의 밑그림일지도 모른다. 유미는 다음 주에 오겠다는 수민을 빨리 만나고 싶어졌다.

한 번도 행복하지 못했을 엄마의 인생, 게다가 고통스러운 죽음을 택한 엄마. 마지막 모습도 딸에게 보이지 못하고 한 줌 재로 사라진 엄마. 유미는 엄마만 생각하면 가슴이 아팠다. 엄마의 인생을 대신하여 세상에 복수하고 싶다는 생각을 한동안 떨쳐 버리지 못

했던 것도 그 때문이다. 처음엔 교활한 조두식에게 분노가 치밀었다. 그러나 어찌할 도리가 없었다. 그를 생각하면 아주 복잡한 감정에 휩싸인다. 무섭고도 더러운 기분이다. 그러나 일단은 그를 두고 봐야 할 일이다. 유미는 인터넷으로 은행의 잔액을 확인해 본다. 그에게 약속한 돈을 일부 입금해야겠다는 생각이다. 어쨌거나 지금은 밑밥을 뿌려야 할 때다.

그런데 조두식의 말을 그대로 다 믿을 수 있을까? 그의 뒤를 좀 캐 봐야 하는 게 아닐까? 잠깐 생각이 복잡해졌다. 하지만 그런 생각이 유미에게 오래 머물 틈 없이 또 다른 의혹이 유미를 기다리고 있었다.

별일 없이 하루가 흘러갔다. 윤 회장을 만난 이후 윤동진에게서는 연락이 없었다. 유미는 일단 대범하게 마음을 먹기로 했다. 사람과 도모하여 만드는 일은 혼자 애쓴다고 되는 일이 아니다. 하물며 결혼 문제임에야. 어떤 결정적인 순간이 있을 것이다. 그 순간을 잘 포착하려면 포수처럼 강태공처럼 조바심 내지 않고 기다릴 줄도 알아야 한다.

강의를 하고 오랜만에 백화점에 들러 신상품을 구경하고 있었다. 한동안 옷을 사거나 구두를 살 여유조차 없었다. 미술관 재개관 날이 곧 다가온다. 그때 입을 옷을 좀 신경 써서 고르고 싶었다. 옷을 고르고 나자 시장기가 느껴졌다. 백화점 식당가에 올라가 혼자 갈비탕이라도 한 그릇 먹으며 늦은 저녁을 해결할 생각이었다. 에스컬레이터를 타고 오르는데 휴대폰이 울렸다. 쇼핑백을 잔뜩 들고 있어서 귀찮았다. 겨우 폴더를 열어 보니 발신인은 뜻하지 않게 인규였다.

유미는 놀라서 급히 전화를 받았다. 하마터면 휴대폰을 떨어뜨릴 뻔했다.

"전화 괜찮아?"

인규의 목소리는 불안하긴 했지만 멀쩡하게 들렸다.

"어머나, 도대체 어떻게 된 거야? 인규 씨야말로 괜찮아? 어디야? 요새 일해?"

"한꺼번에 묻지 마. 좀 봤으면 해."

"무슨 일이야?"

"전화로는 곤란해."

"그래, 저녁이나 먹을까?"

"저녁 같은 소리 하고 있네."

그의 말투를 보니 이제 반쯤은 인규로 돌아온 거 같다.

"언제 보지?"

"날이 충분히 어두워졌으니까 봐도 되겠지."

"그럼, 집으로 올래?"

"……."

인규의 침묵이 길어졌다. 아차! 인규의 아픈 기억을 건드렸다는 걸 유미가 깨달았다.

"그럼……."

유미는 머뭇거렸다. 인규가 어떤 상태인지, 또 그의 상황이 어떤지 전혀 알 수가 없었다. 옛날처럼 모텔로 직행해서 회포를 풀 수 있을 거라고 생각되지는 않았다. 게다가 그럴 욕구도 느껴지지 않았다.

"내가 집 근처로 갈게. 아파트 뒤편의 초등학교 후문 담장 밑에서 봐."

"뭐 간첩 접선하는 것도 아니고…… 어디 있어? 내가 그리로 갈게."

"지금 시간엔 한적한 게 거기가 좋아. 늦지 마. 8시 반까지는 꼭 도착해!"

"알았어."

중학생들이 데이트하는 것도 아니고 초등학교 담장 밑이 뭐야? 인규가 좀 어린애 같아졌다고 하더니……. 유미는 할 수 없이 저녁 식사를 포기하고 차를 몰고 인규를 만나러 갔다. 인규와 마지막으로 만난 게 한 달 보름도 넘었다. 그는 어떻게 변해 있을까. 유미는 그를 만나는 게 약간 두렵기도 했다.

늦은 저녁 시간의 초등학교 담장 밑은 어둡고 썰렁했다. 유미는 차를 세우고 인규의 차가 어디 있나 살폈다. 그러나 그의 차는 보이지 않았다. 그때 어두운 플라타너스 나무 그늘에 야구 모자를 쓰고 선글라스를 쓴 남자가 서성대고 있었다. 실루엣이 인규 같았다. 유미가 전조등을 켜자 남자가 펄쩍 뛰며 놀랐다. 그가 급히 뒷걸음질 치기 시작했다.

유미가 차창을 내려 그를 불렀다.

"인규 씨!"

남자가 주춤거렸다.

"인규 씨 아냐? 나 유미야."

그가 고개를 갸우뚱거렸다. 유미가 차에서 내렸다. 그가 경계를
했다.

겁에 질린 남자는 인규가 맞았다. 그가 불안한 목소리로 말을 더
듬으며 물었다.

"그런데 누, 누구 차를 타고 온 거야?"

"어, 차? 내 찬데……."

아, 맞다. 그사이에 인규는 차를 바꾼 걸 모른다.

"응, 그사이에 나 차 바꿨어."

인규의 눈빛이 어둠 속에서도 복잡 미묘해졌다.

"그런데 인규 씨는 차를 어디 뒀어?"

"차 안 갖고 왔어. 택시 타고 왔어."

"왜?"

"차에 도, 도……."

인규가 주위를 살피더니 유미의 차 문을 열고 얼른 올라탔다. 옆
에 앉아 있는 허름하게 차려 입은 남자가 인규가 맞는 걸까? 유미
는 인규를 바라보며 생각했다.

"좀 어때? 정말 많이 걱정했어."

유미의 걱정스러운 시선에도 불구하고 인규는 계속 불안하게 차
안을 살펴보았다.

"이거 웬 차야? 이거 이상한 장치 돼 있는 거 아니지?"

"장치? 장치야 다 최신형이지."

"몰카나 도청 장치 돼 있는 건 아니지?"

비로소 유미는 그가 어떤 과대망상이나 강박증에 빠져 있는 게 아닐까 하는 생각이 들었다.

"아냐, 안전한 내 차야."

유미가 인규의 손을 토닥이며 안심시켜 주었다.

"이 정도만 해도 인규 씨 정말 다행이야."

"죽다 살아났지."

"그러게 말이야."

"차라리 죽는 게 나을 뻔했는데 말이야."

"아이, 무슨 그런 소릴! 보고 싶어도 맘대로 볼 수가 있나, 연락을 맘대로 할 수가 있나? 나, 답답해서 미치는 줄 알았어."

"나도 답답해 미치겠어."

"왜?"

"도대체 이해를 할 수가 없어. 내가 돈 건지, 세상이 돈 건지 모르겠어."

"무슨 소리야? 이제 멀쩡해진 거 아니야?"

"멀쩡하기는 처음부터 멀쩡했어. 다만 어디선가 나를 감시하는 눈이 있었어. 그래서 실어증에 걸린 바보 시늉을 했던 거야."

"뭐라고?"

"누군가 나를 노리고 있는 거 같아."

"왜?"

"복수를 하려고."

"복수?"

"응. 처절한 복수."

"⋯⋯?!"

"이유진이 살아 있는 거 같아."

"뭐라고? 미쳤어?!"

"그렇지 않으면 그가 당한 대로 내가 똑같이 당했을 리가 없어."

"그건⋯⋯ 뭐 그런 수법이야 우연의 일치 아니야?"

그런데 그 말을 하면서 유미도 얼마 전에 받은 이상한 메일을 떠올렸다. 그러자 소름이 쪽 끼쳤다.

"그러고 보니 나도 이상한 일을 당했어."

인규가 긴장을 하며 물었다.

"무슨 일?"

"이상한 메일을 받았어."

"누구한테서? 이유진한테서?"

인규가 침을 삼키며 물었다.

"바보야. 이유진은 죽었잖아!"

네가 죽었잖아. 유미는 그렇게 덧붙이고 싶은 걸 억지로 참았다. 그러나 인규는 이해할 수 없다는 멍한 얼굴로 유미를 바라보았다.

"그럼 누가 보냈는데?"

"그게⋯⋯ 홍두깨라는 아이디인데⋯⋯ 메일이 문제가 아니라 동영상 파일이⋯⋯."

"동영상?"

"으음⋯⋯ 그게 이유진이랑 찍은 거였어."

지나간 과거지만, 인규에게 무언가 기분 나쁜 일을 생각나게 하는 것 같아 유미도 조심스러웠다. 아니나 다를까. 인규의 입술이 일

그러졌다.

"잡년놈들!"

"뭐라고? 인규 씨!"

유미는 그렇게 불러 놓고는 할 말이 없었다. 인규가 가출해서 유미의 집에 예고 없이 찾아온 날, 그날 밤에도 유미는 윤동진과 뒹굴고 있었다. 그걸 인규는 목격했을 것이다. 인규에게 확인해 보고 싶었다. 그러나 지금은 그게 중요한 게 아니다. 어쨌든 인규의 입장에서 보면 그런 현장 속의 유미는 잡년일 수 있겠다.

"그런데, 그런데 말이야. 이상한 건……."

일부러 유미는 화제를 돌렸다.

"이유진 죽고 난 후 인규 씨가 그 집에 가서 그 사람 물건 다 정리한 거 아니었어? 그런데 그 동영상 파일 같은 게 어디서 난 건지 모르겠어."

"내가 다 처리하긴 했는데…… 혹시라도 남은 게 있으면 그때 그 집주인 폴에게 정리해 달라고 그랬어."

"뭐야? 예전엔 그렇게 얘기 안 했잖아!"

"그럼 시간이 없는데 어떡해? 아무도 눈치 못 챘을 거야. 폴도."

폴이라면 이유진에게 아파트를 빌려 준 주인이자 유미가 알고 지내던 프랑스인 화가다. 폴은 한글을 모르니 그런 메일을 보냈을 리 없을 것이다.

"어쩌면…… 이유진이 살아 있는 거 아닐까? 그런 무서운 생각이 들어."

"바보 같은 생각이야, 인규 씨. 인규 씨가 충격으로 마음이 약해져서 그래."

"그럴까?"

"나도 두려워. 하지만 우리 마음 강하게 먹어야 해."

"차라리 이유진이 살아 있으면 정말 좋겠다."

"우리 확인…… 했잖아."

"으음. 그래…… 당시에는 몰랐는데 요즘 그 벌을 받고 있는 거 같아. 자주 꿈에 나타나."

"사실은 나도 정말 두려워. 그 동영상 파일을 유포하겠다는 의미의 메일을 받으니 하늘이 노래지더라."

"어쩌면 우리가 그 벌을 받는 거야. 복수가 시작됐는지 몰라."

인규가 떨리는 목소리로 음산하게 말했다. 유미가 인규의 무릎을 치며 나무랐다.

"재수 없는 소리 좀 하지 마."

"우리, 떠날까?"

"뭐?"

"다 버리고 떠날까? 더 이상 견딜 수 없을 땐 말이야."

"떠나긴 어디로 떠나? 세상 어디나 다 감옥일 텐데……."

"베네치아로 숨어들어서 평생 살지……."

인규가 힘없이 말했다.

"그놈의 베네치아……."

유미가 저도 모르게 콧방귀를 뀌었다.

그때 갑자기 인규가 유미의 멱살을 왁살스럽게 쥐었다.

"오유미, 너 말 함부로 하지 마. 누구 때문에 이런 지옥에 한 발을 넣었는데?"

"이거 놓고 얘기해."

유미가 캑캑거리며 도리질을 쳤다. 인규가 손에 힘을 풀었다.

"말 바로 해. 그게 전적으로 나 때문이야? 나를 사랑했기 때문
에 후회는 없다며?"

"지금까지는 사랑의 대가를 치른다고 생각해서 참았어. 하지만
이제부터는 아니야. 이제부터 일방적인 사랑은 없어. 날 더 이상 모
욕하거나 내 인생을 이용하면 너 죽을 줄 알아!"

"인규 씨, 무슨 소리야. 내가 인규 씨를 이용했다고?"

"그래. 넌 한 번도 진심으로 날 사랑한 적 없어. 내가 사랑한 만
큼!"

"그건 억지야. 사랑이란 상대적인 거야. 어떻게 그렇게 말할 수
있지?"

"그래서 그렇게 상대를 바꿔 가면서 사랑하냐?"

헉! 인규의 마음속에는 유미를 향한 원망이 가득했다. 그날 밤
윤동진과 함께 있는 것을 본 게 틀림없다.

"만약 사랑이 그렇게 움직이는 것이라면……."

인규가 뜸을 들였다.

"사랑하는 마음이 변하는 것이라면, 언제든 약속도 상황에 따라
변하는 거야. 나 그걸 얘기해 주고 싶었어."

유미는 인규의 마음을 날카롭게 간파했다. 하지만 차분하게 말
했다.

"황인규 씨, 머리를 어떻게 맞았기에 더 똑똑해진 거 같아요. 무

슨 말인지 알겠어요. 이해는 하지만 섭섭하네요."

"이게 모두 다 너 때문이야."

유미는 갑자기 열이 확 올랐다.

"그래서 지금 와서 자수라도 하겠다는 거야? 아니면 나한테 다 책임을 넘기고 싶다는 거야? 비겁하게시리."

"비겁해도 할 수 없어. 너 때문에 죽을 순 없잖아."

"세상에! 황인규가 이렇게 배신을 때리네."

"널 지킬 수 있으면 지키겠지만, 피할 수 있으면 피하고 싶어. 난 모든 게 다 두려워."

인규는 정말 떨고 있었다.

"그래, 이번 일은 내가 미안해."

막연하지만 일단 유미는 사과했다.

"난, 난, 한 발짝도 못 나가겠어. 왠지 갑자기 절벽이 눈앞에 다가온 느낌이야."

"너무 과민한 거 아닐까?"

"모두 다 날 속였어. 너도, 마누라도. 그리고 누군가가 나를 죽이려 하고……."

인규가 몸을 떨었다. 유미가 인규를 달랬다.

"집에 가서 술 한잔할까?"

"아냐, 싫어. 마누라도 신경 곤두세우고 있을 거야."

"지완이가 그렇게 무서워?"

"약 먹어야 해. 약 없으면 나, 잠도 못 자. 갈래."

"태워다 줄게."

"아냐, 그때로 리와인드 시킬 수 있으면 인생을 편집하고 싶어."

인규가 허겁지겁 내렸다. 어둠 속으로 사라지는 그의 뒷모습을 보면서 유미는 아득한 절망을 느꼈다. 유미를 막고 있던 바람벽 하나가 소리 없이 무너지는 느낌이었다. 인규라는 남자가 무너지고 있다. 그는 말했다. 유미가 단 한 번도 자신을 사랑한 적이 없다고. 유미는 핸들에 고개를 묻었다. 열심히 살고 누군가를 늘 열심히 사랑했던 것 같은데, 그런데…… 남겨진 것은 늘 외로움에 전 육신과 불안한 영혼뿐이다.

사랑하는 순간은 열정과 최선을 다해 사랑했지만, 누구는 중이 되고, 누구는 죽고, 누구는 이렇게 정신이 피폐해지고 있다. 윤동진의 농담처럼 자신은 정말 '팜 파탈'일까? 정말 남자를 멸망시키는 요물인 걸까? 그러자 클림트가 그린, 나른하고 요염하게 젖가슴을 드러낸 관능적인 유디트가 떠올랐다. 자신이 목을 벤 적장 홀로페르네스의 머리통을 살짝 쥔 채 입술을 반쯤 벌리고 약에 취한 듯 몽롱한 눈빛의 고혹적인 여자. 그림 속의 유디트는 섹스의 절정 중에서 엑스터시를 느끼고 있는 듯한 표정이다. 남자들은 그런 여자에게 뇌쇄당해, 죽는 줄도 모르고 죽고 싶은 것이다. 죽여 줘. 그래, 제발 죽여 줘. 그렇게 팜 파탈에게 매달려 관능과 죽음의 엑스터시를 함께 느끼고 싶은 것이다. 그들에게 팜 파탈은 하나의 성적 판타지고 로망인 것이다.

윤동진이 유미에게 끌리는 것은 어쩌면 그런 팜 파탈의 이미지를 느꼈기 때문일까? 아아, 죽어도 좋아……. 그의 피학적 상상력은 섹스의 끝에 그런 말을 흘리게 한다. 아마도 윤동진이 유미에게 팜 파탈이란 단어를 썼을 땐 클림트의 에로틱한 유디트의 이미지를 염두에 두고 한 말이었을지 모른다. 그러나 이제 유미의 운명 앞으로 바짝 다가온 그는 어찌 될까. 불행했던 옛 연인들의 모습을 떠올리자 결혼을 원하고 있는 윤동진의 미래에 유미는 왠지 일말의 불안감을 떨칠 수 없었다.

"아아, 이게 다 황인규 때문에 마음이 약해진 탓이야. 오유미, 정신 차려!"

인규와 잠시 해후하고 집에 돌아온 유미는 마음이 더 심란해졌다. 그럴 때마다 자신의 뺨을 양손으로 때리며 마음을 가다듬었다. 파리에 있는 폴의 연락처를 다시 한 번 찾아봐야겠다. 인규가 마무리와 뒤처리를 잘한 줄 알았는데……. 어쩌면 폴이 이유진의 물건을 보관하고 있는지도 모르겠다. 그걸 확인해 보고 싶었다. 이번 개관전에 초대된 프랑스 화가들을 통하면 그와 닿을 수 있을지 모르겠다.

유미는 머릿속으로 그런저런 몇 가지 계획을 세우고 위스키를 한 잔 쭉 들이켰다. 빨리 과거와 결별하고 싶다. 유미는 머리를 흔들며 또 한 잔을 따라 마셨다. 취기가 온몸을 전파처럼 빠르게 휘돌았다. 유미는 옷을 하나씩 할랑할랑 벗으며 침실로 들어갔다. 클림트 그림 속의 유디트처럼 알몸에 속이 비치는 네글리제만 걸쳤다. 앞가슴을 헤치고 옷장 거울을 향해 클림트의 유디트처럼 표정을 지어 본다. 어느새 술기운으로 눈이 몽롱해지고 숨이 가쁜 듯 입술이 살짝 벌어졌다. 자신이 봐도 꽤 고혹적이다. 그림과 다른 것이 있다면 참수한 남자의 머리통만 없다. 머리통 대신 한 손에 휴대폰을 살짝 쥔 유미가 거울을 보며 중얼거린다.

"어느 놈이든 오늘 밤 걸리기만 해 봐. 다 죽여 버릴 거야."

유미는 윤동진에게 전화를 걸었다. 윤동진은 전화를 받지 않았다. 시계를 보았다. 11시가 다 되어 간다. 오마이 갓김치! 이런 젠장 된장 간장…… 유미가 한 인기 프로그램의 내레이션을 흉내 내며 투덜거렸다. 윤동진은 새벽부터 가동되는 스케줄 때문인지 이 시간에는 전화를 받지 않는다. 그와 화끈하게 한 번 했으면 좋겠는데 개똥도 약에 쓰려면 없다더니. 이런 거 하나 딱딱 못 맞춰 주니? 윤동진, 넌 아웃이야.

박 PD는 유효기간이 지났고, 황인규도 맛이 갔다. 책상다리 같은 튼튼한 오유미의 상대들이 언제 이 모양이 됐을까. 이건 다 윤동진 때문이다. 책상다리 대신 그를 기둥으로 삼으려 했기 때문이다. 그가 평생 기둥서방이 된다는 보장도 없는데…… 유미는 결심한 듯 휴대폰을 꾹꾹 눌렀다.

"어, 용준. 어디?"

"앗! 실장님, 이 밤에 웬일이세요? 술 한잔한 목소린데……"

용준의 반색하는 목소리가 쩌렁하게 울린다.

"용준 씨, 전에 명품 가방 살 때 제값 다 주고 사니까 억울했지?"

"똑같은 걸 두 개나 사려니 더 억울하더라고요. 세일도 안 하고……"

"야, 오늘 세일인데 올래?"

"예……?"

"명품은 웬만해선 세일 안 하는데 오늘 세일한다."

"가방요?"

"아니, 나를."

"헐!"

"싫어?"

"그럴 리가요. 당장 달려가야죠."

"오늘 죽을 각오하고 와."

"앗싸! 그 손에 죽으면 행복하죠. 아주 그냥 죽여 줘요. 제발요."

유미는 오늘 밤, 심란한 마음자리 때문에 누군가와의 화끈한 잠자리 없이는 잠을 이루지 못할 거 같았다. 약이 없으면 잠을 못 잔다는 인규처럼 되고 싶진 않다. 식물은 척박한 환경에서 더욱 꽃을 피운다고 한다. 인간 역시 불안하면 강렬한 섹스의 욕구가 더 생긴다. 유미는 오늘 밤 강렬한 섹스를 하고 싶었다. 그게 유미의 솔직한 욕망이다. 그렇다고 밖에 나가 헌팅을 하긴 싫고, 그렇다고 넓적다리에 바늘을 찌르며 참고 잘 수도 없다. 이왕이면 윤동진이 적격이지만, 그는 유미가 원할 때면 대부분 해외에 나가 있거나 연락 불통이다. 그와 결혼한 후에도 이런 식으로 살아야 한다면 화려한 결혼 생활도 재고해 보아야 할 일이라고 유미는 가끔 생각한다.

휴대폰에 저장된 전화번호부에는 하룻밤 유혹할 남자들이야 있지만, 아무나하고 자고 싶진 않다. 유미는 용준에게 러브 콜 했다. 그나마 믿을 만한 남자였다. 그는 유미의 제자이며 또 충성과 애정을 맹세한 자칭 보디가드였다. 유미는 오로지 자신의 불안과 잠재되어 있는 광기와 폭발 직전의 수류탄 같은 욕망을 마구마구 터트리고 싶었다. 안전한 누군가가 안전핀을 제거해 주길 원했다.

용준이 총알처럼 유미의 집에 당도했다. 잠자리 날개처럼 투명한 네글리제의 앞섶을 헤친 유미의 뽀얀 젖가슴을 보더니 용준은 희희낙락했다. 앗, 아닌 밤중에 이게 웬 떡이냐, 하는 얼굴이었다. 유미를 따라 침실로 쫓아 들어온 용준 앞에서 유미는 다시 한 번 클림트의 유디트를 흉내 냈다.

"오늘 밤, 우리 쌤, 이쁘게 취하셨네."

"벗고 이리 와 봐."

용준이 잽싸게 옷을 벗었다.

"오늘 밤 죽고 싶다 그랬지?"

용준이 입술에 침을 묻히며 고개를 끄덕였다.

"용준, 뭐 생각나는 거 없어? 이거 알아맞히면 오늘 밤 무한 리필이다."

"뭐 퀴즈 풀어야 해요?"

유미는 용준의 고수머리를 덥석 잡고 자신의 아랫도리 앞에 무릎을 꿇게 했다.

"저 거울 좀 봐."

유미는 할 수 있는 한 온몸의 색기를 동원해서 에로틱한 표정을 지었다.

"이 그림 생각나는 거 없어?"

"아, 클림트의 유디트!"

"오우, 빙고!"

역시 미대 출신의 용준은 달랐다. 용준은 거울을 보고 마치 죽은 사람처럼 혀를 빼물고 눈을 게슴츠레하게 떴다. 아아, 얘 제법이네. 귀여워. 기분 좋게 취기가 돌면서 유미의 몸도 뜨거워졌다. 유미는 용준의 머리통을 자신의 아랫도리에 처박고는 벌렁 침대로 나가떨어졌다. 용준의 부드럽고 뜨거운 혀가 꿀 병의 입구를 핥듯이 유미의 '작은 입술'을 핥기 시작했다.

나비의 간지러운 날갯짓 같은 용준의 애무에 유미는 흐드러지게 핀 붉은 목단꽃처럼 간드러지게 꽃잎을 오므렸다 폈다. 그 통에 다디단 꿀물처럼 그 꽃에서 진액이 흘러넘쳤다. 용준은 더욱더 깊이 혀를 박고 그 단물을 빨아 먹었다.

"아, 정말 달아요, 달아."

유미는 꿀에 취한 그의 음성에 더욱 흥분되어 온몸을 뒤틀었다. 그리고 아래로부터 돌풍처럼 강렬한 에너지가 솟구치는 걸 느꼈다. 그것은 끈끈이주걱처럼 무언가를 강하게 빨아들여 녹여 버리고 싶은 억제할 수 없는 충동이었다. 유미의 '작은 입술'은 무언가를 포획하고 싶어 계속 입맛을 다셨다.

"빨리 넣어! 지금!"

유미가 참을 수 없어 소리치자 용준이 재깍 그 말에 따랐다. 유미의 강렬한 몸짓에 용준도 급히 흥분했다. 터보 엔진을 단 것처럼 강력한 피스톤 운동을 시작했다. 유미는 용준이 제어를 못 할까 봐 우려되었다. 젊은 사내는 힘이 좋지만 통제력 면에서는 약하다. 아니나 다를까. 용준의 숨소리가 더욱 거칠어지며 신음을 토해 냈다. 그때 유미가 용준의 뺨을 때렸다.

"너 지금 싸면 죽어!"

용준이 주춤했다. 갑자기 그의 물건이 주눅이 들었는지 결기가 줄었다. 용준이 놀란 황소처럼 눈알을 굴리며 얼굴이 시뻘게졌다. 유미가 까르르 웃었다.

"미안해. 용준 씨가 아무리 오늘 밤 죽고 싶다고 했지만 너무 쉽게 죽으면 재미없잖아."

유미가 용준의 맞은 뺨에 뽀뽀를 해 주며 그의 목을 껴안고 귓속말을 했다.

"이제 겨우 한 고비 넘었어. 우리 오늘 밤, 백마고지 넘자. 이제 굽이굽이 아흔아홉 고비 남았어."

용준이 그 말에 전열을 가다듬고 다시 공격을 재개했다.

"아아, 좋아…… 용준 씨라면 나를 아흔아홉 번의 절정으로 데리고 갈 수 있어."

유미는 오랜만에 자신의 몸속에 굽이굽이 쌓인 욕망을 오래도록 풀어내고 싶었다. 그만큼 섹스로 자신의 온몸을 다 비워 내고 싶었다. 그래야 탈바꿈하는 나방처럼 그렇게 자신의 허물을 벗어 버릴 것 같았다.

유미는 눈을 감았다. 나비가 된 듯 물결치는 동산을 굽이굽이 날았다. 아래로부터 묵직한 충만함이 몰려와 그것이 마치 더 큰 부력이라도 되듯이 유미는 더 높이높이 날아올랐다. 몸은 점점 가벼워지고 세상의 모든 것은 티끌처럼 흩어져 내리고 유미는 눈이 부신 듯 재채기를 할 듯 아득한 현기(眩氣) 속으로 빠져들었다. 오로지 이 순간의, 너무 가벼워 간지러운 듯한 자유로움만이 존재의 전부일 뿐. 아무것도 없었다. 아아, 아무것도 아니다. 모든 게 아무것도 아니다. 유미는 뭉클하는 열락의 순간에 가슴속 어느 곳에서 슬픔이 터지는 걸 느꼈다. 간혹 바람처럼 용준의 거친 숨소리가 몇 번이나 지나갔다.

얼마만큼 시간이 흘렀을까. 얼굴에 무언가 빗방울처럼 떨어지는 걸 느꼈다. 그건 다름 아닌 용준의 땀방울이었다. 용준의 얼굴은 멱을 감은 듯 물기로 번들거렸다 유미의 몸도 땀으로 범벅이 되었다. 껴안고 있는 두 사람의 몸은 물고기처럼 미끄덩거렸다. 아래도 온통 물기에 젖어 습지에 장화 빠지는 소리가 들려왔다. 두 사람이 아래를 움직일 때마다 그 소리가 났다. 그 소리에 두 사람은 웃음을 터트렸다.

"와아, 대단해. 아직까지 살아 있다니!"

유미가 용준을 칭찬했다.

"아뇨. 쌤, 정말 대단하세요. 나 오늘 기록 세웠어요. 이렇게 오래 해 보긴 첨이에요."

"그래? 그럼, 잠깐 숨 돌렸으니까 다시 올라갈까?"

"네? 이제 그만 싸면 안 돼요?"

"안 돼. 고지가 바로 저긴데!"

유미가 용준을 아직은 놓아 줄 수 없다는 듯 다시 아래의 꽃잎을 힘을 주어 오므렸다. 그리고 서서히 용준의 몸을 흡반처럼 빨아들이기 시작했다.

"아아, 내 몸이 다 빨려 들어가 녹아 버릴 거 같아요."

"그래, 다 녹여 버릴 거야. 흔적 없이."

유미는 용준의 몸을 빈틈없이 게걸스럽게 물고 늘어졌다. 용준이 더 이상 참을 수 없다는 듯 소리를 질렀다.

"아아, 그만 죽을 거 같아. 살려 줘요."

"아니, 아직은 죽지 마."

유미는 흥분의 도가니 속에 빠져 허우적대는 용준을 껴안고 다시 온몸의 에너지를 쏟아 냈다. 마지막 고지를 향해 유미는 다시 비상했다. 찬란한 무(無)의 세계 속으로 빨려 들어간 듯 갑자기 진공 상태처럼 귀가 멍하고 자신이 내지르는 환락의 신음이 남의 소리처럼 메아리치는 걸 유미는 들었다. 무의 세계로 들어가는 기쁨과 동시에 두려움이 몰려와서 유미는 목청을 돋워 울부짖기 시작했다. 살아 있고 싶다고, 그래서 유미는 자신의 존재를 더 확인하고 싶어서 울부짖었다. 그때 눈에서 눈물이 툭 터졌다. 온몸에는 다시 땀이 비 오듯 떨어지고 홍수가 난 듯 댐이 터진 듯 온몸이 물기로 푹 잠겨 버렸다. 용준의 키스가 폭탄 세례처럼 얼굴에 쏟아졌다.

"아, 미치겠다. 정말 끝내줬어. 죽여 줬어!"

온몸의 진을 다 뺀 유미는 아직 눈을 뜨지 못하고 열락의 여진을 더 즐기고 있었다. 그때 용준의 탄성이 쏟아져 나왔다.

"와아! 정말! 근데 이거 뭐야?"

용준이 침대에 코를 박으며 물었다.

"오줌 쌌어요? 아닌데 지린내가 아니라 향긋한데."

유미가 눈을 뜨니 유미가 누웠던 아래가 온통 질펀하게 다 젖어 있었다.

"와아, 정말! 당신 사정하는 여자 맞지? 그런 여자가 있다더니, 완전 대박이다!"

유미는 온통 젖어 있는 침대 시트를 만져 보며 흡족한 미소를 지었다.

"내가 좀 물이 많은 여자지. 그렇다고 자주 이러는 건 아닌데, 오늘 자기가 너무 잘했어."

용준이 어린애처럼 흥분해서 소리쳤다.

"완전 멋져!"

갑자기 그가 바지 호주머니를 뒤졌다. 그리고 휴대폰을 꺼내 침대로 왔다.

"뭐하려고?"

"인증 샷으로 찍어 두려고요."

"관둬. 사진에 잘 나오지도 않아. 촌스럽게…… 앞으로 가끔 이런 일 있을 거 같은데 뭘."

"멋져요. 오늘 나를 남자로 완성시켜 줬어요."

"아니, 아직. 좀 있다 한 번 더 하자."

"네?"

"얘기했지? 오늘 밤 무한 리필이라고."

"조금만 기다려요. 샤워 좀 하고요. 두 시간 정도면 저도 리필 되거든요."

용준이 휘파람을 불며 욕실로 들어갔다. 젊은 게 좋긴 좋구나. 금방 리필이 되니……. 유미는 용준의 탄탄하게 올라붙은 엉덩이를 바라보자 뿌듯했다. 오랜만에 소나기를 맞은 듯 시원했다.

샤워를 한 두 사람은 알몸으로 조명을 끈 거실에서 창문을 열어 놓은 채 시원한 맥주를 마셨다. 용준이 차가운 입술로 유미에게 키스했다.

"언제나 이런 날을 꿈꿔 왔어요. 내 꿈은 늘 쌤 곁을 지키는 거예요. 언젠가 얘기했죠? 보디가드처럼, 아니 셰퍼드처럼……."

"그래, 그렇게 말한 적 있지. 그런데 그 맘 아직 안 변했어?"

"그럼요. 안 변해요. 절대 안 변할 거예요. 맹세해요."

"맹세? 맹세란 깨지기 위해 있는 거야."

"그럼 충성 서약서 쓸까요?"

유미는 용준의 간절한 눈빛을 보았다.

"귀여워."

유미가 용준의 얼굴을 끌어다가 입을 맞췄다.

"저 바람둥이라 생각하시겠지만요. 사실 저 같은 놈이 곤조, 아니 지조가 더 있는 놈이라고요. 제대로 된 상대만 만나면요."

"전에 용준 씨가 내 주변을 살피기 위해 나를 미행한 적 있다고 했죠? 그때 검은 세단이 내 주변을 얼쩡거린다고 했나?"

"에이, 그때 쌤한테 욕먹고 저 이제 그 짓 안 해요."

"혹시 내가 곤란에 처하면 나를 지켜 줄 수 있다는 말, 나 믿어도 될까?"

"당근이라니까요. 왜, 요즘 무슨 힘든 일 있죠?"

"으음…… 그게……."

"내 그럴 줄 알았어요. 얼굴이 어두웠어요."

"내가 혹시 부탁하면 누구 뒤를 좀 미행하거나 캐 봐 줄 수 있나?"

"그럼요! 사실 저 말인데요. 이건 비밀인데, 예전에 심부름 센터에서 일한 적 있어요. 명령만 내려 주시면 그런 거 잘할 수 있어요.

누구예요, 도대체?"

"조만간 필요할 때 내가 알려 줄게."

"윤 이사님하고 결혼하실 거예요?"

"……!?"

"딴 사람은 몰라도, 깊은 사이라는 거 전 알고 있어요."

"용준 씨는 아래는 실한데, 입이 가벼운 거 알고 있지?"

"무슨 말인지 알아요. 물론 입단속 잘할 거고요. 쌤은 충분히 그럴 가치가 있어요. 어쨌든 전 쌤이 행복하면 좋겠어요."

"고마워."

"가끔 이렇게 만나 준다면 좋겠지만…… 제 욕심일 뿐이죠. 아녜요, 절 내치지만 말아 주세요."

유미가 용준의 머리칼을 쓰다듬으며 말했다.

"가끔 만나 줄게. 이렇게 매력적인 줄 몰랐어."

"정말요? 하지만 제가 걸림돌이 되면 전 언제나 그림자처럼 뒤에 있을 게요. 왠지 쌤은 제가 소유할 수 없는 아주아주 이상적인 여자 같아요. 그냥 영원한 베아트리체요. 그래서 다른 남자의 소유물이 되는 것도 왠지 어울리질 않아요."

유미는 용준의 그 말에 잠시 수긍이라도 하듯 고개를 끄덕이고 생각에 잠겼다. 그러다 퍼뜩 깨어나 명랑한 목소리로 물었다.

"참! 리필 됐니?"

"정말 이상해요. 그 소리에 이렇게 애가 고개를 드는 것 좀 보세요."

유미가 용준의 앞에 무릎을 꿇었다.

"그것 참 말 잘 듣는 거북이구나. 거북아, 거북아, 머리를 내놓아

라. 내놓지 않으면 구워서 먹으리."

유미는 고대가요인 「구지가(龜旨歌)」를 부르며 용준의 거북이를 얼러 댔다. 유미의 협박에 잔뜩 성이 난 용준의 '거북이'는 머리를 꼿꼿이 들고 유미를 향해 돌진했다. 잔뜩 젖은 침대를 버려 두고 두 사람은 그대로 소파에 누워 얽혔다. 자신감을 얻은 용준은 다시 한 번 유미를 만족시켜 주기 위해 온 힘을 아래에 쏟았다. 유미는 용준의 탄력적이고 힘 있는 어깨를 안으며 무슨 일이 있어도 유미를 지켜 주겠다는 용준의 다짐을 믿었다. 몸 도장만큼 확실한 게 어디 있을까.

내가 누구인지 알아맞혀 봐

미술관 재개관 날이 점차 다가오면서 유미는 사무실에 거의 매일 나갔다. 용준과는 매일 얼굴을 보게 되었지만 윤 이사와는 만날 짬을 더 자주 못 내게 되었다. 아무리 사무실에선 모른 척한다 해도 용준의 얼굴은 늘 싱글벙글이었다. 포커페이스에는 젬병인 인간이다. 자칫하면 직원들과 송민정과 아르바이트생이 눈치를 챌까 유미는 신경이 쓰였다. 하지만 송민정은 요즘 한창 선을 보느라 용준에게는 관심이 없는 것 같았다.

미국과 유럽의 유명 예술가들의 그룹 작품전이라 오픈 날짜가 다가올수록 신경이 많이 쓰였다. 그들의 작품을 컴퓨터에서 이미지 파일로 점검하고 있는데 휴대폰 문자가 들어왔다. 용준이었다. '이미지 파일 확인 요망'이란 제목이 떴다. 유미는 수신 버튼을 누르고 이미지를 확인하다 경악을 했다. 거기에 나타난 것은 용준의 '거북이'였다. 어느 각도로 찍었는지 원래 용준의 물건보다 훨씬 커 보였다. 그것도 얼짱 각도가 있는지 소나무 그늘 밑에서 우람하게 자란 자연산 송이가 따로 없었다. 이 자식이 정말…… 유미는 휴대폰 단축 키를 눌렀다.

"어디야?"

"아, 화장실인데…….."

"얼마나 바쁜 시점인데 화장실에서 그거나 찍어 대고 있어?"

용준이 목소리를 죽였다.

"생각만 하면 커지는데 어떡해요. 크크…… 어때요, 잘생겼죠?"

"장난하니?"

"아, 그냥 웃자고요. 요즘 일도 힘들고요. 제 사랑을 표현할 방법도 없고…….."

"당장 내 방으로 와!"

용준이 멋쩍게 웃으며 사무실로 들어왔다. 유미는 그의 조인트를 깔 기세였다. 철없는 막내 동생도 아니고……. 유미는 잠깐 그를 자신의 영역으로 끌어들인 게 후회가 되었다.

"왜 그리 개념이 없어? 일할 때 일하고 놀 때 놀아!"

"예에!"

용준이 넉살 좋게 대답하고 나가려 했다.

"이리 바짝 와서 앉아 봐."

"……?"

용준이 유미의 책상 앞에 바짝 다가와 앉자 유미가 준비해 둔 메모를 건넸다.

"뭐죠?"

"내가 조만간 부탁할 거라 그랬지? 거기 이름, 주민번호 있을 거야. 주소는 나도 몰라. 일단 그 사람이 어디 살며 무얼 하는지 알아봐 줘."

"예, 그런데 요즘 바빠서 시간이 날지 모르겠네."

"어려워?"

"아니, 그 정도야 뭐 껌 씹는 정도죠. 제가 선이 닿는 센터도 아직 있고……."

"그렇지? 그래서 1단계만 우선 부탁하는 거야. 하는 거 봐서 또 시킬게."

"그런데 이 남자는 누구?"

"그건 몰라도 돼. 고객의 비밀이니까. 이제부턴 내가 너의 고객이야."

"그래도 최소한도의 지식은 있어야죠."

"그게 바로 이 메모야. 필요할 때 좀 더 알려 줄게."

"알겠어요."

"답례는 할 거야."

"제가 원하는 걸로 받아도 되죠?"

"그것도 고객 마음이야. 보안 철저히 해야 해."

"물론이죠. 저 물로 보지 마세요. 형사 콜롬보, 꺼벙하지만 예리하잖아요. 저도 허허실실 박, 물었다 하면 깨끗하게 뼈를 발라낸다고요."

그때 휴대폰이 울렸다.

전화는 수민에게서 온 것이었다. 서울에 올라왔는데 밤에 유미의 집으로 오겠다고 했다. 유미가 저녁을 함께 먹자고 했으나 수민은 저녁 약속이 있다고 했다. 지난주에 통화한 대로 수민은 엄마의 유품을 갖고 올 것이다.

퇴근 후 집으로 들어가서 간단하게 저녁을 먹고 집 정리를 하며 수민을 기다리고 있는데 동진에게서 전화가 왔다. 거의 일주일 만이다.

"오랜만이네요. 무슨 일 있었어요?"

동진의 목소리가 그리 밝지 않다.

"일은 무슨…… 보고 싶고, 할 말도 있는데……."

"오늘은 부산에서 사촌 언니가 집에 오기로 해서 곤란해요. 전화로 말하면 안돼요?"

"으음, 그게…… 아니, 다음에 만나서 얘기하지."

왠지 분위기가 서먹하다. 윤 회장과의 만남 후일담을 전할 만도 한데 동진은 꽤 오랫동안 침묵을 지켰다. 유미도 일부러 묻지 않았다.

"별일 없지?"

"별일은 무슨……."

유미도 동진을 흉내 내어 썰렁하게 대꾸한다.

"그래, 그럼……."

"그래요, 그럼 또……."

전화가 툭 끊겼다. 도대체 이 분위기는 뭔가? 유미는 답답함을 느꼈다. 분명 윤 회장과 동진 사이에 무슨 일이 있었던 게 분명하다. 혹 윤 회장의 뜻과 그의 뜻이 다르다 하더라도 남자가 이렇게 맥없이 나오다니. 줏대가 있는 인간이야? 아니, 좆대가 있는 남자야? 유미는 어깨를 으쓱했다.

수민은 밤이 깊어서야 유미의 집에 도착했다. 여전히 섹시하고 예뻤지만 유미는 아직도 그녀에게 적응이 되지 않았다. 술 냄새를 살짝 풍기던 그녀가 좌정하고 곧바로 본론부터 얘기했다.

"내일 아침 일찍 오디션이 있어서 지금 자야 할 거 같아."

"오디션?"

"응, 내가 서울 무대에 서게 되었어. 물론 거의 다 된 얘기긴 한데 대빵이 내일 나를 보고 싶다고 해서 새벽에 준비하고 나가야 하거든."

"정말?"

"미사리에서 제일 큰 밤무대에서 스카우트 제안이 들어왔거든. 조건도 좋고 나도 이왕이면 서울 와서 노래하고 싶었어. 부산은 지겨워. "새 술은 새 부대에"라는 말도 있잖아. 부산 것들은 말도 많고. 새 인생을 얻었으니 새로운 곳에서 출발하고 싶어."

"그랬구나. 잘됐네. 근데 부산에서 함께 살던 남잔 어쩌고?"

"아유, 헤어졌어. 배 타는 남자는 꼭 배 같아. 한곳에 정박을 못 해."

수민은 그 남자와 헤어진 걸 담담하게 말했다.

"서울 남자 만나야지."

"그래."

"참, 네 엄마 물건은 저기 쇼핑백 안 상자 속에 담아 왔어. 한번 살펴 봐. 빨리 자야 화장이 잘 받을 테니 난 자련다. 나 어디서 자? 너랑 또 안고 자기는 그렇고……."

"응, 나도 싫어. 작은방에 요랑 이불 깔아 줄게."

"고마워. 내일 결정되면 나도 원룸 같은 걸 하나 얻어야 하는데……."

"그래야겠네."

"얻을 때까지 나 갈 데 없으면 재워 줄 거야?"

"으응? 글쎄……."

유미는 단번에 대답을 못 했다. 동진이 찾아올 수도, 용준이 찾아올 수도 있다.

"오래는 안 되겠지만, 뭐……."

"어유, 요 깍쟁아. 어쩌나 내가 떠봤다."

유미는 수민에게 이부자리를 봐 주고 나왔다. 저만치 엄마의 유품을 담은 쇼핑백이 눈에 들어왔다.

유미는 쇼핑백을 열어 보았다. 쇼핑백 안에는 비닐 봉투로 봉해진 낡은 노트가 있었다. 노트와 수첩의 중간 정도 되는 크기였다. 아마도 어둡고 습한 곳에 오래 처박혀 있었는지, 글씨가 번지고 곰팡내도 났다. 노트를 펼쳐 보니 일기나 메모를 간단히 적은 것이었다. 그것도 대부분 잉크가 번져서 잘 알아보지 못할 정도였다. 겨우 엄마의 필체라는 걸 알아보았다. 노트 표지를 두른 비닐 안쪽에 사진이 몇 장 들어 있었다. 어린아이의 백일 기념사진이었다. 자세히 보니 유미의 어릴 때 사진이었다. 그리고 엄마의 학창 시절 사진과 처녀 때의 사진 몇 장, 이모네 식구와 찍은 가족사진이 나왔다. 그런데 이해하지 못할 사진 한 장이 보였다. 중산층 가족처럼 보이는 사진이었다. 아기를 안은 부부와 사내아이가 찍혀 있었다. 아기는 강보에 싸여 잘 보이지 않았다. 이해하지 못할 부분은 사진 속 남자의 얼굴이 찢겨 있었다는 것이다. 여자는 눈에 잘 띄지 않는 얌전하고 평범한 얼굴이었다. 어떤 충동으로 얼굴만 칼로 도려낸 걸까. 그 누군가의 증오가 느껴졌다. 엄마가 한 짓일까? 알 수 없다.

"뭐 별건 없지?"

어느새 샤워를 끝낸 수민이 다가와 있었다.

"그게 왜 식당 창고 구석에 처박혀 있었는지 모르겠다고 하더라. 우리 엄마 말은, 아마도 이모가 조씨 아저씨 손 타는 걸 싫어했던 게 아니냐고 하던데……."

조씨? 조씨라면 조두식? 엄마는 무엇이 조두식의 손에 들어가는 것을 꺼린 걸까? 틈나는 대로 유품을 분석해 보기로 했다.

"참, 조씨 아저씨 만나 봤어?"

수민이 생각났다는 듯 물었다.

"아니, 왜?"

"지난겨울에 너 부산 다녀가고 나서 얼마 안 있다 날 찾아왔더라고. 나 일하는 가게로……."

"그래? 언니한테 볼일 있었어?"

"그냥 우연히 술 한잔하러 온 거라고 둘러대긴 하더라만, 네 얘길 물어보더라. 자기는 외국에 오래 나가 있었다나 어쨌다나. 마침 너 만난 지 얼마 안 되었다고 근황을 얘기해 줬지."

"외국? 배 타고?"

"글쎄, 모르겠어. 나랑 같이 살던 남자, 그 사람도 배 탔잖아. 그 이한테 물어보니까 그 아저씨 한동안 배는 안 탄 거 같던데. 모르지, 뭐. 빵에 가서 좀 썩다 나왔는지."

"다른 얘긴 안 해?"

"뻥치는 건 여전하지 뭐. 자기가 정계, 재계에 선 안 닿는 데 없다, 자기만 믿어라."

"내 연락처 가르쳐 줬어?"

"응, 휴대폰 번호 줬어. 나 잘못한 거야?"

"아냐, 어차피 알아냈을 텐데 뭐."

"너 하는 방송의 국장을 잘 안다나 뭐라나. 득이 되게 잘 얘기해 주겠다고 하기에…… 아 참! 그리고 너한테 뭐 전해 줄 말이 있다고 하던데? 그래서 가르쳐 줬지."

"전해 줄 말?"

"응, 분명 그랬어. 얘! 이모 팔자가 참 안됐긴 하지만 그래도 그 아저씨가 마지막 남자로 이모 옆에 있었던 거 아니냐. 너도 너무 미워만 하지 마."

"마지막 남자……."

"그래, 마지막 남자. 최종 학력이 중요하듯 우리 나이도 마지막 남자가 누구냐가 인생을 결정하잖니."

"벌써 마지막 남자를 신경 써야 하나?"

"이제 우리 나이도 장난 아니잖니. 나 정말 자야겠어. 유미야, 잘 자."

"그래, 굿 나이트!"

유미도 잠자리에 들려고 엄마의 노트를 정리했다. 그때 무언가가 툭, 떨어졌다.

유미는 조심스레 그것을 주워 들었다. 그것은 봉투가 없는 오래된 편지였다. 편지에 군데군데 눈물이 번진 흔적이 역력했지만, 내

용을 이해 못 할 정도는 아니었다. 만년필로 쓴 글씨는 번져 있었다. 그러나 그 필체의 주인공이 남자라는 건 한눈에도 알 수 있었다. 느낌상 꽤 고급 만년필로 쓴 글씨는 호방하면서도 세련된 멋을 풍기고 있었다. 유미는 천천히 그 글씨를 음미하며 읽었다.

나의 인숙에게

단 한순간도 당신을 잊은 적이 없소만, 내 앞에 펼쳐진 인생은 가차 없구려. 운명은 자비롭지 못하여 당신 곁에 단 한순간도 머물지 못하게 하니 나를 용서해 주오. 당신도 나의 상황과 사명을 이해해 주리라 믿소. 그리고 항상 고맙게 생각하고 있소. 나를 지켜 주고 사랑하는 힘을 여기서도 늘 느끼고 있으니 말이오.

아이의 사진은 잘 받았소. 당신이 아이를 의지하여 다만 조금이라도 행복을 맛보는 삶을 산다면 나로서는 정말 다행이오. 나도 멀리서나마 어떤 식으로든 아이를 지켜 주겠소.

당신은 아름답고 현명한 여자요. 내 마음을 충분히 이해하고 있으리라 생각하오. 나 또한 당신의 순수한 마음을 잘 이해하고 있다오. 그러니 절망하지 말고 씩씩하게 잘살길 바라오.

편지는 거기서 끝나 있었다. 일부러 그랬는지 날짜도 서명도 없었다. 짐작건대, 아마도 유미가 출생한 후 오래되지 않은 시점의 편지가 아닐까 싶었다. 이 편지의 발신인이, 그러니까…… 내 아버지인 걸까? 어쨌건 두 사람은 사랑하는 사이로 보였다. 그러나 무언가 장벽으로 합칠 수 없는 관계. 유미는 그 육필 편지를 코에 대고 숨을 들이마셨다.

그는 어떤 사람일까? 엄마는 그의 어떤 상황과 사명 때문에 그를 만나지 못하고 평생을 그림자처럼 숨어 산 걸까? 사명이라니. 그는 외교관일까? 군인일까? 신부일까? 승려일까? 아니면 죄수인 걸까? 유미는 갑작스러운 상상에 머리가 복잡해졌다. 하지만 분명한 건, 그는 가정이 있는 남자가 아니었을까? 찢어진 사진 속의 얼굴이 바로 그가 아닐까? 그 찢어진 구멍에 어떤 얼굴도 대입해 볼 수 없어서 유미는 막막했다.

편지의 군데군데 번져 있는 눈물 자국을 보자 유미는 또 마음이 아려 왔다. 눈물을 흘리는 엄마 생각이 났기 때문이다. 편지로 짐작건대, 엄마는 자신을 지켜 주지도 못하는 남자에게 순정을 바쳤다. 그것이 엄마의 인생에 어떤 의미가 있었는지, 어떤 가치가 있었는지 함부로 말할 수 없다는 게 유미의 생각이다. 그런 엄마의 영향으로 유미는 엄마와는 완전히 다른 삶을 살아왔지만, 사랑이라는 가치를 어느 누군들 함부로 재단할 수 있으랴. 엄마가 완전 100프로 불행했다고, 유미가 완전 100프로 행복하다고 말할 수 있을까.

유미는 편지를 노트에 집어넣고 다시 한 번 노트를 쓸어 보았다. 일기와 메모, 낙서, 알 수 없는 표시가 기재된 달력 등이 들어 있는 노트. 유미는 달력을 유심히 보았다. 유미가 태어나기 전해의 달력이었다. 어느 달에는 유난히 낙서가 많이 되어 있었다. 물음표나 별표 등 몇 가지 암호 같은 표시가 일주일 전후의 날짜를 두고 집중적으로 표시되어 있었다. 유미는 직감으로 그것이 무언지 눈치챌 수 있었다.

아마도 유미라는 존재가 최초로 생긴 날을 엄마는 표시한 것이리라. 그러나 엄마는 불행히도 아기를 잉태시킨 씨의 임자를 명확히 찾을 수 없어서 한때 고민했던 모양이다. 노트의 어느 페이지를 보니 혈액형 도표가 그려져 있었다. 엄마는 O형, 유미도 O형이다. 아마도 아버지일 가능성이 있는 남자들의 혈액형은 A형, O형, B형인가 보았다. 그러나 O형은 변별력이 낮은 혈액형이다. 세 남자와 몸을 섞으면 모두 O형의 피를 가진 아이가 나올 수 있기 때문이다. 그게 뭐 대수인가. 엄마가 O형이듯이, 유미는 O형이며, 엄마 오인숙이 오씨(吳氏)이듯이 유미 또한 엄마 성을 물려받아 오유미로 살아왔을 뿐이다. 이제는 오래전에 이 세상에서 사라져 버린 한 여인의 덧없는 생의 기록이 무슨 의미가 있을까.

그것을 다시 쇼핑백에 넣고 유미는 자신의 컴퓨터를 부팅했다. 엄마의 기록이 얇은 노트 한 권이라면 자신의 생의 기록은 컴퓨터와 인터넷 시스템 속에 존재한다. 한동안 블로깅을 하지 않았다. 사실 이상한 메일을 받은 이후엔 더 그랬다. 그동안 유미가 무시무시하게 벌여 놓은 네트워크라는 세력이 어느 날 갑자기 유미를 죽이는 세력이 될 수도 있다는 공포감 때문이었다. 유미는 보이지 않는 익명의 적들이 자신을 공격해 오는 상상을 하며 몸을 떨었다.

유미는 이메일 박스로 들어가 이메일을 체크했다. 홍두깨로부터 혹시 무슨 이메일이 왔을까 싶어서였다. 그로부터 온 메일은 없었다. 그러나 수신 확인란을 체크하니 놀랍게도 그가 몇 시간 전에 메일을 읽었다는 표시가 떠 있었다. 그동안 '읽지 않음' 표시가 쭉 뜨기에 장난성 메일이었구나 싶어 한편으로는 안심하고 있던 터였다.

막연하던 불안감이 상처가 도지듯 생생하게 다가왔다. 그가 유미의 메일을 읽었으니 어쩌면 곧 답을 해 올지도 모른다. 그의 답에 따라서 어쩌면 이제부터는 전쟁을 치러야 할지 모른다. 그가 유포하려는 동영상을 막기 위해서라면 어떤 대가라도 치러야 할 것이다. 그게 촘촘한 세포로 연결되어 있는 인터넷 네트워크로 유미의 동영상이 치명적인 바이러스처럼 대책 없이 퍼지는 것보다는 나을 것이다. 조만간 블로그를 폐쇄해야 할지 모른다. 아예 숙주를 죽여 버리는 게 최소한의 예방이 될 수 있다면 말이다. 얼굴 없는 미지의 적을 상상하려니 분노가 치밀기보다는 오히려 막막하기만 했다. 마치 엄마가 간직한 구멍 뚫린 사진 속에서 얼굴 모르는 아버지를 상상하는 것만큼이나.

다음 날 유미는 박용준을 불러서 한 가지를 더 부탁했다. '홍두깨'라는 아이디의 이메일 주소를 주며 IP 추적과 신상 정보를 알려 달라고 했다.

"그건 좀 다른 분야라서…… 사이버 수사대, 뭐 이런 데 신고해 보죠?"

"그럴 성격이 아냐. 그냥 은밀히 좀 알아보고 싶어서…… 왜, 어려워?"

"글쎄요……."

"그럼, 관둬."

"아뇨, 어떡하든 알아볼게요. 하지만 시간이 좀 걸릴지 몰라요."

"그건 아직 안 나왔어?"

유미는 전에 부탁했던 일의 결과를 물었다.

"예? 아아…… 좀 기다려야 할 거 같아요. 주민등록이 말소된 상태라서요."

"주민등록 말소?"

"예, 그렇다는데요?"

"알았어. 참……."

유미는 망설이다가 핸드백에서 봉투를 꺼냈다.

"이거 받아. 얼마 안 돼. 구두나 하나 사 신어."

용준이 펄쩍 뛰었다.

"아, 왜 이러세요? 이러면 순수한 저를 모욕하는 거예요. 저 그럼 화내요."

"그냥 누나가 주는 용돈 정도라 생각해."

"그건 아니라고 생각하는데요. 우리 관계를 돈으로 묶는 거 싫어요. 정 그러실 거면 그 돈으로 함께 술이나 마셔요."

"그럴래?"

용준이 진지하게 말했다.

"제가 얘기했죠? 선생님한테 원하는 건 돈이 아니라고요. 세상에 여자는 두 종류가 있어요. 돈을 받고 싶은 여자와 사랑을 받고 싶은 여자. 선생님은 후자라고요."

"돈이나 사랑? 뭐든 공짜는 아니네."

유미가 봉투를 도로 집어넣으려 할 때 아르바이트생인 진수진이 노크하며 사무실로 들어왔다.

"저, 손님이 오셨어요. 본사에서……."

"본사에서?"

용준을 내보내고 유미는 손님을 맞았다. 키가 훤칠한 중년 사내가 들어왔다. 명함을 내밀며 자신은 윤 회장의 최측근으로 기획실장과 비서실장 일을 함께 맡고 있는 한준수라고 소개를 했다.

"따로 한번 뵐까 생각도 했습니다만, 그게 오히려 번거롭고 부자연스러울 거 같아서요."

"무슨 일이신데요?"

유미는 짐작이 갔으나 예의 바르게 물었다.

"회장님의 뜻을 전하는 건데 그게 간단 명백한 거라서요."

"간단 명백? 아주 일방적이시군요."

"꼭 그렇지만은 않습니다."

"말씀해 보시죠."

한준수는 사무실을 한 번 둘러보더니 뜸을 들였다.

"재개관까지 한 달 정도 남았나요?"

"네……."

"특별히 하고 싶은 일이 있으십니까?"

"무슨 말씀인지……."

"그럼, 회장님의 뜻을 전하겠습니다. 일단 회장님은 오유미 씨가 윤동진 이사 곁에 계시는 걸 원하지 않으십니다. 결혼은 물론이고 직장 문제도 포함됩니다. 그래서 외국 유학이나, 더 하시고 싶은 일이 있다면 외국 체류비나 학비를 책임지겠다고 하십니다. 재개관까지 마무리하시고 거취를 정해 주시면 위자료에 해당하는 부분은 넉넉히 생각하시겠다고……."

"넉넉히……?"

유미는 코웃음을 했다.

"예, 넉넉히."

"외국으로 나가라……?"

한준수가 고개를 끄덕이다 토를 달았다.

"한 가지 조건이 있어요."

"조건요?"

"윤 이사님께는 나가실 때까지 비밀로 하라고……."

"그게 말이 돼요?"

유미는 기가 막힌다는 표정으로 잠시 입을 다물었다.

"심부름 오신 건가요? 그럼 전하세요. 제가 그전에 꼭 한 번 따로 회장님을 만나 뵙고 싶다고요."

"그건……."

"아무리 그래도 이런 일방적인 명령 하달은 좀 그렇잖아요? 요즘 같은 민주주의 시대에."

"제가 모르긴 몰라도, 그러지 않는 게 좋으실 겁니다."

"모르면 가만히 계셔야 하는 거 아니에요? 제 일이니 제가 알아서 하죠. 그렇게만 전하세요."

한준수가 유미를 쏘아보았다.

"충고하는데요. 경거망동하지 마십시오. 회장님은 신중하시고 합리적인 분이거든요."

한준수를 보내고 나서 유미는 끓어오르는 분노를 삭이지 못했다. 윤동진에게 전화를 할까, 생각하다 그만두었다. 이렇게 심사가 사나울 때는 차라리 참는 게 낫다. 마음을 가라앉히고 이성적으로 대처하는 게 후회가 없다. 어제 윤동진이 할 말이 있다고 했던 게 생각났다. 조만간 그가 연락을 해 올 게 분명하다. 기다리자. 때로는 입보다는 귀가 현명할 때가 많은 법이다.

윤동진에게 비밀로 하라던 한준수의 말이 떠올랐다. 윤 회장의 발상이 우습고 억지스러웠다. 윤동진이 그 정도로 마마보이, 아니 파파보이란 말인가. 아니면 이 오유미를 물로 보는 거야, 뭐야? 돈 몇 푼 집어 주면 인간의 감정이나 사랑 따위도 모두 삭제할 수 있다고 생각하나. 일단은 일방적인 통고를 한 윤 회장의 처사에 자존심이 몹시 상했다. 내가 죄인도 아닌데 강제 추방이라니. 약한 놈에게 약하고 강한 놈에게 강한 오유미의 성질을 그 영감탱이가 모르는구나.

그때 사촌 수민에게서 전화가 왔다.

"유미야, 나 오디션 됐어."

"정말? 축하해."

"그래서 오늘 밤부터 갑자기 무대에 서게 되었어."

"당장 오늘부터?"

"아마 새벽에나 들어가게 될 거 같아. 기다리지 말고 먼저 자."

수민이 방을 얻을 때까지 함께 지내야 하는 것도 갑자기 짜증이 났다. 그때 휴대폰이 다시 울렸다. 김 교수였다.

"어머! 파파 교수님."

"오랜만인데 잘 지내지?"

"예, 그럼요. 죄송해요. 제가 요즘 일에 얽매여서 자주 연락도 못 드려서…… 제가 강의 있는 날엔 학교에 안 계시는 거 같던데."

"그래, 나도 요즘 전시 준비다 뭐다 바빴어. 참 종강 언제야? 학교 오면 밥이나 한번 먹지. 곧 모집 요강이 나갈 거야. 이번에는 차질 없이 내가 좀 밀어 보려고 해. 서류 준비 미리 해 놔."

"다음 학기부터 바로요?"

"아마 그럴걸. 아니면 내년 새 학기부터일지…… 교수만 됐다 하면 그 직장 그만두지 뭐. 내가 조만간 큰 거 하나 맡을 것도 같은데 그것도 같이하면 좋을 거 같고."

"어머, 그러세요? 뭔데요?"

"아직 비밀이야. 안 가르쳐 줘."

"알았어요. 잘되면 좋겠어요."

"전에 이사장님과 등산이나 하자 했는데 날이 더워 그것도 좀 그렇고 내가 자리 한번 만들게."

"아, 예……."

"관심이 많으셔."

김 교수와 전화를 끊고 유미는 잠시 생각에 빠졌다. 자신에게 가능성이 있는 미래를 따져 보았다. 대학교수가 된다. 재벌 2세의 부인이 된다. 이도 저도 안 되면 목돈을 갖고 외국에 나가 산다. 죽거나 망하지 않으면 그리 나쁜 미래는 아니다.

유미는 퇴근을 하며 주차장에서 용준에게 문자를 보냈다.

—저녁에 한잔할까? 내 차로 와.

잠시 후 용준이 차로 왔다.

"어쩌죠? 정말 그러고 싶은데……."

"왜 무슨 일 있어?"

용준이 인상을 찌푸렸다.

"지완 씨랑 만나기로 했어요. 계속 미뤘는데 오늘은 도저히 피할 수가 없네요."

"요즘 지완이랑 만나?"

"그쪽에서 자꾸 연락을 해 와요."

"정말?"

"요즘 무지 심란해서 그런 거 같아요. 남편이랑 이혼을 고려하는 중이래요."

지완이 인규와 이혼을 고려 중이라니. 그런 문제를 지완은 유미에게 털어놓은 적이 없다. 여자끼리의 자존심 때문일까. 지완은 '명품 가족'의 여주인으로서 자부심이 대단했으니까. 오로지 이혼녀 유미에 대한 우월감이란 게 행복한 결혼 생활을 한다는 것 하나였으니. 그나저나 아직 인규에게는 통고를 하지 않았나 보다. 불쌍한 인규.

"근데 쌤, 지완 씨 이혼하고 저를 물면 어떡하죠?"

"왜 걱정돼? 그만하면 예쁘고 돈도 있고……."

"아, 왜 이러세요. 됐거든요. 그래 봤자 애 둘 딸린 평범한 아줌마…… 저도 입맛 까다롭거든요."

"지완네 친정집 꽤 괜찮은 집안인데……."

"배경 관심 없어요. 결혼할 여자는 질리지 않아야 해요. 평생 먹을 밥인데 질리면 안 되죠. 일단 내 입맛에 딱 맞는 여자여야 해요."

"왜, 지완이 질려?"

"아이, 왜 이러세요. 노코멘트! 친구끼리 비교하는 것도 그렇고……."

"이혼해 봤자 별 볼 일 없다고 잘 다독거려 줘. 용준 씨가 있으니까 괜히 더 바람이 들어간 거 아냐?"

"글쎄요…… 저야 결별 선언을 할 타이밍만 보고 있는데 쉽지 않네요. 요즘엔 어찌나 신경이 예민해져 있는지 의심도 많고. 무슨 의부증 있는 마누라 같다니까요."

"알아서 해."

용준이 차에서 내리자 유미는 차를 몰고 출발했다. 퇴근을 했으나 막상 집에는 들어가기가 싫었다. 바에 들어가 술을 한잔할까도 생각했지만, 너무 이른 시각이었다. 전에는 바나 나이트에 혼자 가서 즐기다 보면 남자들이 꼬여 맘에 들면 원 나이트 스탠드도 했으나 이젠 그런 것도 시시했다. 대신에 인사동으로 차를 돌려 화랑가를 둘러보기로 했다.

인사동 길은 여전히 복잡했다. 다소 늦은 시각이라 화랑들도 문을 닫은 곳이 많았다. 마침 대학 동창이 하는 화랑에 불이 환히 밝혀져 있었다.

"어머, 이게 누구야? 오랜만이다."

화랑 주인이 반갑게 알은체를 했다. 그녀는 유미의 대학 동창으로 과 대표를 맡았던 우승주였다.

"그러게. 잘되니?"

"잘되긴. 요즘 미술 시장이 바닥이잖니. 넌 여전하다, 얘. 윤조미술관 재개관 소식 들었어."

"그래, 그때 초청장 보낼게."

"넌 정말 잘할 거야. 옛날부터 너 유명했잖아. 요즘도 그렇게 잘 세우니?"

승주는 뭐가 생각났는지 까르르 웃었다. 실기 시간의 모델 발기 사건을 떠올리는 것 같았다.

"내가 그때 과대 맡았을 때 50만 원 걷어 줬잖아."

"어유, 애는!"

유미도 따라서 웃으며 물었다.

"승주야, 그때 그 발기인들은 다 어떻게 사니?"

두 여자가 동창들의 근황과 그때 얘기를 하며 깔깔대며 웃고 있는 동안 화랑 안에 한 남자가 들어와 그녀들을 힐끔거렸다. 그러더니 멋쩍게 다가와 말을 걸었다.

"안녕하세요? 혹시 저 그림 가격이 얼마나 됩니까?"

그러자 승주가 발딱 일어났다.

"애, 고객이야. 잠깐 그림 좀 둘러보고 있어. 나 얘기 좀 하고 올게."

남자가 유미에게 미안하다는 듯 목례를 했다. 3초간 일별한 느낌으로는 꽤 괜찮은 인상이었다. 그러나 그림 소장에 관심 있는 컬렉터로는 왠지 어울리는 느낌이 아니었다.

"그래, 알았어. 참 괜찮으면 저녁 같이 먹을까?"

"어쩌니. 미리 전화라도 하고 오지. 나 선약이 있어."

"그래? 그럼 다음에 하지 뭐."

승주가 남자를 상대로 그림을 소개하고 가격에 대해 말하고 있는 동안 유미는 전시실을 둘러보았다. 전시하고 있는 화가는 신인과 중견 작가의 중간쯤 되는 인기 구상 작가였다. 유미는 그림을 둘

러보다가 승주에게 눈짓으로 다음에 보자는 작별 인사를 보내며
화랑을 나섰다.

집으로 갈까 하다가 오랜만에 예전에 자주 가던 맛깔스러운 전
통 음식점 생각이 나서 그리로 발길을 돌렸다. 그 집의 다양한 가정
식 반찬으로 오랜만에 솜씨 좋은 엄마가 해 주는 밥다운 밥을 먹고
싶었다. 특히 잘 삭힌 홍어 삼합을 알싸하고 텁텁한 막걸리를 반주
로 먹고 싶었다. 식당이 있는 골목길로 발길을 돌리는데 누군가 말
을 붙였다.

"괜찮으시면 저녁 같이하시겠습니까?"

유미가 뒤를 돌아보니 좀 전에 화랑에서 만났던 남자였다.

"물론 제가 사 드리는 겁니다. 혼자 드실 거 같은데, 저도 저녁
혼자 먹어야 하니까 이왕이면……."

"글쎄요. 너무 갑작스러워서요."

"갑작스럽게 들이대는 거 같아 경계를 하시는 게 당연합니다
만…… 사실 저로서는 호시탐탐 기회를 엿보고 있었어요."

남자가 쑥스러운 웃음을 날렸다. 아, 그런데 이 남자 눈웃음이
장난 아니다. 살인 미소라는 게 바로 이런 건가. 가만히 있을 때는
진지해 보이는데 웃으니 상큼하고 달콤한 사과 향이 풀풀 날리는
것만 같다.

"아까 그림을 사시려는 거 같던데 얘기는 다 끝내셨어요?"

"아, 그거…… 예. 참, 친구분한테 들으니 재벌 그룹의 미술관 책
임자로 있으시다고요. 그래서 식사 대접이나 하면서 컬렉션에 대해
한 수 배우려고요. 이 골목에 제가 좋아하는 밥집이 있어요. 전 오

늘 홍어 삼합에 시원한 막걸리가 당기는데, 어떠세요?"

이 남자가 남의 마음속을 어떻게 알았나? 남자는 공교롭게도 유미가 가려던 식당을 언급했다. 남자가 입맛을 다시며 웃으며 이야기하니 갑자기 막걸리 생각이 간절했다.

"그러죠."

식당에 들어와 방을 잡고 나서 그가 명함을 내밀었다. 이름은 고수익. 보험회사 대리였다. 유미가 이름을 보고 웃으며 물었다.

"어머, 죄송해요. 고수익? 본명이세요? 전 오유미라고 해요."

"예, 제가 이것저것 하다가 입사를 늦게 해서 만년 대리입니다."

"네에……"

"조만간 그만둘까 해요. 그냥 제 사업을 한번 해 보면 어떨까 생각 중이에요."

"그게 그림과 관련 있나 보죠?"

"그런 건 아니고요. 사실 그림에 관해서는 문외한입니다. 제가 주식을 해서 사이드로 번 돈이 좀 있는데 그림에 투자를 좀 해 볼까 해서요. 고상한 취미로 그림 수집을 하다 보면 나중에 수익도 나고, 뭐 꿩 먹고 알 먹고잖아요."

"일단 그림을 좋아하셔야죠. 그래야 컬렉션이 즐겁죠. 돈이 되는 건 나중 문제고요. 당장 수익을 바라는 건 좀……"

유미는 일개 회사의 대리가 취미로 하기에는 컬렉션이 사치스러운 취미라는 걸 에둘러서 말한 셈이다. 단기간에 고수익을 창출하는 분야는 아니니까. 하긴 모르지. 고수익이란 이 남자, 어쩌면 이름값을 할지도.

잘 차려진 한정식을 한 상 받고, 둘이서 막걸리로 건배까지 하고 나자 그가 물었다.

"혹시 그림은 안 그리십니까?"

"그렸죠, 예전에는요. 아니, 시간이 허락하면 지금도 그리고 싶어요. 그게 제 본분이란 생각이 들거든요."

"자화상 이런 거를 그리세요. 누드 자화상 이런 거…… 아름다우시니까."

그가 또 사과 향 미소를 날렸다. 그럼 그렇지. 이제야 이 남자 속이 좀 엿보인다. 하지만 혹시 보험 하나 들라고 립 서비스 하는 건 아니겠지.

"자화상 그리는 거 쉽지 않아요. 웬만하면 모델이 있어야죠. 고흐니 이런 사람들은 모델료가 없어서 할 수 없이 자신을 그린 거죠."

"필요하면 제가 무료로 모델을 설 수도 있는데."

"꽤 자신이 있으신가 보네요."

"예, 제 입으로 말하긴 뭐하지만 저도 한 몸 하거든요. 보여 드릴 기회가 있을진 모르겠지만."

"여기 홍어가 제대로네요. 그냥 뻥뻥 뚫리네요."

유미는 코가 뻥 뚫리는 삭힌 홍어를 집으며, 일부러 뻥뻥에 힘을 주어 말하며 웃었다.

"아, 뻥 아니에요. 정말입니다. 오늘 밤에라도 보여 드릴 수 있어요."

막걸리 한 잔에 그가 후끈 달아오른 듯 항변했다. 식사를 다 마칠 무렵이 되자 그가 말했다.

"미술관 재개관이 언제예요? 오유미 씨가 그림 하나 찜해 주세요. 저도 큰 거 한 장 정도는 기본이니까요."

처음 본 남자가 뻥을 치든 말든 유미는 상냥하게 말했다.

"아, 그러세요? 그럼 그러죠."

"제게도 연락처를 하나 주시죠. 아니, 그러지 말고 나가서 술 한 잔 더 하실래요? 와인 좋아하세요?"

"아, 차를 가져왔어요. 그리고 집에 들어가 봐야 해요. 조만간 제가 꼭 연락을 드릴게요."

"알겠습니다."

남자는 의외로 순순히 물러났다. 헤어지기 전에 유미가 물었다.

"실례지만 연식이 어떻게 되세요?"

"쌍칠 년 산입니다. 러키세븐이 두 개나 되는. 만으로는 삼땡. 저보다 서너 살 어릴 거 같은데……."

이 남자야말로 유미보다 네 살 어리다. 유미는 말없이 웃으며 손을 흔들고 그와 작별했다. 차를 세워 둔 공용 주차장 쪽으로 걸어가는데 그가 뒤따라오며 유미를 불러 세웠다. 어느새 그의 손에는 향과 향로가 들려 있었다. 그걸 건네며 그가 쑥스러운 듯 웃으며 말했다.

"기념으로 향로를 하나 샀어요. 저도 똑같은 걸 샀어요. 마음이 어지러울 때 향을 피우면 가라앉더라고요. 오늘 집에 가서 향을 피우고 싶어요. 오늘 밤, 왠지 설렘으로 마음이 들뜰 거 같아서요."

그 짧은 시간에 이걸 사서 뛰어와 전하다니. 그의 순발력과 다정다감에 잠깐 뭉클했다.

"어머나, 세상에……."

"유미 씨도 향을 피우고 있다고 생각하면 저 행복할 거 같아요."

"어쨌든 고마워요. 저도 집에 가서 피워 볼게요."

유미가 돌아서서 걸어갔다. 그런데 이상하게 그의 웃는 얼굴이 다시 한 번 보고 싶었다. 뒤를 돌아보니 그는 그대로 선 채 유미를 향해 예의 살인 미소를 풀풀 날리며 서 있었다. 고즈넉하게 여름 저녁이 저물어 가는 시각이어서일까. 그의 미소가 환하고 따스하게 느껴졌다. 마치 하얀 사과꽃이 가득한 사과나무 한 그루가 서 있는 것 같았다.

며칠이 지나도 이상하게 윤동진에게서는 연락이 없었다. 조만간 그에게서 어떤 말이 나올 줄 예상하고 있던 유미로서는 의외였다. 그도 얼마 전엔 할 말이 있다며 보고 싶어 하지 않았는가. 참다못한 유미가 전화를 해도 받지 않았다. 일 핑계를 대고 그의 비서실로 전화를 해 보았지만, 역시 연결이 되지 않았다. 해외에 나갔나 하고 비서에게 물어보니 그는 국내에 있다고 했다. 유미의 머리에는 윤 회장의 각본대로 움직이는 꼭두각시 같은 그의 모습이 보였다. 하지만 유미는 그가 그렇게까지 줏대 없는 인간이라고 생각하고 싶진 않았다. 그게 아니라면 혹시 그에게 무슨 심경의 변화가 있는 걸까. 재벌 마누라가 안 되어도 좋다. 조건 좋은 미술관의 책임자 자리를 그만두어도 좋다. 그러나 돈 좀 있는 재벌 부자(父子)의 손에 놀아나는 것이라면 참을 수 없다. 그걸 속 시원히 따지고 싶었다.

그러나 그 오기도 잠깐, 유미는 또다시 홍두깨로부터 메일을 받았다.

내가 누군지 아는 것은 시간문제일 것입니다. 내 행동이 비열하다고 비난하지 마십시오. 당신의 추악한 과거에 비하면 아무것도 아닐 테니. 내가 원하는 것은 차차 밝히도록 하지요. 나도 당신을 만나 진지하게 대화를 하고 싶습니다. 하지만 내가 원하는 건 당신이 쉽게, 단순하게 생각하는 그런 건 아닐 것 같습니다. 그리고 지금은 그럴 상황도 아니라고 판단됩니다. 그러니 공연히 나를 파헤치는 짓은 하지 말기 바랍니다. 때가 되면 우리는 만날 것입니다. 그럼, 만날 때까지 안녕⋯⋯.

유미의 어깨에서 힘이 빠지고 마우스를 쥔 손이 부들부들 떨렸다. 어둠 속에 내던져진 먹잇감처럼 유미는 보이지 않는 어둠 저편의 적이 두려웠다. 도대체 누구일까. 유미는 인터폰으로 박용준을 찾았다. 용준이 방으로 들어왔다.

"전에 부탁한 거 어떻게 됐어?"

"안 그래도 말씀드리려고 했는데⋯⋯ 사실 좀 더 완벽하게 알아보려고 기다리고 있어요."

"아는 거까지만 얘기해 봐."

"전에 주신 홍두깨인지 방망이인지 메일 주소를 추적하니 외국에 있는 컴퓨터 사용자라고 나온다는데요? 더 이상 추적은 좀 어려울 거 같아요. 그래도 좀 더 알아봐 달라고 해 놨어요."

"외국이라고?"

"예⋯⋯."

"그리고 또 있잖아."

"아, 예. 그 남자는 아직 신원 미상으로……."

"뭐야?"

"계속 알아보라 그랬어요."

"그럼 여기 휴대폰 번호도 줄 테니 은밀히 알아봐."

유미는 용준에게 휴대폰 번호를 적어 주었다. 유미는 한동안 무슨 생각을 하다가 용준에게 말했다.

"오늘이나 내일 밤 시간 자유로워?"

용준이 화색이 돌며 대답했다.

"아, 예에! 그럼요."

"내가 콜 하면 언제든 올 수 있도록 시간 비워 둘 수 있어?"

"당근이죠. 언제나 콜 해 주시나 기다리고 있어요. 특히나 얘가 워낙 참을성이 없어서……."

용준이 자신의 아랫도리를 손가락으로 가리키며 어깨를 으쓱했다.

"이놈이 언제 또 안 부르나 하고 목이 빠지게 기다립니다. 「구지가」 한 번 더 부르셔야죠."

용준이 너스레를 떨었다.

"사무실에선 쓸데없는 소리 하지 말라고 했지? 나가 있어. 상황 봐서 내가 연락할게."

유미는 용준을 내보내고 심호흡을 한두 차례 하고는 결심한 듯 휴대폰을 열어 전화를 걸기 시작했다. 혹시 그가 전화를 안 받을지도 몰랐다. 일단 전화를 받아야 미끼를 들이밀 수 있을 텐데……. 신호가 갔다. 한참 지나 다행히 상대가 전화를 받았다.

"안녕하세요? 저 유미예요. 전에 부탁하신 거 준비가 되었는데…… 한번 만나 뵙고 싶어요. 물론 그래도 되지만…… 정말 오랜만이잖아요. 정말 보고 싶어서 그래요. 오늘이나 내일 저녁 어떠세요? 오늘 저녁이 낫다고요. 8시…… 거기, 좋아요."

그와 약속이 잡혔다. 8시. 그가 말한 약속 장소는 시내 중심에 위치한 롯데호텔 로비였다. 하필 사람이 많이 붐비는 시내 호텔이람. 그러나 유미는 토를 달 수가 없었다. 그의 마음이 변하기 전에 약속을 얼른 잡는 게 좋을 것 같았다.

유미는 용준에게 문자를 보냈다.

—오늘 저녁 나와 함께 가자. 퇴근 후에 내 차로 와. 차에서 기다릴게.

직원들이 모두 퇴근하자 유미는 주차장으로 내려갔다. 좀 있으니 용준이 차로 왔다. 차에 타는 용준의 얼굴이 싱글벙글댄다.

"간밤에 어쩐지 꿈이 좋더라니. 우리, 어디로 가죠?"

"롯데호텔로 갈 거야."

유미의 말이 끝나기도 전에 용준이 탄성을 질렀다.

"업그레이드! 앗싸!"

그러나 유미가 차분하게 말했다.

"용준 씨, 잘 들어. 일단 나가서 요 근처에서 저녁 간단히 요기하고 호텔로 갈 거야."

"호텔에서 먹어요. 저녁은 제가 쏠게요."

"오늘 저녁은 안 돼. 용준 씨하고 나하고 호텔에 가는 건 맞아. 그런데 주차장까지야."

"예?"

"8시 15분 전에 도착할 거야. 그리고 로비로 올라가는데 따로따로야. 그때부터는 나를 절대로 알은척하면 안 돼."

"무슨 말인지……."

"로비에서 나는 어떤 남자를 만날 거야."

"아니, 그럼 저는?"

용준이 흥분했다.

"절 데리고 가서 다른 남자를 호텔에서 만난다 이거예요?"

"이건 미션이야. 잊었어? 용준 씨의 임무."

"임무?"

"그래, 맹세. 셰퍼드라며? 나와 떨어진 곳에서 기다리고 있다가 내가 신호를 주면 그 남자를 미행해 줘. 신호는 그 남자와 만나고 나서 헤어질 때 전화를 줄게. 어쩌면 통화는 못 할지도 몰라. 그냥 내 전화가 오면 그 사람 뒤를 밟으면 돼. 얼굴도 기억해 놓고. 앞으로도 미행하며 뒤를 캐야 할지 모르니까."

"도대체 그 남자가 누군데요?"

"알아봐 달라고 했던 신원 미상의 남자."

"네? 왜 그래야 하는데요?"

"고객의 비밀이야."

"쳇! 알았어요. 하여간 남자관계 복잡하기는."

"뭐라고?"

"아, 아니에요."

"그 남자 보통 아니야. 들키지 않게 조심하고. 잘할 수 있겠어?"

"잘해 봐야죠. 그 남자랑 객실에 올라가는 건 아니죠?"

유미는 용준과 사무실 근처에서 냉면을 한 그릇씩 먹고는 호텔로 출발했다. 호텔은 백화점과 붙어 있어서 평일이라도 복잡했다. 주차장에 차를 대고 10분 전이 되자 유미와 용준은 따로 로비로 향했다. 두 사람은 마치 모르는 사람처럼 행동했다. 8시가 넘어도 그의 모습은 나타나지 않았다. 휴대폰을 만지작거리며 그에게 전화를 해야 하나 어쩌나 망설이고 있을 때 누군가 뒤에서 어깨를 두드렸다.

"일찍 왔구나."

그였다. 조두식. 밤인데도 큰 고글형 선글라스를 쓰고 장발의 머리 위로 캡을 깊게 눌러쓴 그의 모습은 언뜻 전성기가 지나간 늙은 로커처럼 보였다. 유미는 표정을 알 수 없는 그의 검은 안경 속을 들여다보며 인사를 했다.

"잘 지내셨어요? 식사는 하셨어요?"

"먹었다. 그런데 여기 너무 복잡하구나. 네 차로 가자꾸나."

"차로요? 그냥 커피숍이나 지하 바에라도 갈까요?"

"그냥 조용한 차가 좋겠구나. 내가 요새 청력이 좀 약해졌나 봐. 귀 덮개가 시원찮아서 그런가 봐."

"설마요……."

귀 덮개. 유미는 그 부분에 이르러서는 할 말이 없었다. 그의 귀는 머리칼에 잘 가려져 있었다. 예전에 이 남자의 귀를 죽기 살기로 물어뜯긴 했으나 그와 이렇게 인연이 이어질 줄은 몰랐다.

"그럼 그러죠, 뭐."

이 노회한 남자가 눈치를 챈 건 아닐까. 이 남자가 미행을 따돌리려는 걸까. 주차장으로 내려가는 엘리베이터로 향하면서 용준이 있는 쪽을 슬쩍 일별했다. 용준은 누군가를 기다리는 척, 시계를 보다가 주위를 살피다가 했다. 그러면서도 긴장을 풀지 않고 이쪽을 흘끔 보았다. 조두식과 엘리베이터를 타자 한 남자가 안에 있었다. 용준이 뒤따라 들어왔다. 유미는 차를 세워 둔 지하층으로 내려갔다. 유미는 조두식을 데리고 자신의 차로 걸어가 문을 열어 주었다. 엘리베이터에서 함께 내린 용준도 마치 차를 찾는 듯 두리번거렸다.

"차 좋구나. 전에 얘기한 거 준비는 해 왔니?"

"예, 반만 수표로 끊어 왔어요. 이거 드리기 전에 뭐 좀 여쭤 보고 싶어서요."

"그래, 뭔데?"

"YB건설 윤 회장을 아시는 거 같던데요. 어떤 관계죠?"

"나야 네가 생각하는 것보다는 발이 넓지. 따지고 보면 내 일로 인해 한때 다 연줄연줄 알던 사이지."

"아니, 지금 현재 말이에요. 어떤 일로 연관이 있으시죠? 그걸 제게 말씀해 주시면 안 돼요?"

"나 대한민국에 연 걸리듯이 정계 재계 다 걸려 있었다만, 이제는 너도 알다시피 늙고 나와바리도 축소되고 말이지. 그러니 내가 너한테 구차하게 손도 벌리잖냐."

"솔직하게 말해 주세요."

"그저 내 안테나에 걸리는 소문을 들으니 윤 회장 아들이 너에게 빠져 있다는 소리가 들리더구나. 잘 요리하면 좋겠다는 생각이다. 윤 회장, 절대 너를 며느리로 삼지는 않을 것이다."

"제가 좋은 가문의 여자가 아니라서요?"

"그것보다 그 영감…… 아니다. 다만 돈이라면 네가 얼마든지 뜯을 수 있지. 그 영감은 체면을 엄청 중요하게 생각하지. 체면, 도덕성, 뭐 그걸 공략하는 거야."

유미는 한숨을 쉬었다.

"요즘 어디서 무얼 하며 지내세요? 돈은 뭐에 필요하고요?"

조두식의 목소리에 짜증이 묻어났다.

"네가 내 마누라냐? 느이 엄마도 나한테 그런 거 물은 적 없다. 이 조두식, 바람처럼 거칠 것 없이 살지만 너한테 폐는 안 끼치려고 한다. 돈은 갚을 거다."

"그리고 수민 언니를 찾아가서 제 거취를 물어보셨다면서요? 저한테 할 말 있다고……."

"그래서 우리 만났잖냐."

"그런 대답 말고요. 제게 할 말이 뭐죠?"

유미가 고개를 돌려 조두식의 선글라스 안쪽을 응시했다.

"모든 게 지나침이, 모자람보다는 못하다. 잘 쓰면 약이 되지만 넘치면 독이 되는 법. 어쨌든 독을 잘 쓰면 명약이 되는 법. 그걸 명심하라고."

"그러니까 그 선문답 같은 말이 뭐냐고요. 직접적으로 얘길 해주셔야죠."

"글쎄, 너무 알려고 하지 말라니까. 넌 영리하니까 오래지 않아 그 뜻을 알게 될 거다. 한 가지 충고는, 윤동진하고 결혼을 하는 게 능사가 아니라는 것. 그냥 두 부자를 잘 갖고 놀면 떡고물이 떨어진다."

"아이참! 답답해."

"흐흐흐, 답답해도 어쩌냐. 인생이 맘대로 안 되는걸."

"그게 아니고 무슨 말인지…… 아저씨가 절 갖고 노는 거 같아 그렇죠."

"나? 너 갖고 안 놀아. 군침이야 돌지만 이크, 잘못했다간 온전한 한쪽 귀도 뜯기려고? 흐흐흐…… 준비해 온 거나 꺼내."

유미는 왠지 그에게 주려고 갖고 온 수표를 꺼내기 싫었다. 잠깐 뜸을 들이다 물었다.

"참, 아저씨 혈액형이 뭐예요?"

"나? 그건 왜 물어? B형이다. 남자 B형은 바람둥이라 여자들이 싫어한다며?"

"엄마의 유품을 찾았어요. 혹시 아저씨는 제 아버지가 누군지 아세요?"

"그걸 내가 어떻게 아냐? 씨에다 이름표 달고 심는 것도 아니고."

"짐작 가는 사람도 없어요?"

"부산 사람은 아니다. 네 엄마가 그랬다. 나 그런 거 관심 없어. 그냥 인간, 아니 여자 오인숙과 살면 됐지. 지나간 일을 뭘 따져. 너 야 답답하겠지만."

유미는 핸드백에서 봉투를 꺼냈다.

"제가 풍족해서 드리는 건 아니에요."

"안다."

"아저씨 미워했지만, 저도 나이 들어가니 엄마의 남자로 엄마 죽고 나서도 저와 이렇게 인연을 이어 나가는 게 묘하다 싶어요. 제가 혹시 만에 하나 아주 힘든 일이 있으면 한 번쯤 저를 도와주실 수 있으시겠죠? 꼴랑 푼돈 드리면서 조건을 다는 게 아니라, 가끔 이 세상에 뼈저리게 혼자다 싶을 때가 있어요."

"그럼. 네가 누구냐. 딸 같은 애 아니냐."

유미가 봉투를 건네자 조두식이 얼른 주머니에 집어넣었다. 볼일을 마치고 차에서 내릴 줄 알았던 그가 유미에게 말했다.

"나 서울역에 좀 내려다오."

"서울역에요?"

주민등록 말소라고 하더니 혹시 노숙자?

"집이 거기예요?"

"아니, 지방에 좀 내려가야겠어."

"아, 예……."

유미는 할 수 없이 차를 몰고 서울역으로 향했다. 주머니 속의 휴대폰이 계속 울렸다. 미행 계획이 어긋난 용준이 당황해서 전화를 하는 듯했다.

조두식을 서울역에 내려 주고 유미는 용준에게 전화를 걸었다.

"어, 미안."

"미행을 하라고 해 놓고 차를 타고 내빼면 어떡해요?"

"음, 그렇게 됐어. 그 남자 얼굴 봐 뒀지?"

"얼굴이고 뭐고, 모자에 안경에 뭐 보이는 게 있어요? 코빼기만 겨우 봤는데……."

"알았어. 이제 집에 가 봐. 고마워."

"쳇, 알았어요."

용준이 볼멘소리로 말했다. 유미는 조두식과의 만남에 별다른 성과가 없는 것이 아쉽긴 했다. 조두식은 예상대로 유들유들하게 나왔다. 속내를 말할 듯하다가 선문답 같은 말로 교묘하게 핵심을 피했다. 의붓아버지라는 인연으로 그와 함께 살았던 세월도 있지만, 그는 알 수 없는 사람이었다. 무언가 심증은 가지만 물증은 없는 사건을 해결해야 하는 형사의 심정이랄까. 엄마의 삶에, 그리고 유미의 삶의 이면에서 그는 어두운 그림자를 언뜻언뜻 드러내곤 했다. 그가 말한 대로 안테나, 아니 특유의 후각으로 어디선가 하이에나처럼 슬쩍 나타나곤 했던 것이다. 그래도 그를 만나 이 정도라도 거래를 터놓는 것이 낫다고 유미는 애써 생각했다.

집 근처에 다다르자 유미는 오랜만에 단골로 들르던 바 블루문에 가서 칵테일이나 한잔하고 싶다는 생각이 들었다. 마티니를 한 잔 시켜 마시고 나니 온몸의 긴장이 조금 풀렸다. 실내에 피아노 선율을 실은 재즈 곡이 촉촉하게 퍼지고 있었다. 다이앤 리브스의 「미스티」란 곡이다. 그 곡을 듣고 있자니 뼈가 저리게 외로운 느낌이 들었다. 안갯속에서 길을 잃은 느낌이다. 눈앞이 부옇게 안개가 어린 듯 헤쳐 나가야 할 길이 잘 보이지 않는 느낌. 게다가 그 길을 홀로 가야만 하는 고독함이 취기와 더불어 엄습했다. 누구에게도 이런 외로움을 호소할 수 없다. 오죽하면 조두식을 만나서 마음 약한 모습을 보였겠는가. 윤동진의 사랑도 왠지 향기 없는 꽃처럼 여겨졌다. 자신이 원하는 게 정말 무언가 유미는 생각해 보았다. 돈? 명예? 사실 돈이라는 게 실감할 수 있는 범위 이상의 숫자라면 무슨 의미가 있는 걸까. 명예? 누구를 위한 명예일까? 유미는 지금 이 순간만큼은 아무도 자신만의 고독을 함께할 수 없다는 사실이 슬펐다. 마티니를 한 잔 더 주문해서 마셨다. 때맞춰 감미로운 다이앤 리브스의 목소리가 「솔리튜드」를 부르고 있다. 감상에 젖은 유미는 순간 눈시울이 뜨거워지는 걸 느꼈다. 갑자기 눈앞이 부예졌다. 겨우 눈을 깜박거려 눈물을 막았다. 울면 안 돼, 오유미.

취기와 감상 때문일까. 유미는 참아 왔던 감정이 터져 나오려는 걸 느꼈다. 윤동진의 전화번호를 꾹꾹 눌렀다. 예상대로 그는 전화를 받지 않았다. 유미는 그에게 문자를 보냈다.

―뭐가 두려운 거예요? 사랑한다면서. 왜 당신을 사랑할수록 더 외로워지는 건지 말해 봐요. 이 문자에 답이 없으면 나도 앞으로 전화 받지 않겠어요.

잠시 후에 휴대폰이 울렸다. 윤동진이었다. 그도 술에 취한 음성이었다.

"어디?"

"집 앞에 블루문이란 바에 있어요."

"잠깐 볼까."

"집으로 올래요?"

"아니, 30분 후에 그리로 갈게."

"알았어요. 기다릴게요."

유미는 마티니를 한 잔 더 시켰다. 취기를 핑계로라도 치기 어린 말을 하고 싶었다.

얼마간의 시간이 지나자 동진이 블루문으로 들어섰다. 저 남자였던가. 취기 때문인지 유미는 갑자기 그가 낯설게 느껴졌다.

"누구세요?"

유미가 일부러 비아냥거리며 물었다.

"취했군."

"당신도."

"약간. 밖에 기사가 기다리고 있어."

"빨리 가야 된다는 말씀? 그럼 왜 왔어요?"

"문자에 답하려고 왔어."

"문자로 하지 그래요?"

"외롭다며?"

"그래요."

"봐. 외롭다고 하면 내가 이렇게 달려오잖아. 그리고 나 두려워하는 거 없어. 그걸 내 입으로 말해 주고 싶어서 힘든 상황이지만 달려온 거야."

"당신 아버지 두려워하잖아."

"그건…… 그건 두려워하는 것과는 다른 거야."

"그럼 더러워서?"

"아버지가 뭐 똥이냐?"

"하긴. 미안해요."

"타이밍을 보고 있는 거야. 일보 전진을 위한 일보 후퇴라고 할까. 충돌 없이 좋은 결과를 얻기 위한…… 유미 씨를 만나는 걸 자제하는 것도 일단 아버지를 안심시키고 결정적 순간을 노리기 위해서야."

"정말?"

"그럼."

"그럼 말해 봐요. 날 사랑한다고 했던 말, 거짓은 아니었어요?"

"거짓이라니?"

"그럼, 사랑한다고 말해 봐요."

"사랑해."

윤동진이 속삭였다.

"더 크게 세 번 복창해 줘요. 저 음악 소리보다 더 크게."

"뭐? 미쳤어?"

"아버지 앞도 아니고, 뭐 두려운 것도 없다면서요."

"여기서?"

"나 윤동진은 오유미를 사랑합니다. 이렇게 삼세번."

"유치하게 왜 이래?"

"응, 나 유치해. 원래 사랑하면 다 유치해지는 거야. 해 줘요, 얼른!"

유미가 헤실헤실 웃으며 청했다.

"내가 이다음에 멋진 데서 정식으로 프러포즈할게. 이런 술집에서는 그렇잖아."

"알았어. 나 물먹었네."

순간 유미가 마시던 물을 동진의 얼굴을 향해 끼얹었다. 동진의 얼굴이 일그러졌다. 유미가 일어섰다.

"잘 가요. 얼굴 보니까 더 외롭네요."

유미가 비틀거리며 가게를 나왔다. 동진은 따라 나오지 않았다. 유미는 집으로 들어가면서 계속 노래를 흥얼거렸다. 외로워, 외로워

서 못 살겠어요. 하늘과 땅 사이에 나 호올로……. 이 노래의 제목이
뭔가. 「사랑의 종말」 아니었던가. 유미는 공연히 허허롭고 슬퍼졌다.

집으로 들어가 침대에 누웠다. 담배를 한 대 피우려고 베드 테이
블에서 라이터를 찾는데 손에 뭔가 걸리며 툭, 떨어졌다. 그건 고수
익이란 남자가 선물한 작은 청동 향로였다. 그걸 받고는 잊고 있었
다. 유미는 담배에 불을 붙이려다 대신 향로에 향을 피웠다.

"마음이 어지러울 때 향을 피우면 가라앉더라고요. 오늘 집에
가서 향을 피우고 싶어요. 오늘 밤, 왠지 설렘으로 마음이 들뜰 거
같아서요."

향로를 건네며 이 말을 했던 고수익이 떠올랐다. 그를 떠올리자
그의 눈웃음이 자연스레 떠올랐다. 그에게 잠깐 따스함을 느꼈던
기억과 함께. 유미는 향에서 올라오는 연기를 가만히 응시했다. 어
느새 연기가 방 안을 휘돌았다. 마치 그의 미소가 알싸하게 퍼져 나
가는 것 같다.

다음 날 술이 깨자 유미는 지난밤 자신이 동진에게 부린 치기 어
린 주사가 후회됐다. 다 마음이 불안한 탓이다. 그가 사랑스러운 애
인의 투정 정도라 생각해 주면 좋으련만. 마침 아침부터 생리가 터
졌다. 한 달에 한 번 피의 부름을 받는 여자들이 가끔 이렇게 제정
신이 아니란 걸 남자들이 이해할 수 있다면. 하지만 사랑한다면 큰
소리로 사랑한다고 말하지 못하란 법은 없지 않은가. 만약 동진이
그걸 유미에게 요구했다면 유미는 그 자리에서 그의 소원을 들어주
었을 것이다.

얼굴에 난데없이 물세례를 받은 동진은 모욕감을 느꼈을 것이다.

상처받는 데 익숙하지 않은 동진 같은 부류의 남자에겐 자존심을 건드리는 게 치명적일 수 있다. 유미는 궁리하다가 동진에게 먼저 전화를 걸기로 했다. 별거 아닌 일로 본질을 망가뜨릴 수는 없다. 여자의 앙탈이 도가 지나쳐 남자의 자존심에 상처를 주는 건 인간적으로 좋은 일이 아니라는 생각이 들었다. 전화벨이 오래 울렸으나 동진은 전화를 받지 않았다. 바빠서 그러는 건지 일부러 받지 않는 건지……. 이 남자 무시하는 거 아냐? 전화를 끊으려는데 동진이 전화를 받았다.

"아직 할 말이 있나?"

"아이, 어젠 내가 좀 취했나 봐요. 기분 상했죠?"

"전화 끊지. 아무 말도 하고 싶지 않아. 내가 연락할 때까진 전화하지 마."

"그냥 술 취해서 한 작은 실수예요. 애교로 봐줄 수는 없나요?"

"실수? 애교? 하여간 어제도 얘기했듯이 이유가 뭐가 되었든 당분간 연락을 자제하는 게 좋겠어."

"본질을 깨는 결정적 실수는 아닌 거 같은데…… 사랑에 대한 확인을 좀 더 하고 싶었을 뿐이에요. 여자 마음을 그렇게 몰라요?"

"그렇게 경박한 여잔 줄 몰랐어. 아니, 한편으로 짐작은 했지만."

"알겠어요. 연락하지 않을게요. 경박한 여자는 대체로 인내심이 부족해요. 그런데 이미 많이 자제했어요. 우리처럼 맘대로 잘 만나지 못하는 연인들도 별로 없어요. 이건 뭐 휴전선 너머 남남북녀도 아니고. 제 참을성에도 한도가 있겠죠."

"협박이야?"

"내가 뭐 깡패예요? 그냥 그렇다고요. 자존심에 상처 입었다면 미안해요. 그랬다면 그건 사과할게요. 그럴 의도는 없었어요. 잘 지내세요."

유미는 전화를 끊었다. 가슴이 답답했다. 평범한 사람이 아닌 남자와의 연애라 그런 걸까. 왜 이리 한판 붙기도 전에 진이 빠지는 걸까. 잠시 후 문자 수신 음이 울렸다. 동진이었다.

—시간이 좀 필요할 뿐이야. 당신을 사랑하기 때문에 신중하고 싶은 거야. 확신을 얻고 싶은 거야.

유미는 당분간 윤동진과의 연애보다는 일에 더 매진하자고 다짐했다.

재개관이 다가오면서 해외의 초청 작가들에게 초청장 발송은 물론 전화를 해서 컨펌을 받아야 했다. 특히나 초청 작가인 프랑스 작가 중에 폴의 친구인 위베르 드 펠리갸르에게 겸사겸사 폴의 연락처를 묻고 싶던 터였다. 인규가 이유진의 일을 마무리하면서 폴에게 뒷마무리를 부탁했단 말을 얼마 전에 들었기 때문이다. 용준은 홍두깨라는 아이디를 쓰는 사람이 외국에 있을 가능성을 시사했다. 그렇다면 홍두깨라는 인물은 어쩌면 프랑스에 있을지도 모른다는 생각이 들었다. 이미 8년이나 세월이 흘렀지만 폴과 통화하면 어떤 실마리라도 발견할 수 있을지 몰랐다. 유미는 초청 작가 리스트에서 폴의 친구인 위베르의 전화번호를 찾았다.

위베르와 통화를 한 후 유미는 그의 친구인 뱅상이란 남자를 한 번 더 통해 드디어 폴의 전화번호를 입수했다. 유미는 쇠뿔도 단김에 뽑을 생각으로 폴의 전화번호를 눌렀다. 프랑스 남자가 전화를 받았다.

"안녕하세요? 저어…… 폴인가요?"

"그런데요. 제가 폴입니다."

"폴! 저는 오유미, 한국 출신의…… 저, 기억나요?"

오랜만에 말하는 불어가 뻑뻑하고 어색했다.

"유미? 그림 그리던……? 기억나요. 와, 이게 얼마 만이지?"

폴이 탄성을 지르며 반겼다.

"오랜만이죠? 잘 지내세요?"

"나야 뭐 그럭저럭…… 당신은?"

"제가 대기업 산하 미술관 일을 맡고 있는데, 이번에 당신 친구 위베르가 초대 작가로 그룹전을 같이해요. 당신 연락처를 위베르, 뱅상을 거쳐 알게 됐어요."

"오, 그래요? 위베르는 유명 작가지. 나도 무시하지 말고 전시 좀 해 줘요."

"그럼요. 제가 당신 그림 좋아했잖아요."

"이곳에는 안 와요?"

"여건이 되면 조만간 가게 될지 모르겠어요. 참! 으음…… 유진리, 기억나요? 한국 남자. 유진이 아파트 구할 때 내가 당신 소개시켜 줬잖아요."

"유진……? 아, 무슈 리! 알지. 내 아파트에 세 들어 살았지. 당신 남자 친구였잖아. 그 친구, 잘 지내요?"

"으음…… 모르겠어요. 우린 파리에서 진작 헤어졌거든요."

"그 남자 갑자기 여행 간다고 집을 비우더니 소식 없었지."

"그랬군요. 그 이후로는 어떻게 되었나요?"

"가만있자. 어떤 남자가 친구라며 찾아와서 그의 짐을 챙겨야 한다고 해서 열쇠를 준 적이 있었지. 그런데 나중에 방을 빼고 인테리어 공사를 하려고 보니 짐을 다 안 챙겨 갔더라고. 목욕탕 천장에 무슨 작은 가방이 있었는데…… 내가 보관하다가 잊어버리고 있었는데 언젠가 또 다른 남자가 친구라며 연락을 해 왔더라고. 무슈리가 올 상황이 못 된다며 그가 보냈다고 위임장까지 보여 주기에 그 물건을 전해 줬어."

"네? 유진이 보냈다고요? 혹시 유진의 연락처 같은 건 모르세요?"

"몰라. 안 물어봤어."

"그 친구라는 남자 이름 기억해요?"

"들었을지 모르지만 기억 안 나. 한국 이름 어려워."

"그럼 처음에 왔던 남자와 나중에 왔던 남자가 같은 사람이었어요?"

"글쎄…… 기억이 잘 안 나. 한국 남자들은 다 비슷비슷하게 생겨서…… 왜 무슨 일 있어요?"

"개인적인 일이라 말하긴 좀 그렇고요."

"오우, 사적인 일에 우린 관심 없어요."

"마지막 남자는 언제 찾아왔어요?"

"으음…… 한 몇 년 된 거 같은데…… 정확히 기억 안 나. 보고 싶네."

"저도 보고 싶어요. 파리에 가게 되면 꼭 연락할게요."

대머리에다 유쾌한 폴의 모습이 스쳐 지나갔다.

"그런데 혹시 말이죠. 그 가방 안에 무엇이 들어 있는지 본 적 있나요?"

"이런! 유미, 우린 남의 개인 물품을 그 사람만큼 존중해요. 남의 물건을 뒤지는 건 나쁜 일이죠. 절대 보지 않았어요."

"아, 미안해요. 그저 궁금해서요. 기분 나빴다면 사과하죠."

"괜찮아요. 참 그런데 재작년인가? 무슈 리의 사진전이 파리에서 열렸다는 걸 들은 적 있는 거 같은데……?"

"네에?!"

이게 무슨 소리인가?

"이유진이 그 이유진 맞아요?"

"모르지. 물론 가 보진 않아서 확인한 건 아니지만 무슈 리가 사진작가 아니었어? 하긴 한국 사람은 다 무슈 리, 아니면 무슈 김이어서 헷갈리긴 해."

"혹시 이유진에 대해 새로운 사실이나 근황 같은 걸 알게 되면 저한테 연락 좀 주세요. 제 전화번호는요."

유미는 폴에게 휴대폰 번호를 말해 주었다. 마치 이유진이 꼭 살아 있는 사람처럼, 헤어진 옛 연인이 그리워서 수소문하는 것처럼 간절하게 말했다. 폴은 이유진이 죽었다는 건 꿈에도 모를 것이다. 그러나 전화를 끊고 난 유미는 더 혼란에 빠졌다. 이유진의 물건을 수습하러 간 인규 말고 한참 후에 이유진의 작은 가방을 찾아간 남자는 누구일까? 그 가방 안에는 무엇이 들어 있었을까? 혹시 동영상 파일이나 유미의 이미지 파일이 든 노트북이나 USB는 아닐까?

인규는 그때 유진의 방에서 유미를 모델로 찍은 누드 사진들을 모두 수거해 왔었다. 그리고 또 한 가지. 확인된 사실은 아니지만 폴은 이유진이 사진전을 열었다는 풍문을 들었다고 했다. 그건 어떻게 받아들여야 하는 걸까? 하지만 유미가 말할 수 있는 사실은, 이유진은 죽었다는 것이다. 그럼, 그 작은 가방을 갖고 간 남자가 홍두께인 걸까?

그때 용준이 노크를 하고 들어왔다.

"저어, 저번에 주신 휴대폰 번호 말입니다. 그거 알아보니 대포폰이더라고요."

"그래?"

"그 사람, 누구예요? 독특한 포스가 느껴지던데……."

"아버지."

"예? 설마?"

"양아버지야. 엄마 남잔데 어린 시절 한때 함께 산 적이 있어."

"그런데……?"

"그런데 왜냐고? 가끔 내 인생에 등장하는데 미심쩍은 부분이 많은 사람이야."

"그러게요. 인상이 좀 그렇더라고요."

"코빼기밖에 못 봤다면서?"

"그래도 감이 있잖아요."

"감? 참, 작품 도착 날짜 체크하고 입국 작가들 확인해서 호텔에 예약 좀 해 줘야겠어."

"예. 그리고 지완 씨 제 집에 있어요. 남편과 한바탕하고 집을 나

왔다는데…… 어젯밤 늦게 찾아왔는데 가라고 그러기 뭐하더라고
요. 그 남편이 알고 쳐들어올까 봐 걱정이에요. 쌤이 나서서 뭐라
좀 해 주면 좋겠어요. 제가 뭐라 하면 서운해할 테니."

"내가 뭐라 그래? 두 사람 일은 두 사람이 알아서 해야지."

말은 그렇게 해도 인규와 지완의 사이가 심상치 않은 거 같아 유
미도 불안했다.

"쌤과는 친한 친구니까…… 그 남편도 남편이지만, 지완 씨가 우
리 사이를 눈치챌까 봐 불안해요. 지완 씨를 귀가시키는 게 여러모
로 좋지 않을까요?"

"그래, 내가 통화해서 일단 좀 알아볼게."

유미는 지완도 지완이지만 인규의 상태도 어떤지 궁금했다. 그동
안 지완과 함께 있을 인규에게 연락을 취할 수 없었다. 지완이 일단
집을 나왔으니 인규에게 전화를 해 보고 싶었다. 그러고 나서 지완
에게 전화를 하는 게 좋을 것이다.

"방금 지완 씨에게서 문자 왔는데 퇴근하고 곧장 집으로 오래요.
꼭 마누라처럼 굴어요."

용준이 퇴근하여 귀가하면, 유미도 집에 돌아가서 인규의 휴대
폰으로 전화를 걸어야겠다고 생각했다.

그러나 그럴 필요가 없었다. 놀랍게도 인규가 집에 와 있었다.

"어머, 깜짝이야. 웬일이야?"

그는 소파에 쭈그리고 앉아 참치 캔 하나를 안주 삼아 소주를
마시고 있었다.

"놀라긴. 지은 죄라도 있어?"

얼굴이 불콰해진 그가 퉁명스레 물었다.

"연락이라도 하고 오지."

"그러면?"

"그러면 안줏거리라도 사 왔을 거 아냐."

유미는 알아주는 이탈리안 레스토랑 베네치아의 오너가 제대로 된 안주도 없이 소주를 마시고 있는 모습이 낯설었다.

"나도 한 잔 줘."

유미가 잔을 가져와 내밀었다. 인규가 유미의 잔에 소주를 따랐다. 젓가락으로 참치 한 조각을 집어 먹으며 유미가 말했다.

"오랜만에 이렇게 마시니까 소주도 맛있네. 옛날에 돈 없을 땐 이렇게 고추 참치 캔 하나 놓고 아껴 가며 소주를 마시면 얼마나 맛있었던지!"

아무 말 없이 소주 한 병을 봉지에서 또 꺼내 마시던 인규가 대뜸 물었다.

"지완이 어디 있는지 알지?"

"무슨 소리야? 무슨 일 있었어?"

"집을 나갔어. 지완이 어디 있는지 바른대로 대."

"그으래? 난 몰랐어."

유미는 눈을 동그랗게 뜨고 놀란 척을 했다.

"여기 와 있는 줄 알았어."

"지완이하고 연락 안 한 지 꽤 됐어. 안 그래도 궁금했는데…… 왜 집을 나갔어?"

"더 이상 못 견디겠대. 이혼해 달래."

인규가 이번에는 병나발을 불었다.

"그래서……?"

"싫다고 했어. 어떻게 지켜 온 결혼 생활인데. 이젠 베네치아 부흥의 꿈도 접었어. 견디는 게 끔찍해. 내가 왜 이렇게 됐나 몰라."

인규가 머리칼을 쥐어뜯었다.

"환청과 환각, 그리고 악몽에 시달려. 가게는 엉망이 되어 가고. 아아, 이젠 물건도 안 서. 남자로서 끝났어. 아까도 네 아파트로 오는데 누군가 미행을 하는 거 같았어."

"인규 씨, 왜 그렇게 약해. 여자인 나도 버티며 사는데. 다 과대망상이야."

"휴대폰으로 누군가 전화했다가 끊기도 하고…… 누군가 나를 노리고 있는 거 같아. 지완이 떠나면 난 완전 혼자야."

"그렇게 생각하지 마. 일시적인 현상일 거야. 병원 다니면서 약도 먹고 하면 다시 예전의 유쾌하고 건강한 인규 씨로 돌아올 수 있어."

"지완이 떠나면 나랑 같이 살래?"

"그럼 우리, 행복할 거 같아?"

유미는 서서히 고개를 흔들었다.

"아까 폴과 통화했어. 그때 그 일 이후 왜 완벽하게 처리하지 못했어? 인규 씨가 이유진의 집에 들른 이후 누군가가 이유진의 물건을 가져갔다. 작은 가방이었다는데 그 안에 뭔가 중요한 단서가 들어 있었던 거 같아."

"그래서 나를 원망하는 거야? 결국 날 이렇게 파멸시킨 건 너야. 넌 아무 책임도 지지 않고 나를 파멸시키고 있잖아!"

인규가 갑자기 악을 쓰며 소주병을 유미의 얼굴로 날렸다.

유미가 비명을 지르며 두 손으로 얼굴을 가리고 고개를 숙였다. 다행히 소주병은 벽에 맞아 박살이 났다. 인규가 머리를 쥐어뜯으며 울기 시작했다. 유미는 벌어진 입을 다물지 못하고 참담한 기분으로 인규를 바라보았다.

"요즘 어느 순간 죽고 싶다는 생각이 들어. 아무 의욕이 없어."

잘나가던 남자가 루저가 되는 게 이렇게 간단하다니……. 버림받은 남자의 쓰라린 눈물을 흘리며 인규가 말했다.

"지완이 날 떠날 만도 해. 이해해. 베네치아의 꿈은 사라지고, 가게는 엉망이 되어서 빨리 정리를 해야 해. 미친놈처럼 돼서 남자 구실도 제대로 못 하지. 난 아무짝에도 쓸모없는 놈이야. 게다가 오유미마저 날 버리려고 하지. 아니, 이미 버린 지 오래지. 알맹이만 빼먹고 껍데기는 집어 던진 지 오래인 걸 몰랐던 거야."

유미는 인규의 넋두리를 아무 말 없이 그대로 듣고 있었다. 가슴속에서 무언지 모를 불길이 타올랐다. 그의 모습이 불쌍하기도 하고 가증스럽기도 해서 짜증이 치받혔다. 유미야말로 소리치며 울고 싶은 걸 꾹 눌러 참았다. 대신 냉장고에서 찬물을 한 잔 따라 인규에게 내밀었다.

"이거 마시고 진정해. 그리고 차분하게 생각해 보자."

갑자기 인규가 물 잔을 든 유미의 손을 낚아챘다. 그 통에 물이 쏟아져 인규의 바지춤을 적셨다. 인규는 아랑곳하지 않고 유미의 손을 자신의 바지춤에 갖다 댔다.

"이렇게 죽고 싶진 않아."

갑자기 인규가 바지춤을 내렸다. 이번엔 유미의 머리채를 잡아채더니 광포하게 유미의 얼굴을 자신의 가랑이에 처박았다.

"살려 봐. 살려 내!"

인규의 축 늘어진 인절미 같은 물건이 얼굴에 닿았다. 갑자기 유미는 모욕감이 들었다. 유미는 얼굴을 돌리고 고개를 꺾었다. 그럴수록 인규는 유미의 머리채를 쥐고 놓아 주지 않았다. 갑자기 모욕감이 분노로, 분노가 이상한 흥분으로 전이되는 걸 느꼈다. 유미는 인규의 물건을 인절미처럼 한입에 넣고 물어뜯을 듯 씹었다. 인규가 비명인지 흥분인지 모를 소리를 내질렀다. 그때 현관 벨이 울렸다.

순간 두 사람의 몸짓은 굳어 버렸다. 누굴까? 갑자기 머리에 떠오른 사람은 윤동진과 새벽에 귀가하는 수민이었다. 비밀번호를 알고 있는 수민이 덜컥 문을 여는 것은 아닐까? 유미는 인규의 바지춤을 얼른 올려 주었다. 현관으로 나가려다 유미는 그만두었다. 만약 윤동진이라면? 도어 뷰의 버튼을 눌러 보았다. 어두운 화면에 흐리게 나타난 사람은 지완이었다. 유미는 돌아서서 인규에게 조용히 하라는 몸짓으로 입술에 손가락을 댔다. 두 사람은 숨을 죽인 채 벨 소리가 끝날 때까지 가만히 있었다. 벨 소리가 한참 울리더니 잠잠해졌다.

아니나 다를까, 곧 지완에게서 전화가 왔다. 어쩔까 망설이다가 유미는 안방으로 들어가 침대 이불을 뒤집어쓰고 속삭이며 전화를 받았다.

"무슨 일이니? 간단히 말해. 나 전화 받기 좀 그래."

"너 집에 없나 보구나."

"응."

"혹시……? 미안. 작업…… 중인 거 같구나."

"왜?"

"나 용준 씨랑 다퉜어. 혼자 어디 갈 데가 있어야지. 나 좀 재워줄래?"

하필이면 오늘 우연도 이런 우연이 발생하다니. 지완이 불편해하는 유미 목소리를 듣고 남자와 작업 중인 줄 아는 것 같다. 설마 제 남편과 그런 줄은 꿈에도 모를 것이다.

"으음, 내가 나중에 집에 들어가면 전화 줄게. 미안. 어디서 차라도 마시고 있어."

"그래, 알았어. 꼭 전화해. 요즘 내가 기가 찬 게 한두 가지가 아니다."

유미가 전화를 끊고 바깥으로 나가니 인규가 나가려 하고 있었다. 유미가 인규를 끌어다 앉혔다.

"아이참! 바보 아냐? 지금 나가지 말고 좀 기다려. 지완이 완전히 떠나고 나서."

"지완이를 잡아야 할 거 같은데……."

"내가 만나서 잘 얘기해 볼게."

인규에게 담배 한 대를 건네고 유미도 담배에 불을 붙여 한 대 피웠다. 두 사람은 말없이 담배를 피웠다. 유미는 심란한 마음을 달래기 위해 향로에 향을 피우고 명상 음악을 틀었다. 그리고 뜨거운 녹차를 만들어 인규와 나눠 마셨다.

"이거 마시고 집에 가. 내가 지완이와 이야기해 보고 집으로 돌려보낼게."

인규는 조금 안정이 되었는지 고개를 끄덕였다. 여전히 얼굴은 취기가 가시지 않은 채였다. 그런데 그때 휴대폰이 울렸다. 용준이었다. 유미는 인규 앞이라 일부러 전화를 받지 않았다. 그런데 이게 또 무슨 일인가. 갑자기 현관 벨이 또 울렸다. 유미는 도어 뷰로 현관 바깥을 살펴보았다. 용준이었다. 나가서 얼른 용준을 쫓아내려고 하는데 그가 급히 문을 두드리며 말하는 소리가 들렸다.

"저 용준이에요. 지완 씨 여기 있죠?"

인규의 눈빛이 꼿꼿해진 걸 안 유미가 얼른 문을 열고 나가서 손가락을 입에 대고 가라고 손짓을 했다. 그런데 눈치 없는 박용준이 문간에서 떠들어 댔다.

"쌤, 지완 씨 때문에 미치겠어요. 다 알아요. 안에 있죠? 자기가 애인이면 애인이지, 정말 마누라도 아니고 왜 그렇게 앙탈을 부리는지! 오늘 쌤 앞에서 담판을 지어야겠어요."

용준이 흥분해서 씩씩댔다. 유미가 손가락을 입에 대고는 고개를 흔들었다. 그리고 용준을 밀어내는데 안에서 갑자기 주먹이 날아왔다. 떠들던 용준이 휘청거렸다. 어느새 인규가 안에서 튀어나와 용준에게 한 방 날린 것이다. 유미가 용준에게 재빨리 말했다.

"지완이 남편이야."

그때야 눈치를 챈 용준이 뒤도 돌아보지 않고 줄행랑을 쳤다. 그 뒤를 인규가 쫓아갔다. 드라마에서나 보던 결투 신이 또 어딘가에서 재현될지 모른다. 두 사람이 계단을 뛰어 내려가는 동안 유미는 걱정이 되어 엘리베이터를 타고 아래층으로 내려갔다. 그러나 두 사람은 어디로 갔는지 그림자조차 보이지 않았다. 격투의 흔적조차 보이지 않았다.

이 무슨 웃기는 치정극이란 말인가. 정신이 멍해졌다. 집으로 들어온 유미는 이 일을 어떻게 수습해야 할지 몰랐다. 우선 지완에게 이 일을 보고해야 할 거 같았다. 유미는 내키지 않았지만 지완의 휴대폰 번호를 누르고 말았다.

"지완아, 너 어디니?"

"나 너네 집 앞 카페야. 차 한잔하고 있어."

"잘 들어, 지완아. 놀래지 말고. 어떻게 얘길 해야 할지 모르겠다만, 인규 씨가 용준 씨를 주먹으로 한 방 먹이고 뒤쫓고 있어."

"뭐? 그게 무슨 소리야? 두 사람이 어디서 만났는데?"

"으음, 그게 말이야. 우리 집에서."

"무슨 말이야? 아까 내가 너네 집에 갔을 때 너 없었잖아."

"사실은 그때 집에 있었어. 인규 씨가 와 있어서……."

"그 사람이 왜 거기 가 있었는데?"

"네가 집을 나왔다며 우리 집에 왔는지 확인하러 왔더라고."

"그런데 용준 씨는?"

"너 가고 나서 한 20분 있다가 용준 씨가 문을 두드리며 너를 찾으러 왔다고 소리치는 바람에 인규 씨가 눈치채고 나와서는 그만……."

"내가 미쳐!"

"용준 씨가 잽싸게 도망가긴 했는데, 혹시 두 사람, 어디선가 티격태격할지 모르겠다. 어쩜 근처에 있을지 모르니까 너도 눈에 띠지 않게 해. 오늘 밤 우리 집에 오는 건 좀 위험할 거 같아."

"이 일을 어쩌면 좋니?"

"나도 모르겠다. 아무튼 오늘은 어디 모텔 같은 데서라도 자. 그런데 왜 오늘 하필 두 사람이, 아니 세 사람이 다 우리 집으로 뛰쳐 온 거야?"

"유미야, 박용준 그 자식이 나보고 헤어지잔다. 사랑하는 여자가 생겼다면서. 그런데 나 황인규한테 돌아가고 싶지 않아. 황인규, 그 남자는 이제 끝난 거 같아."

지완이 울먹거렸다.

"차분하게 생각해. 그나저나 나도 곤란하게 생겼다. 너 있는 곳 모른다고 딱 잡아뗐는데 말이야."

인규는 유미가 용준을 지완에게 소개한 걸 알면 어떤 반응을 보일까. 그리고 용준이 지완의 남편 인규와 유미의 관계를 알게 된다면……? 그 무엇보다도 지완이 인규와 유미의 관계를 알게 된다면? 게다가 유미와 용준의 관계를 알게 된다면? 그야말로 유미를 테러범보다도 더 끔찍한 악의 축이라고 생각할 게 틀림없다. 그러고 보면 자신 속에 악의 씨앗이 자라고 있는 게 아닐까 유미는 섬뜩해졌다. 유미는 자신의 의지와 상관없이 꼬이는 일에 진저리를 쳤다.

강강술래처럼, 꼬리에 꼬리를 물고 돌아가는 물고기처럼, 네 사람의 관계는 바람개비처럼 맞물려 헛돌고 있는 꼴이다. 유미를 좋아하는 용준, 용준을 좋아하는 지완, 지완과의 끈을 놓지 못하는 인규, 인규와 끊으려야 끊을 수 없는 운명에 얽힌 유미…….

다음 날, 용준은 오후 늦게 출근했다. 입술이 터지고 광대뼈 부분이 벌겋게 부어 있었다. 다행히 줄행랑을 친 덕에 인규를 따돌리고 밤늦게 귀가했던 모양이다.

"며칠 아무 데서나 은신할까 했는데 저 없으면 회사 일이 얼마나 더 바쁠까 싶어서……."

"잘했어. 놀랐지? 지완이는 연락 있었어?"

"아뇨, 유부녀라면 질렸어요. 지완 씨 얘기 꺼내지도 마세요."

용준이 고개를 절레절레 흔들었다.

"나도 정말 곤란하게 됐어. 지완이 남편한테 용준 씨를 어떻게 설명해야 할지."

"왜 하필 지완 씨 남편이 거기 있었어요? 상상도 못 했어요. 지완 씨가 쌤 집에 갈 줄 알았거든요. 다투다가 새로 생긴 여자가 누군지 쌤한테 물어보겠다고 뛰쳐나갔거든요."

"남편이 지완이 행방을 알아보려고 왔더라고. 하필 용준 씨가 지완이 우리 집에 있을 줄 알고 찾아온 거라며 다 오비이락이었어."

인규에게서는 연락이 없었다. 혹시나 싶어 전화를 했지만 인규는 전화를 받지 않았다. 지완에게 전화를 했더니 친정집에 있다고 했다. 꼬리를 물고 있는 이 관계의 고리를 어디서부터 끊어야 할지…….

숨은그림찾기

"잠깐 볼 수 있을까?"

윤동진에게서 전화가 왔다.

"어머! 지금? 웬일이에요?"

유미가 시계를 보았다. 밤 10시가 넘은 시각이었다.

"어디서?"

"새해 우리 처음 만났던 호텔 바에 있어. 손님과 저녁 미팅이 있었는데 보내고 혼자 술 한잔하고 있어."

"글쎄요…… 자려고 준비하고 있었는데……."

당분간 전화하지 않겠다는 동진의 일갈을 떠올리며 유미는 살짝 튕겼다. 흥, 겨우 그 정도 버틴 거야? 속으로 날짜를 대충 꼽아 보니 그가 다시 전화한 것은 열흘 만이었다.

"다시 전화하다니, 뭔가 확신이 선 거예요?"

"뭐 꼭 확신이 서야 보나?"

"그럼, 그것보다 더 급하게 서는 게 있나요?"

유미가 동진을 살짝 비꼬았다.

동진이 헛, 하고 웃었다.

"아닌 게 아니라 목소리 들으니까 엉뚱한 물건이 스탠드 업 하네."

"싯 다운 하라 그러세요. 오늘 밤은 피곤해요."

"나 물먹이는 거야? 나 또 물먹고 싶지 않은데……."

"치, 물은 내가 먹었잖아요."

"함께 술이나 먹자."

동진이 목구멍으로 술을 넘기는 소리가 들렸다. 그리고 짧은 순간, 한숨을 내쉬었다.

"외롭다."

"……!"

"난 유미 씨가 외롭다고 하면 달려갔는데. 왜 그렇게 기브 앤드 테이크 정신이 부족해?"

"갈게요. 누가 장사꾼 아니랄까 봐. 이심전심이라 표현하면 더 인간적이잖아요."

유미는 엷은 화장만 하고 간편한 차림으로 차를 두고 집을 나섰다. 새해 첫날 우연히 그를 만났던 호텔 바에서 동진은 이미 많이 취해 있었다. 웬일인지 그는 무척 피곤하고 정말 외로워 보였다.

"꽤 취했네요."

"으음…… 그러고 싶었어. 자, 한잔해."

동진이 유미의 잔에 위스키 한 잔을 따라 주었다. 유미는 스트레이트로 쭉 마셨다. 목구멍이 화끈하게 뚫렸다.

"무슨 일 있어요?"

동진은 대답은 않고 유미를 빤히 바라보았다.

"참 알 수 없는 여자야."

"신비롭다는 말씀?"

"누구냐, 넌?"

동진이 유미에게 검지를 들이댔다.

"내가 누구인지 알아맞혀 봐요."

"난 내가 생각하는 게 별로 틀리지 않다고 생각하며 살았어. 그런데 짐작과는 다른 일들도 일어나는 게 인생인 거 같아."

"보기보다 늦되는군요. 아님 그만큼 탄탄대로만 걸어왔다는 거죠."

"그래서 내가 유미 씨에게 매력을 느끼는 건지도 모르지. 당신에 대해 알고 싶어."

"당신이 보는 대로 믿으면 그게 바로 나예요."

동진이 유미에게 또 한 잔 술을 따랐다. 유미도 사양하지 않고 마셨다.

"나 말이야. 오늘 밤 너를 한 대 좀 갈기고 싶다."

"어머, 취향이 바뀌셨나? 사실 나 완전 짐승남 취향인데."

동진이 유미의 얼굴을 거칠게 끌어당겨 입을 맞췄다. 아, 이 남자와 얼마 만에 하는 키스인가. 동진이 양념 바른 갈비를 뜯듯 맛있게 유미의 입술을 공격적으로 탐닉했다. 이 남자, 날 갈기고 싶다고 하더니 이렇게 입술로 때리는구나. 이렇게 맞는 것도 좋아.

"올라갈까, 룸으로?"

유미는 고개를 끄덕였다. 동진은 이미 룸을 빌려 놓았는지 곧바로 엘리베이터를 타고 객실로 향했다. 룸에 들어가서 유미가 동진의 입술에 키스하려 하자 동진이 피하며 괴로운 표정으로 말했다.

"내 말에 솔직하게 대답해 줘."

"뭘요?"

"나를 정말로 사랑해?"

유미가 피식 웃었다.

"웃지 마."

"삼세번 크게 말할까요? 복수라면 참 유치하다."

유미의 반응과 달리 동진의 표정이 너무 진지하다.

"내 눈을 똑바로 바라봐."

유미는 동진의 눈을 똑바로 바라보았다. 그의 눈빛이 고뇌로 흔들리고 있었다. 유미는 그렇게 생각됐다. 이 남자는 뭔가 불안해하고 있구나. 뭔가 의혹에 차 있구나. 나에 대해서, 어쩌면 사랑에 대해서.

"뭘 의심하는 거예요?"

"당신 진심을 알고 싶은 거야. 물론 난 당신의 조건에 끌린 건 아냐. 단지 난, 나는 조건적인 사랑보다 왠지 내가 저항할 수 없이 이끌리는 유미 씨가 그냥 이유 없이 좋았어. 처음으로 그런 끌림에 무방비하게, 순수하게 나 자신을 내주는 것이 나 스스로도 참 신기했고 또 행복했어. 그런데⋯⋯."

"그런데요?"

"그냥 마음 가는 대로 이끌리는 사랑 하나만으로는 안 되는 걸까? 아니, 사랑하는 것은 사랑받느니보다 행복하나니라는 시처럼 사랑하는 그 감정 자체가 소중해서 행복했어. 그런데, 그런데 으음…… 아냐."

동진은 고개를 흔들었다. 동진의 눈빛은 사랑받고 싶은 열망으로 가득 찬 소년처럼 뜨거웠다. 그 순간, 유미 또한 알싸한 감정을 느꼈다.

"당신의 그런 감정은 소중해요. 그리고 당신은 행복할 자격 있어요. 내가 당신을 사랑하니까. 그리고 그런 나도 행복하니까."

유미가 다가가 동진의 목을 껴안고 귀에 대고 말했다.

"사랑해요, 사랑해요, 사랑해요."

유미의 부드러운 고백에 동진은 눈을 감았다.

"당신을 만나지 않았으면, 그리고 사랑하지 않았으면 할 때가 있어. 그럴 때마다 당신을 끊어 내지 못하는 나 자신을 더욱더 확인할 뿐이야."

유미는 윤 회장과의 갈등으로 그가 괴로움을 당하는구나 하고 짐작을 했다.

"사랑은 의지가 아니잖아요."

"당신도 그래?"

"그럼요."

유미가 동진을 만나는 게 단지 돈 때문일까? 100프로 그것만은 아니라고 생각된다. 그러나 사랑 때문이라고 말할 수 있을까? 사랑이란 그렇게 순수한 감정이 아니다. 심장을 도려내기 위해서는 피도 묻혀야 한다. 그게 사랑인 것이다.

그러나 동진은 유미의 손을 떼어 내며 말했다.

"내가 원하는 건 사랑밖에 없어. 그 말은……."

동진은 잠시 생각했다.

"오유미에게서 다른 것은 원하지 않는다는 거야. 오유미의 과거나 조건은 관심 없어."

"나의 심장만을 원한다는 말인가요?"

"그래, 바로 그거야. 그게 확보되지 않으면 난 당신을 받아들일 수 없어."

"그게 결혼의 조건이란 말인가요?"

윤동진이 고개를 끄덕였다.

"아버지가 강력하게 반대를 하고 있어. 그건 제일 큰 장애야. 하지만 내게도 방법이 없는 건 아니야. 하지만 먼저 내가 어떤 확신에 도달해야 돼."

"확신이라면? 사랑한다 그랬잖아요."

"그럼 다시 한 번 묻자. 나만을 사랑하나?"

"아이, 왜 그래요? 쿨한 남자가 갑자기 투정 부리는 어린애처럼."

"그래, 나도 이상해. 아니, 그게 정상인지 모르겠지만. 독점욕 같은 거겠지."

유미는 이 남자가 정말 사랑에 빠졌구나 하는 생각이 들었지만, 한편으로는 좀 기이한 것도 있었다. 분명 윤동진이 괴로워하는 무언가가 있다. 그는 그것을 지금 유미에게 확인하고 싶은 것이다.

"말 돌리지 말고 얘기해 봐요. 무슨 일 있었죠?"

유미가 직설적으로 그에게 물었다. 그가 잠시 침묵을 지켰다.

"그럼 말 돌리지 말고 대답해 봐. 나 말고 곁다리 걸친 놈이 몇이
야?"

"그게 무슨 소리예요?"

"처음엔 당신의 자유분방함이 매력이기도 했어. 그저 즐기는 관
계라면 그런 거 무시할 수 있다 생각했어. 그런데 어느새 나도 모르
게 오유미를 사랑하게 되었고, 결혼하고 싶었어. 사랑은 신뢰가 바
탕이 되어야 해. 이제 내가 원하는 건 윤동진에 대한 오유미의 믿음
과 정조야. 그게 내가 원하는 우리 결합의 단 한 가지 조건이야. 여
자가 없어서 오유미와 사귄 건 아니야. 만약에 날 이용하거나 갖고
논 거라면 용서 못 해. 날 물로 보지 마."

동진은 흥분을 누르며 냉정하게 말했다.

"오늘 밤, 도대체 왜 이래요? 너무 술을 과하게 마신 거 아냐? 내
가 뭘 어쨌다고 이러는 거예요?"

유미가 답답하다는 듯 가슴을 쳤다. 동진도 답답한지 넥타이를
느슨하게 풀었다. 그가 서류 가방을 가져왔다. 유미는 오늘따라 집
요한 동진이 낯설었다. 그가 서류 가방을 열어 수갑이나 채찍을 꺼
내 어서 빨리 형사 놀이나 노예 놀이를 하고 싶었다. 그래야 이 상
황이 끝날 것이다.

그러나 동진이 꺼낸 것은 누런 서류 봉투였다. 동진이 그 안의 것
을 꺼내 펼쳤다. 그것은 몇 장의 사진이었다. 놀랍게도 사진 속에는
유미와 남자의 모습이 잡혀 있었다. 인규와 모텔에서 나오는 장면.
유미의 벤츠 안에 인규와 함께 있는 모습. 용준이 유미의 아파트를
빠져나오는 모습. 얼마 전 롯데호텔 지하 주차장에서 유미의 차에

용준이 함께 타고 있는 모습. 심지어는 김 교수의 집 앞에 세워진 유미의 자동차를 찍은 사진도 나왔다. 유미는 놀란 마음을 숨기고 물었다.

"그래서요? 이게 뭔데요?"

"내가 어떻게 오유미를 믿겠어?"

"나를 믿는다고 해 놓고 이렇게 내 뒤를 캔 건가요? 결정적인 증거도 없으면서 나를 창녀 취급하는 건가요?"

유미는 부르르 입술을 떨며 물었다.

"당신 이렇게 비겁하고 잔인한지 몰랐어요. 도대체 누구예요? 이 사진을 찍은 사람이?"

동진은 대답하지 않았다.

동진은 유미의 물음에 대답할 수 없었다. 사실 이 사진을 받고 나서도 유미 앞에서 이렇게까지 모두 까발리고 싶지는 않았다. 유미 말대로 결정적인 증거도 아니면서, 확인도 거치지 않은 사실을 믿고 싶지 않았다. 어쩌면 과한 술 탓인지 모른다. 우울한 기분에 술을 마셨고, 유미를 불러내 얼굴을 보자 애증의 상반된 감정이 강렬히 솟아올랐다. 증오와 배신감으로 유미를 갈겨 주고 싶은 욕구와 그만큼 외로운 느낌으로 유미에게서 사랑을 갈구하고 싶은 욕구가 서로 싸웠다.

아버지 윤 회장이 유미와의 결혼을 극구 말리는 건 당연하다 싶다가도 지나친 구석이 있었다. 유미와의 결혼뿐 아니라 만나는 것조차도 꺼렸다. 얼마 전에는 윤 회장이 자신의 생일을 맞아 대명금융 강 회장 부부와 그들의 외동딸인 강애리를 집으로 초대해서 둘만의 시간을 일부러 마련해 주기도 했다. 정략결혼엔 관심조차 없는 동진이지만 의외로 강애리는 동진에게 깊은 호감을 보였다. 결혼 상대로는 꽤 괜찮은 여자였다. 아니, 여자로서도 매력이 있었다. 그러나 설명할 수 없는 이상한 이끌림과 편안함으로 따진다면, 오유미와 비할 바가 아니었다. 결론은 오유미를 갖고 싶은 것이다. 잃고 싶지 않다는 것이다.

"그 애와는 빨리 청산해라. 그 앤 너를 파멸로 이끌 애야."

동진은 윤 회장이 틈날 때마다 하는 얘기를 귀담아듣지 않았다. 그러다 오늘 윤 회장의 호출이 있었다. 본사 회장실로 올라가는 엘리베이터에서 내릴 때였다. 누군가가 동진의 어깨에 부딪히며 급하게 엘리베이터에 올라탔다. 기분이 나쁜 나머지 뒤를 돌아보니 장발에 모자를 쓴 남자의 뒷모습이 언뜻 보였다. 곧 엘리베이터 문이 닫혀 버렸다.

윤 회장은 회장실에서 동진에게 새로운 제안을 했다.

"사실 강 회장과 의기투합한 지 오래됐다만, 애리랑 네가 잘 어울리더구나. 애리도 널 좋아하는 거 같고. 너도 알다시피 애리가 어디 빠지는 구석이 있냐? 네 머릿속에 오유미란 애만 지우면 강애리의 진면목이 보일 거다. 애리랑 결혼하고 한 2년 해외 지사 근무를 하면 어떻겠니?"

"아버지 뜻은 알겠지만, 결혼이란 게 어른들 머릿속 계산이랑 다르잖습니까."

"정신 차려라, 이 녀석아. 아무튼 오유미는 안 된다."

"그 여자가 가진 조건이 저만 못해서요?"

"결혼이란 비슷한 족속끼리 해야 탈이 없는 법."

"사랑 없는 결혼은 한 번이면 족해요. 이번엔 제 뜻대로 하게 두시면 좋겠어요."

윤 회장이 끌끌 혀를 찼다.

"사랑? 네가 그 애를 사랑하는 만큼 그 애가 너를 사랑한다더냐?"

"그게 저희 관계의 핵심인걸요."

"이런 창자 빠진 놈. 핵심, 좋아하네. 그런 애들의 흑심을 모르냐?"

"아버지, 오유미는 그런 여자가 아닙니다. 흑심 같은 거 없어요. 순수해요."

"널 갖고 노는 요망한 계집애야. 덫을 여러 군데 놓은 거야. 네가 재수 없게 걸려든 거고."

동진은 아버지의 판단과 선입견에 동의할 수 없었다.

"아무리 그래도 왜 그렇게 오유미를 미워하시는지 이해가 안 돼요. 아들이 사랑하는 여자를 단 한 번만이라도 따스한 눈으로 보시면 안 되나요? 아버지가 저를 믿듯이 제가 택한 여자를 믿으시면 안 되느냐고요."

"그래, 그러려고도 했지. 하지만 이걸 보고서도 그럴 수는 없지. 그 애 남자관계가 꽤나 복잡하더라."

윤 회장이 내민 것은 바로 서류 봉투 안의 사진이었다.

유미는 동진이 내민 사진들을 보면서 누가 이 사진을 찍었고 어떻게 동진의 손에 들어왔는지 궁금했다. 그러나 동진은 입을 다물었다.

"이 사진에 나온 남자들을 모른다고 하진 않겠어요. 일 때문에 만나기도 했고요. 하지만 맹세코 이 남자들을 사랑하진 않아요."

유미는 이렇게 얘기할 수밖에 없었다. 그게 최선이었다. 따져 보면 인규는 옛 애인에 불과하고, 용준은 동진의 대타이며, 김 교수는 부정(父情)을 채워 주는 대상일 뿐이다.

"사진을 보니, 이미 처음부터 날 의심하고 있었던 거군요."

유미의 눈에 살짝 눈물이 차올랐다.

"어쩜…… 나야말로 당신 손에서 놀아난 거 같아요."

유미의 눈에서 눈물이 진주처럼 떨어졌다. 그걸 본 동진의 마음이 약해졌다.

"사실 나도 오늘 사진을 처음 봤어."

"이건 모함이에요."

유미가 침대에 쓰러져 어깨를 들먹이며 울었다. 유미는 동진이 자신을 달래 줄 걸 기대했다. 그러나 동진은 약해지려는 마음을 누르며 다짐을 받듯 말했다.

"그 남자들과 아무 일 없었다는 걸 어떻게 믿지?"

"그럼 그 남자들과 섹스했다는 증거를 갖고 올 수 있어요? 도대체 누가 사주해서 내 뒤를 쫓는 거죠? 이건 그 사람의 의도대로 조작된 모함이에요. 도대체 누구예요?"

"나도 몰라."

"그럼 나도 어떤 것도 말할 수 없어요. 내 말을 믿지 못하는 당신에게 내가 무얼 더 말할 수 있겠어요? 나는 당신의 감시를 받아야 하는 죄수가 아니란 말이에요. 분명히 말하는데 난 자유인이지 당신의 노예가 아니에요. 당신, 착각하나 본데, 난 돈의 노예가 아니에요. 내 자유를 건드리는 건 용서 못 해요."

동진이 갑자기 유미의 뺨을 한 대 갈겼다. 그 통에 유미가 침대로 다시 쓰러졌다. 뺨에서 불이 나는 거 같았다. 정말 너무 아파서 눈물이 픽, 쏟아졌다. 유미는 침대에서 일어나 핸드백을 멨다. 룸을 나가려는데 동진이 뒤에서 팔을 낚아채며 소리쳤다.

"그러니까 저 자식들하고 섹스는 했다는 거 아냐!"

유미가 동진의 손을 뿌리치며 문을 닫고 나왔다. 안에서 동진이 주먹으로 도어를 내리치는 소리가 들렸으나 따라 나오지는 않았다. 호텔 밖으로 나온 유미는 택시를 잡아탔다. 집으로 가는 내내 유미는 마음이 혼란스러웠다. 부풀어 오른 뺨을 만지면서 분한 생각도 들었다. 최후의 무기라는 여자의 눈물을 보이면서까지 모함이라고 강변했으나 동진은 믿는 거 같지 않았다. 눈물이 아까웠다. 말은 그렇게 큰소리치며 했지만 사실 속으로는 꽤 놀랐다. 그런 사진이 찍히는 걸 어떻게 몰랐을까? 그나저나 그 사진을 찍은 사람은 누구일까? 아니면 누가 사주를 했을까? 만약 동진이 한 짓이라면 용서할 수 없다. 그러나 오늘에야 사진을 처음 보았다는 동진의 말은 거짓말이 아닌 것 같았다. 믿는 도끼에 발등 찍힌 표정을 하고 있지 않았는가.

유미의 주위에 무언가를 노리는 사람이 있다. 커튼 뒤에서 꼭두각시 줄을 쥐고 유미를 제 마음대로 놀리고 싶어 하는 누군가가 있다. 유미는 어둠 뒤의 드러나지 않은 존재에 대한 두려움과 적개심 때문에 미칠 거 같았다. 하지만 언젠가는 숨은그림찾기처럼 하나하나 찾아낼 것이다.

유미는 다음 날, 미술관으로 출근해서 사표를 내기로 했다. 유미로서는 지금 내밀 수밖에 없는 카드였다. 일단 카드를 한번 내던져 보는 거다. 우선 상관인 부장에게 전화를 걸어 사임의 뜻을 표했다. 재개관을 앞두고 분주한 상황인데 이러면 어쩌느냐고, 부장은 펄펄 뛰었다. 사직서를 쓰고 있는데 박용준이 들어왔다.

"초대장 명단 정리해 놨는데 한번 확인해 주시죠. 그럼 바로 내일이라도 발송하죠."

"박 팀장, 오늘부로 여기 일은 알아서 해야 할 거 같아."

"무슨 뜻인지……."

"이거 안 보여?"

"아니, 웬 사직서?"

"그렇게 됐어."

"아니 왜요? 에이, 말도 안 돼요. 재개관일이 얼마 남았다고요."

"그럴 일이 생겼어."

"아니, 그럼 저는 어떡해요?"

용준의 얼굴이 어두워졌다.

"왜 밥줄 잘릴까 봐? 괜찮을 거야."

"무슨 일인지 물어봐도 돼요? 혹시 윤동진 이사랑 관련된 거 아닌가…… 요?"

"왜, 뭐 짚이는 게 있어?"

"아! 아뇨. 그냥 제 감이…… 뭐 기분 나쁜 일 있었죠? 자존심

상한다거나."

유미는 동진이 내밀었던 사진에 용준이 있었던 것도 기억나서 물었다.

"혹시 사진 찍히거나 누군가에게 미행을 당하거나 그런 느낌 있었어?"

"왜 제가 어디 찍혔어요? 내가 아직 파파라치에게 시달릴 만큼 유명하진 않은데……."

용준이 어깨를 으쓱하다가 뭔가 느낌이 오는지 유미에게 대답을 채근하는 눈빛으로 바라보았다.

"윤 이사가 내민 사진에 용준 씨가 아침에 우리 집을 나서는 장면이 있더라."

"아, 그날 우리 진하게 한 날, 내가 그거 휴대폰으로 인증 샷 찍으려 했는데 쌤이 말렸죠."

"함께 차 안에 있는 사진도 있더라."

"윤 이사님이 찍었어요?"

"몰라."

"우이씨! 이거 뭐야. 민간인 불법 사찰도 아니고. 그렇다고 감정적으로 그만두시면 전 어떡해요? 쌤이 저한테 늘 말했잖아요. 공사를 분명히 하라고."

"그랬지. 하지만 그 모욕을 받고 여기서 버틴다는 게……."

"말하자면 여자로서 마지막 카드를 내미는 거네."

눈치 하나 빠르기는……. 유미는 좀 무모하다는 느낌도 들었지만, 윤동진의 반응을 보고 싶었다. 그동안 미술관 일에 쏟아부은 애정은 윤동진도 잘 알고 있다. 그만두는 것에 미련이 있기도 하지만, 어제 일 같은 핍박과 모욕에 대한 유미 나름의 저항을 일단 표하고 싶었다. 상처받은 자존심 때문인지도 모른다. 마음 한편으로는 오기가 생기기도 했다. 일단 그에게 간 쓸개 다 내놓고 매달려서 이 일을 없던 일로 무마하고, 어떡하든 결혼에 골인해서는 윤 회장과 윤동진을 보란 듯이 쥐고 흔들고 싶기도 했다. 하지만 이 결혼이 세속적 욕망의 엘리베이터일지라도 결혼은 연애의 무덤이다. 솔직히 유미는 결혼과 자유, 두 개의 떡을 양손에 쥐고 싶었다.

사직서 제출을 용준에게 맡기고 유미는 허허로운 마음으로 사무실을 나섰다. 사표가 수리될지 어떨지 모르지만 일단 윤동진에게 보고는 될 것이다. 유미는 윤동진에 의해 특별 채용된 직원이기 때문이다. 밖은 장마가 시작되려는지 잔뜩 찌푸린 날씨였다.

막상 대낮에 나오니 갈 데가 마땅치 않았다. 그동안 미술관 일에 매진하느라 특강이나 개인적인 일은 대폭 줄였다. 갑자기 빈 시간이 너무 공허하게 느껴졌다. 때마침 전화벨이 울렸다. 김 교수였다. 다른 때와 달리 내심 반가운 마음이 들었다.

"어머, 교수님!"

"잘 있었어? 많이 바쁘지?"

"파파 교수님이 호출하면 언제든 달려가죠."

"거 립 서비스라도 반가운 소릴세. 오늘 저녁 시간 돼?"

"저녁 식사라면…… 될 거 같은데요."

"마침 잘됐네. 안 되더라도 나오라 할 참이었거든. 이사장님이

한 번 보고 싶어 하셔."

"이사장님께서요?"

"안 그래도 그 양반하고 자리 한번 하자고 했잖아. 좋은 기회니까 저녁 시간 비워 둬. 이따 7시쯤⋯⋯."

김 교수가 약속 장소라며 시내 호텔의 일식당을 알려 주었다. 대학의 실세인 김 교수가 이사장과의 자리를 마련한 것은 교수 공채를 염두에 둔 배려였다. 마침 사표를 던지고 나온 마당에 타이밍이 잘 맞는 약속이다. 7시까지는 여섯 시간 가까이 남았다.

늦은 점심이나 먹을까 생각하다가 인규의 레스토랑 베네치아 생각이 났다. 유미는 차를 몰고 가로수길로 가 보기로 했다. 전에 인규의 말로는 개점휴업이라 했다. 막상 가 보니 내부 공사로 당분간 영업을 하지 않는다는 공고문이 붙어 있었다. 무슨 일인지 유미는 지완에게 전화를 해 보았다. 오비이락 격인 그 일을 겪고 지완의 거취가 어찌 됐는지 궁금하기도 했다.

"지완아, 나 유미야."

지완이 반갑게 전화를 받았다.

"어! 유미야. 안 그래도 전화하려고 했는데."

"요즘 어떻게 지내? 어디니?"

"그냥저냥⋯⋯ 아직 친정에 있어."

"인규 씨는?"

"애들 말 들으니 집에 그냥 처박혀 있나 봐."

"안 만나 봤어?"

"만나긴. 자기가 감히 여길 어떻게 와? 전화는 한 번 왔어. 으르

렁대면서. 나 당분간 그 사람 안 보고 전화도 안 받으려고."

"베네치아는 완전히 문 닫은 거니? 점심 먹으려고 한번 들러 봤더니……."

"팔려고 내놨어. 재산 정리 차원에서도 그렇고……."

"이혼하려고?"

"하여간 머리가 복잡해. 너 점심 안 먹었으면 이리로 와. 마침 삼계탕 만들려고 하는 중이야. 네 것도 준비할게."

"아냐, 넌 그 와중에 몸보신도 하고 좋다, 야."

"그러지 말고 정말 와라. 보고 싶어. 아버지도 좋아하실 거야."

유미는 약간 망설이다 지완의 친정집으로 가기로 했다. 예전부터 정계와 재계의 거물들이 살고 있기로 유명한 동네로 들어오니, 윤동진의 집도 여기서 그리 멀지 않다는 생각이 들었다.

옛날, 이 고풍스러운 부촌의 지완네 집을 드나들면서 이곳 사람들은 자신과는 완전히 다른 인종이란 생각을 했다. 지완이 미치도록 부러웠던 그 시절을 떠올리니 격세지감이 느껴졌다. 방세가 없어 쫓겨났을 때 지완네 집에 한 달쯤 기거했던 적이 있다. 그 시절 힘겹게 걸어서 오르내리던 언덕길을 최신형 벤츠로 유연하게 오르며 잠깐 그 시절 자신의 모습과 조우했다.

지완의 집은 여전했다. 오히려 두 노인이 예전 스타일을 고수하고 있어서인지 집 안에 들어서자 답답한 느낌마저 들었다. 마침 지완의 어머니인 전 여사와 지완이 삼계탕이 다 되었다며 식탁에 차리고 있었다.

"유미, 오랜만이구나."

예전엔 이상하게 쌀쌀맞게 굴던 전 여사도 반갑게 맞아 주었다. 마침 간병인이 유 의원의 휠체어를 밀며 식당으로 들어왔다.

"오오, 유미가 왔다고?"

유 의원은 전보다 더 기운이 없어 보였다. 유미는 일어나서 인사를 했다.

"오랜만이구나. 반갑다."

"아빠, 제가 답답해서 불렀어요."

"여보, 유미가 옛날에 비하면 용 됐지요?"

전 여사는 말을 해도 염장을 살짝 긁는 게 예나 별반 다름없다.

"왜 옛날에도 클 나무 떡잎부터 알아본다고 범상치 않았지."

유 의원이 역성을 들자 전 여사의 얼굴에 살짝 심술기가 돋았다.

"아유, 예나 지금이나 싸고돌기는."

유 의원은 거물급 정치인답게 대범하면서도 품이 넓었다. 지완이나 유미나 친딸처럼 대했다. 그게 전 여사나 지완의 질투심을 건드리기도 했다. 그녀들 몰래 용돈도 쥐여 주었다. 그리고 대학 등록금이 없어 쩔쩔맬 때 몰래 등록금을 대 준 적도 있다. 전 여사의 냉대로 유미가 결국 지완의 집을 나왔지만, 유미는 그의 도움을 늘 고맙게 생각했다. 그 후 정효수의 아이를 갖고 그와 결혼하여 오갈 데 없이 정효수의 집에 얹혀살게 되자 지완네와는 자연스레 멀어져 버렸다. 갑자기 전 여사가 시계를 보더니 호들갑을 떨었다.

"아유, 나 늦겠어. 유미야, 놀다 가거라. 내가 지금 외출을 해야 돼서 말이야."

"예, 어머니. 여전히 건강하고 아름다우셔서 참 보기 좋아요."

"나만 그럼 뭐해. 영감이 저런걸. 오늘은 네가 오니 화색이 좀 도는 거 같네. 자주 놀러 와."

전 여사가 인사를 하고 나가자 유 의원이 기다렸다는 듯이 말했다.

"유미야, 소화도 시킬 겸 마당에나 나가 볼까."

"그래, 유미야. 난 여기 부엌 정리 좀 하고 변호사랑 부동산 업자랑 통화를 좀 해야 하니까 아빠 모시고 시원한 등나무 그늘에 가서 얘기 좀 나눠."

유미는 유 의원의 휠체어를 끌고 등나무가 무성하게 그늘을 드리운 야외 벤치로 자리를 옮겼다. 날은 흐리지만 바람이 제법 불어와 시원했다.

"등나무랑 나무들이 많이 컸네요. 옛날 생각 많이 나요. 저한테 정말 잘해 주셨는데 어떻게 은혜를 갚죠? 건강하셔야 해요."

"내가 얼마나 오래 살까 싶다. 참, 네 딸 설희라고 했지. 많이 컸겠구나. 한 번 보고 싶구나."

"예, 이제 처녀티가 확 나요. 피는 못 속이는지 조마조마해요."

"피는 못 속인다……?"

"그 애 때문에 제 인생이 이렇게 꼬인 거 같아요. 그 앨 낳고 싶지 않았는데, 아니 그 애 때문에 그렇게 결혼하고 싶지는 않았는데…… 저희 엄마가 결혼을 하도 고집하셔서…… 제가 얘기했던가요? 저희 엄마가 저를 배서 엄마 인생이 꼬였다고요."

"그래, 들은 적 있다. 워낙 고우셨으니까."

"어머, 언제 보셨나요?"

"네 결혼식에 간 적 있잖냐. 지완이랑 함께."

"아 참, 그랬지."

유미는 임신 5개월에 결혼했다. 손이 귀한 집인 효수네 집과 유미의 엄마가 결혼을 서둘렀다. 결혼식은 가까운 사람만 불러 조촐하게 치렀다. 지완에게는 물론 청첩장을 보냈다. 아마 유 의원도 함께 왔던 모양이다. 잘 기억나지 않는다. 식에만 참석하고 금방 가 버렸던 것 같다. 당시 결혼식장에 유미를 데리고 들어갈 사람으로 이모부와 조두식을 놓고 고민했던 기억이 난다. 결국 조두식의 팔짱을 끼고 식장으로 들어갔다. 유 의원이 조두식에게 악수를 청하는 장면이 어렴풋하게 떠오르는 것도 같다. 어쩌면 착각인지도 모른다.

"그래, 재혼은 안 하니?"

"한 번 결혼해 봤으면 됐죠. 자립할 수 있으면 혼자 사는 것도 나쁘진 않은 거 같아요. 엄마 세대와는 다르니까요."

"그래, 지완이 문제도 걱정이다."

"지완이는 좀 다른 거 같아요. 튼튼한 가정을 이루고 살았고 아이들도 둘이나 있고, 무엇보다 인규 씨를 다시 일어서게 할 사람은 지완이밖에 없어요."

유미는 불안정한 인규가 지완의 품 안에서라도 보호를 받는 게 낫다는 생각이다. 그렇지 않으면 모든 게 허약해진 인규가 자포자기해 어떤 행동을 할지 몰랐다.

"인규 그놈이 중심을 못 잡고 저러니…… 바보 같은 놈."

유 의원에게 지완이 솔직하게 얘기하지 않고 있나 보다. 그렇다고 지완이 바람났다고 고자질할 수도 없는 처지다.

"인규 씨가 그 사고 때문에…… 참 안됐어요. 따로 조사해 보신다더니 배후에 뭐가 있는지 나왔나요?"

유 의원은 대답을 하지 않았다.

"뭔가 미심쩍은 게 있긴 있어. 다만 아직 내 사람이니까 그쯤에서 더 벌이지 않았다."

유 의원은 더 이상 얘기하고 싶어 하지 않았다.

"그래, 요즘은 힘든 일 없니? 내가 도울 일이라도?"

"아이, 제가 뭐 고학생도 아니고 요즘은 저도 제 앞가림할 돈 있어요. 예전엔 돈이 너무 없어서 힘들었죠. 유학 갈 때도 어떤 독지가가 돈을 대 줬으니 망정이지, 그때 유학 안 갔으면 헤어 나올 수 없는 구렁텅이에서 저 죽었어요."

"네가 인복이 있는 게지. 세상에 그런 독지가를 만나는 게 어디 쉽니? 그 사람이 누구냐?"

"저도 알고 싶은데 알 수가 없어요."

유미는 세상을 떠나거나 한국을 떠나고 싶을 정도로 몰려 있던 힘든 시절에 유학을 갈 수 있게 해 준 익명의 독지가가 누군지 지금껏 모른다. 그 독지가와의 사이에 이유진의 존재가 매개되어 있었기 때문이다. 말하자면 이유진은 그 독지가를 대신해서 유미에게 유학을 알선해 주고 도와준 대리인 격인 인물이다. 함구하던 이유진이 갑자기 죽었기 때문에 독지가의 존재를 물어볼 기회를 영영 잃게 된 것이다.

"이제 그만 유미를 놓아 주세요."

어느새 지완이 다가와 있었다.

"유미 이제 제게 넘겨 주세요. 유미야, 우리 아빠 자주 찾아뵈러

와. 어디 가나 인기 짱이네."

"그래라. 자, 이제 지완이와 놀다 가려무나. 난 약 먹고 낮잠 한 숨 자야겠다."

지완이 유 의원의 휠체어를 밀고 집 안으로 들어갔다. 유미는 뒤따라가서 유 의원에게 인사를 하고 물러났다. 지완이 과일을 챙겨 들고 2층 방으로 유미를 데리고 갔다. 수박을 한 입 베어 물으며 유미가 물었다.

"이혼 준비하느라 바쁜 거야?"

"그 사람이 위자료 요구할까 봐 변호사한테 좀 알아봤어. 법정 위자료는 별거 아닌 거 같아. 근데 재산을 나누려니 좀 억울해. 얼마 전에 아버지가 양평에 땅을 사 주셨거든. 그 사람 재산이 뭐 있니?"

"이혼, 다시 생각해 보면 어때? 아이들도 있고……."

"어머, 애 좀 봐. 저는 이혼해 놓고……."

"지금 같으면 나 이혼 안 했을지 몰라. 우리 설희 봐라. 네 애들 사춘기 접어들었는데 특히 사내 녀석들은 아빠 옆에서 커야 하잖아."

"아빠가 저렇게 온전치 못하잖아."

"어디 평생 그러겠니? 사고 때문에 일시적인 걸 거야. 옛날 인규 씨 생각해 봐. 그리고 인규 씨는 너 없으면 정말 폐인 될 사람이야. 널 정말 엄마처럼 믿고 의지하잖아."

"어우, 야. 난 여자로 살고 싶지 엄마로 살고 싶진 않아. 옛날엔 가끔 잠도 자 주는 큰아들 같았는데 지금은 무슨 치매 노인네 모시고 있는 거 같다."

"네가 박용준에게 너무 빠져 있어서 그런 거 아니니?"

"아냐, 남자로서 맛도 갔어. 겨우 서른 중반 넘어서 청상과부로 살 일 있니? 차라리 안 보면 속이라도 편하지. 참, 박용준은 잘 지내니?"

"걔도 놀랐지 뭐. 학을 떼더라. 걔도 이젠 그만 놔줘."

"그나저나 그 자식, 사랑에 빠진 여자가 있다고 고백하던데 그 여자 누군지 아니?"

"그렇게 얘기해?"

"그래서 세상 어떤 여자도 눈에 차질 않는다나. 넌 알지? 너한테 물어보겠다니까 펄쩍 뛰던데. 누구니? 걔가 껄떡대는 여자가? 회사에서 지난번에 껄떡대던 송 모라는 애는 아니겠지?"

"걔는 곧 약혼한다던데. 내가 용준 씨 사생활을 어떻게 아니?"

"그래도 한 사무실에서 나보다 더 붙어 있잖아. 혹시 너 아니야? 참, 너는 곧 재벌과 결혼할지 모른다고 했지."

"누가 그래?"

"용준 씨가 말하지 말라며 말해 주더라. 유미야, 그러지 말고 나한테 좀 알려 줘."

"지완아, 그 여자가 누군지 난 몰라. 하지만 박용준은 포기하는 게 낫겠어. 그냥 철없는 연하남과 한때 좀 놀았다고 쳐. 너처럼 순진하고 연애 경험도 별로 없는 애가 그런 경험을 했다는 거 자체가 좋은 추억 아니겠니? 그렇다고 걔한테 돈을 뜯긴 것도 아니고. 막말로 너 호스트바 이런 데 가서 호빠 애들이랑 한 번 놀면 돈이 얼만지 아니? 그렇게 가볍고 쉽게 생각해. 중요한 인생 문제를 결정할 때 박용준 때문에 영향받지 말라는 얘기야."

"그 자식한테 들어간 돈이 3000은 돼. 내가 정말 창피해서……
원룸 월세 보증금에 걔 아버지 수술 입원비에……."

지완이 분을 삭이며 말했다.

"키워 논 애완남을 딴 년 준다 생각해 봐. 안 분하니?"

"내 신조가 뭔 줄 아니? 가는 놈 안 붙잡고, 오는 놈 안 막는 거
야. 마음을 비우면 인연이 더 찾아들어."

지완과 시간을 보내고 유미는 저녁 약속 시간에 늦지 않게 일어
섰다. 김 교수와 이사장과의 약속이 잡혀 있는 시내의 호텔로 가기
위해서였다. 일식당에 도착해서 예약된 방으로 들어가니 두 사람이
미리 와 있었다. 이사장은 머리가 시원스레 벗어지고 혈색이 좋은
60대 남자였다. 머리칼만 좀 없다 뿐이지 두상도 서양인처럼 보기
좋고 군살도 붙지 않아 건강해 보였다. 두 사람 모두 캐주얼한 복장
이었다. 유미가 공손하게 인사를 했다.

"이사장님, 처음 뵙겠습니다. 미대에서 강의를 맡고 있는 오유미
입니다."

"나 배명복이오. 갑자기 불러낸 것 같아 미안해요. 그래도 바쁠
텐데 이렇게 시간을 내서 달려와 주니 고마워요."

이사장이 손을 내밀어 악수를 청하며 인사를 했다.

"아이고, 우리 이사장님께서 부르시니까 열 일 제치고 나오신 겁
니다. 오유미 선생이 워낙 유능한 분이라…… 사실 아까 필드에서
골프 치던 중에 전화한 거예요. 이런저런 얘기하다가 이사장님과
갑자기 의기투합했지 뭐예요."

김 교수가 거들었다. 예약한 자연산 활어 회가 나오자 질 좋은 사케를 반주로 식사를 시작했다.

"내가 운동을 아주 좋아해요. 전에 등산 갈 때 김 교수가 한번 부르겠다고 하더니 이렇게 계절이 바뀌었네. 골프 좋아해요?"

이사장이 웃으며 물었다.

"아뇨, 못해요. 운동이라면 소질도 시간도 없어서 잘 못합니다."

"아니, 그런데 이렇게 몸 관리가 잘 되어 있어요?"

그가 그 말을 하면서 스캔하듯 유미를 쭉 훑었다. 김 교수가 또 거들었다.

"워낙 타고난 거죠, 뭐. 타고난 거엔 못 당하잖아요. 우리가 교육자지만, 사실 재능이나 능력은 교육으론 한계가 있지 않습니까? 미대에 있어 보면 타고난 것이 무섭다는 걸 점점 깨닫게 되죠."

"그건 그래요. 하지만 관리나 노력도 중요하지. 나 봐요. 이렇게 운동하고 다이어트 안 하면 금방 살찐다니까. 한 5년 전에 독하게 20킬로그램 빼고 이걸 유지하느라 고생이라오. 다이어트, 이런 것도 안 해요?"

굳이 다이어트라면 섹스 다이어트라고나 할까요. 유미는 속으로 이 말을 삼키면서 대답했다.

"예, 아직……"

"거참! 부럽네."

"오유미 선생은 강의도 강의지만 학생들에게도 워낙 인기가 좋습니다."

"보기 좋은 떡이 먹기도 좋다고 하잖아요."

"예, 맞는 말입니다요. 요즘 같은 이미지 시대에는 더 그렇죠."

60대 남자 둘과 식사를 하는 자리가 편치 않았다. 첫 만남이라 체면도 차리고 공통 화제도 없어서 대화는 시시껄렁하게 이어졌다. 그런데 사케가 몇 순배 돌자 경직된 분위기가 조금씩 풀리는 듯했다. 이사장이 말했다.

"그런데 말이지요. 내가 사담 한마디 하리다. 오유미 선생, 처음 보고 깜짝 놀랐어요."

"그것 보세요. 제가 대단한 미인이라 그랬잖아요."

"김 교수, 그건 두말하면 잔소리고. 내 첫사랑이랑 너무 똑같은 거야. 그래서 가슴이 막 설레더라고. 몸매하며 얼굴 생김하며……."

이사장이 끈적한 눈빛으로 다시 한 번 유미를 스캔했다.

"어이쿠, 큰일 났다. 오 선생, 이사장님 마음을 훔쳐 갔으니 책임 져야지."

김 교수가 장단을 맞추자 이사장이 물었다.

"혹시 어머니 성함이 어떻게 돼요?"

"오인숙 씨입니다."

"오인숙? 아, 아닌데. 남자에게 첫사랑은 영원해요. 그건 국화빵 틀이나 마찬가지지. 수많은 여자를 만난다 해도 첫사랑의 원형이 무한 반복되는 거지. 거기서 못 벗어나. 국화빵 봐요. 앙꼬가 좀 더 들어가고 덜 들어가고의 차이지, 빵 모양은 똑같잖아."

"그러고 보니 사모님이랑 오 선생이 왠지 이미지가 비슷하네요."

"그런가?"

"예, 사모님도 미인이시죠."

"뭐 이제 한물갔지. 오 선생, 기회 되면 '우리 회사'에서 정식으로 함께 일해 봅시다. 허허……."

이사장이 호탕하게 웃으며 유미의 잔에 술을 따라 주었다.

"저도 정말 그러기를 바랍니다."

유미도 술을 받아 마시고 미소를 지으며 말했다.

"누이 좋고 매부 좋고 일석이조지요."

"오 선생 이미지라면 글로벌하고 아름답고 자신감 있는 우리 학교의 이미지와도 부합되고 말이야. 오 선생을 모델로 홍보 광고를 찍어도 딱이겠는걸."

술이 오른 두 남자가 마치 유미가 그 대학의 정식 교수로 채용이라도 된 듯 떠들었다. 잠시 김 교수가 화장실을 가느라 자리를 비운 사이에 이사장이 유미에게 넌지시 말했다.

"이렇게 얼굴도 텄으니 우리 앞으로 친하게 지냅시다. 따로 한번 봅시다."

그러면서 학교의 직함 명함을 꺼내 개인 휴대폰 번호를 따로 적어 주었다.

"이거 핫라인인데…… 오 선생 것도 따로 줘 봐요."

유미가 미술관 명함을 주려 하다가, 오늘 사표를 냈다는 생각이 났다.

"휴대폰 주세요. 제가 찍어 저장해 드릴게요."

유미가 자신의 번호를 그의 휴대폰에 찍었다.

"국화라고 저장했어요."

"국화? 국화꽃 좋아해요? 돌아온 내 누님같이 처연한 꽃인데 안 어울려."

"국화빵의 국화요."

"아아, 그래. 허허허……."

이사장이 기분 좋게 웃었다. 그때 김 교수가 들어왔다.

"오늘 이사장님 기분도 좋고 하니 2차 갈까요?"

그런데 의외로 이사장이 손을 저었다.

"아니야, 오늘은 여기까지가 딱 좋아. 나 매너 괜찮은 놈이오. 첫 날부터 숙녀에게 너무 결례하면 안 되지. 늙은이들이 주책 맞게."

"하여간 우리 이사장님 매너는 못 따라간다니까."

"저도 오늘 즐거웠습니다."

"기사가 있는데 집까지 태워 드릴까?"

"괜찮습니다. 제가 알아서 하겠습니다."

"그래요, 그럼. 김 교수, 당신은 내 차 타고 가지."

"예, 알겠습니다."

두 사람과 헤어지고 유미는 커피숍에 들어가 냉커피를 한 잔 마셨다. 운전을 하기 위해서는 술이 좀 깨야 한다. 오늘 두 남자의 반응을 보면 교수 자리는 떼어 놓은 당상인 것 같다. 하지만 이 동네의 일은 뚜껑을 열어 보아야 안다. 자칭 매너남 배명복 이사장의 핫라인에 언제 불이 붙을지 모르지만…… 점잖은 사람들이라고는 하나 결국 발톱을 가리고 있는 수컷일 뿐이다. 배명복 앞에서 비위를 맞추던 김 교수는 힘없고 약한 수컷의 모습을 보였다. 그게 씁쓸했다. 그때 휴대폰이 울려 댔다.

윤동진이었다. 어쩔까 하다가 전화를 받았다. 윤동진이 딱딱한 목소리로 다짜고짜 물었다.

"사직서 제출했다고?"

"네."

"어쩔 생각으로?"

"모든 신뢰가 무너진 마당에 저한테 뭘 맡기겠어요?"

"아무리 경박한 여자라도 공과 사는 분명히 해 줬으면 좋겠어. 그렇게 책임감이 없어? 아니, 좀 악의적이군. 재개관까지는 책임을 다 해 줘야 할 거 아니야."

"지쳤어요."

유미가 한숨을 쉬었다. 어젯밤의 수모가 다시 떠올랐다.

"너무 힘들어요."

"사표 수리하지 않겠어. 미술관부터 가동시켜 놓고 그때 다시 얘기해."

"내 감정은 생각도 안 해요?"

"내가 오유미를 미술관에 영입했던 건 능력을 본 거지, 여자로서는 아니었어. 미술관은 별개의 문제야. 일을 볼모로 사랑싸움이나 하자고 한 게 아니야."

"귀에 걸면 귀걸이, 코에 걸면 코걸이. 날 아주 교묘하게 이용하고 있군요."

"그건 내가 할 소리야. 내 감정도 상처를 받았다고 생각하지 않나?"

"그냥 나 같은 여자, 아예 없었던 거처럼 무시하세요."

"남자로서가 아니라 상관으로서 명령이야. 내일부터 복귀해. 그

외에 다른 건 마음대로 해. 신경 끌 테니까. 시간이 지나 서로의 감정이 좀 잔잔해지면 모든 게 더 잘 보이겠지."

동진의 말에 유미도 더 할 말은 없었다.

"다시 한 번 말해. 내일 당장 미술관으로 복귀해. 미술관 일에 헌신적이었던 당신의 노력은 충분히 알고 있어. 당신의 능력에 전폭적인 존경과 신뢰를 보내고 있어. 멋지게 마무리 잘해 주면 좋겠어. 오 실장, 알았지?"

딴에는 맞는 말이다. 사표는 다분히 좀 감정적인 처사였다. 책임지고 하던 일은 끝까지 해 줘야 한다.

"알겠어요."

"어제 손찌검한 일은 미안해. 그럼 이만."

동진이 전화를 끊었다. 일에서는 맺고 끊는 게 분명한 그다웠다. 논리적으로는 그가 한 말이 틀리지 않았다. 그러나 유미는 왠지 섭섭하고 맥이 빠졌다. 겨우 여자로서 앙탈 한번 부려 본 걸로 비쳤을 것이다. 어쨌거나 그는 상관이다. 만만한 상대가 아니다. 아무리 따져 봐도 결국은 그가 힘이 더 세다. 일단은 약속대로 미술관 재개관은 마무리를 해 줘야겠다. 얼마나 의욕적으로 했던 일인데……. 윤동진과의 관계가 잘못되면 일과 연애, 두 마리 토끼를 다 놓쳐야 하는 게 속상했다.

일과 연애, 그리고 결혼. 인생은 선택과 선택되어짐의 연속이다. 조만간 유미는 자신의 앞에 놓인 가능성들 중에서 무언가를 버리고 또한 선택해야 할 것이다. 오늘 밤 만난 배명복 이사장의 선택은 무엇일까. 그는 교수 채용에서 유미를 선택할 것인가. 그리고 윤동진은 유미를 선택할 것인가.

그래도 오유미, 많이 올라왔어. 선택의 종류가 이렇게 업그레이드됐잖아. 잠깐 유미는 어두웠던 자신의 과거를 떠올려 보았다. 그것은 이미 지나온 어두운 터널 속에 갇혀 있었다. 다시는 그 갱도 같은 막막한 어둠 속으로 들어가진 않을 거야. 그 막막한 터널 속에 갇혀 있을 땐 한 줄기 빛이 요원했건만……. 인생은 이렇게도 빨리 지나간다. 모든 것이 이렇게 지나가고 있다.

미술관으로 다시 돌아온 유미는 일주일 앞으로 닥쳐온 재개관 날짜에 맞춰 바삐 움직여야 했다. 미술관은 일종의 공익 문화 사업이기도 하지만, 대기업의 입장에선 이미지 혁신 면에서 지대한 이득을 취할 수 있다. 언론에 보낼 홍보 자료나 문화계 인사의 초청은 물론, 더 중요한 건 고객 관리다. 향후 투자를 위해 작품을 사 줄 능력 있는 고객들을 집중 관리하고 우아하게 마케팅하는 게 중요하다.

"와우, VIP 명단엔 맨 재벌 사모님들과 그들의 측근이네요."

송민정과 초청장 발송 업무를 하던 용준이 흥분했다. 재개관 날은 왕회장인 윤 회장도 참석한다고 한다. 윤조미술관은 윤 회장이 작고한 조 여사에게 바치는 타지마할 궁전이다. 당연히 개관식에는 VVIP들, 윤 회장과 친분이 있는 재계의 거물들도 꽤 참석할 것이다.

초청한 해외 작가들의 숙소 예약 확인과 재개관식 이벤트 행사 업체, 외식 업체, 표구점…… 체크할 일이 끝도 없었다. 담배 한 대 피울 짬도, 화장실 갈 틈도 없었다. 그때 아르바이트생이 유미의 사무실 문을 노크했다.

"누가 찾아오셨어요."

"누가?"

"남자분인데…… 이름이 웃기는 게 좀 장난치는 것 같기도 해서 기다리라고 했어요."

"이름이 뭔데?"

"고수익이래요."

"고수익?"

아! 인사동 그 사람! 일이 바빠서 돌려보낼까 하다가 지난번에 초청장을 꼭 보내겠다고 약속한 게 생각났다. 초청장이 인쇄되어 나왔으니 이왕 온 김에 직접 주면 될 것이다. 그도 잠재적인 고객일 테니…….

"들어오시라고 해."

고수익이 캐주얼한 옷차림에 예의 그 눈웃음을 달고 나타났다.

"안녕하세요? 저 잊지 않으셨죠?"

"아니, 연락도 없이 웬일이세요?"

"뭐, 연락처를 안 가르쳐 주시니 이렇게 쳐들어왔죠."

"보기보다 무례하네요."

"제가 보기보다 터프한 데가 있죠. 사실은 이 근처를 지나가다가 잠깐 들러 봤어요."

"그런데 오늘, 일 안 하셨어요? 옷차림이 무슨 메트로섹슈얼풍도 아니고…… 한 패션 하시네요."

"제가 얘기했죠. 회사 그만둘 거라고. 때려치웠어요."

"정말요? 그럼 뭐 해요?"

"당분간 슬슬 놀려고요. 그래서 이렇게 오유미 씨도 찾아왔잖아요."

"사실 지금 너무 바빠요."

"그렇겠어요. 곧 오프닝이라면서요."

"제가 초청장 보내 드린다고 약속했죠? 직접 드릴게요. 재개관전에 꼭 오세요."

"그러죠."

"참, 컬렉션에도 도움이 될 거예요."

유미가 지나는 말로 웃으며 말했다.

"그런데 드릴 말씀이 좀 있는데 오늘은 시간 내기 그렇죠?"

"당분간 힘들죠."

"좋아요. 휴대폰 번호 따내고 싶은데…… 아니면 매일 찾아올 거예요."

"명함 있으니까 오늘 밤 제가 전화할게요."

"꼭입니다! 오해는 마세요. 제가 유미 씨에게 무언가 도움이 될 듯도 싶어서요."

문 앞에서 고수익과 헤어지고 돌아서는데 용준이 다가와 물었다.

"저 얍삽하게 생긴 남자는 누굽니까?"

"잠재적인 고객."

"어디서 많이 본 얼굴인데……."

"누구더라, 탤런트 누구 닮지 않았어? 살인 미소하며."

"살인 미소 좋아하지 마세요. 어디서 분명히 본 얼굴인데……."

용준이 골똘하게 생각하다가 포기했다. 용준이 어디서 많이 본 얼굴이라고 하니 유미도 왠지 고수익이 낯설지 않았다. 배명복 이사장은 첫사랑의 원형이 국화빵 틀이라고 설파했다. 유미는 그 말에 거의 공감한다. 다만 첫사랑 대신 이상형을 넣으면 동감이 더 커진다. 그렇다. 유미는 미소가 아름다운 남자에게 자동적으로 끌린다. 짐승남도 좋고 변강쇠도 좋다. 인두겁을 쓴 짐승도 괜찮다. 미소가 아름다운 짐승이라면. 고사 상에 오른 돼지도 눈웃음 더 치는 돼지가 지폐를 많이 물고 있는 법. 고수익에게는 그런 면이 있다.

그리고…… 그는 어딘지 모르게 이유진을 닮았다. 이유진은 수호천사처럼, 흑기사처럼, 키다리 아저씨처럼 유미에게 그렇게 나타났다. 그때 유미가 그에게 대책 없이 끌렸던 것은 구렁텅이에 빠진 상황 때문이기도 했지만, 그 역시 미소가 아름다운 남자였기 때문이다. 유미의 내면이 황폐하면 황폐할수록 따뜻한 미소는 부나비처럼 유미를 끌어들인다. 인규의 갑작스러운 몰락과 이상한 협박 메일과 정체를 알 수 없이 조여 오는 불안감, 게다가 윤 이사와의 지지부진한 신경전…… 지칠 대로 지친 유미에게 어느 날, 샘물처럼 고수익이 다가왔다. 사과꽃 같은 향기를 풀풀 날리는 미소를 머금고.

좁은 문

재개관일이 다가오자 유미는 정신을 차릴 수가 없었다. 개인적인 고민이나 불안에 떨고 있을 틈이 없었다. 모든 고뇌와 우울을 다스리는 약은 바로 일이다. 홍보 자료를 돌리자 신문기자들에게서 인터뷰 요청이 밀려왔다. 박 PD의 도움과 소개로 텔레비전 문화 채널에도 출연하게 되었다. 물론 그들의 주된 토픽은 YB그룹이라는 재벌가의 미술관 사업이지만, 그것을 화려하게 부활시킨 주인공이 오유미라는 아름다운 큐레이터라는 데도 초점이 맞춰졌다. 유미가 이미 온라인상에서 연애 블로거로 수많은 추종자를 거느리고 있으며 소위 연애학의 인기 강사라는 전력에 호기심을 감추지 않았다. 예를 들면 이런 기사 제목도 있었다.

'사랑의 전도사, 미술관과 사랑에 빠지다.'

'아름다운! 그림 보여 주는 여자.'

'그림, 섹시할수록 더 잘 보인다.'

김 교수 또한 자신의 인맥을 이용하여 미술 잡지 편집자나 평론가들을 동원해서 홍보에 도움을 주었다. 그 수많은 사람과 명함을 주고받고 전화 통화를 하고 또 만나면서 유미는 자신이 연예인이나 된 듯한 착각까지 일었다. 사이버 세상과 달리 현실 세계의 실세들과 만나면서 그들의 인도로 더 커다란 관문을 향해 나아가고 있는 것이다. 세계는 넓고 할 일은 많다. 더 넓은 인맥의 세계는 물고기가 놀 수 있는 보다 큰물이다. 이건 엄연한 현실 속 인맥의 세계다.

어쨌든 그들은 무언가 더 큰 세력을 약속해 주는 안전한 사다리였다. 그러나 그 사다리의 끝에는 무엇이 있을까? 천국의 문이라도 있는 걸까? 그러나 성경에도 나오지 않는가. 좁은 문으로 들어가기를 힘쓰라고. 멸망으로 인도하는 문은 크고 그 길이 넓어 그곳으로 들어가는 자가 많고, 생명으로 인도하는 문은 좁고 협착하여 찾는 이가 적음이라……. 며칠간 기자들과 홍보 관리차 폭탄주 세례를 받고 나니 갑자기 성경의 한 구절이 떠올랐다.

재개관이 다음 날인데 유미는 피부 관리 한번 제대로 받을 틈 없이 피로에 찌들었다. 원래 피부 미인은 잠과 게으름과 돈이 만드는 건데, 돈과 시간은 참 묘한 함수관계다. 타고난 특수 신분이 아닌 한, 돈과 시간을 다 갖기는 힘들다. 돈이 있으면 시간이 없고, 시간이 있으면 돈이 없다.

모든 준비 상황을 체크하고 퇴근한 저녁, 초청한 외국 화가들의 환영 리셉션 만찬이 호텔에서 기다리고 있다. 윤동진이 윤 회장을 대신하여 그들을 만찬에 초대한 것이다. 유미도 공식적으로는 윤동진을 처음 만나는 자리였다. 사적인 관계가 지지부진했지만, 이렇게 공식적으로 만나니 그와의 거리가 얼마나 먼지 새삼 실감 났다. 그야말로 주인 나리와 하녀의 관계. 사다리의 맨 밑바닥을 박박 기면서 사다리를 한참 올려다보는 꼴이다.

공식적인 자리에서 그는 유미를 그저 일개 수석 큐레이터로 소개했다. 그리고 유미의 노고를 언급조차 하지 않았다. 그게 좀 섭섭했다. 만찬이 모두 끝나고 집으로 돌아왔을 때 윤동진에게서 문자가 왔다.

—고생 많았어. 그동안 며칠 중국에 출장 갔다가 미술관 오픈 맞추려고 어제 돌아왔어. 윤조미술관이 당신의 아름다운 작품이 되길 바라. 내일 기대할게.

유미는 답을 보냈다.

—알아주니 고마워요. 작품은 만든 사람의 몫이 아니라 보는 사람의 몫이에요. 무엇보다 당신 마음에 들었으면 좋겠어요.

답이 왔다.

—나보다는 아버지 마음에 들어야지. 그게 중요해.

그동안 윤조미술관은 윤 회장의 죽은 부인에게서 며느리에게로 내려오는 세습 경영 시스템이었다. 이제 유미가 부활시킨 미술관은 YB가(家)에서 그런 암묵적인 패밀리적 의미가 있는 거다. 동진의 이혼한 전처가 잠깐 운영했으나 제대로 운영하지는 못했다. 며느리가 운영하는 전통을 유미가 이을 것인가. 윤 회장은 그걸 용납하지 못하고 있는 것이다. 내일 오프닝 식장에는 윤 회장이 참석할 것이다. 유미는 자신에게 적대적인 그의 성마른 몰골이 떠올라 기분이 나빠졌다.

재개관식 날이 되었다.

유미는 이날 옷을 어떻게 입을까 고민했다. 미래의 YB가 여자로
서 우아하게 드레스 업을 할 것인가. 아니면 실무자로서 프로페셔
널한 이미지를 부각할 것인가. 고민하다 후자를 택했다. 너무 오버
하는 것보다는 일단은 본분에 충실한 게 낫다.

매스컴과 실무진, 화가, 초청 인사 들이 속속 입장했다. 재개관식
은 미술관 대형 전시실에서 열리며 로비에서는 특급 호텔에서 케이
터링한 음식으로 준비한 파티가 열린다. 유미와 용준은 식장 앞에
서 손님들을 맞았다.

"야, 이건 뭐 대관식이 따로 없네. 로열패밀리들이 다 모이는 거
같네요. 와아! 저기! S그룹 회장님, 저긴 H그룹의 회장님, 또 저긴
L그룹 장녀…… 저 여자 실물이 훨씬 낫네."

박용준이 흥분에 겨워 속삭였다.

"눈알 굴리는 소리 난다. 점잖게 있어."

"앗! 우리 왕회장님 납신다. 그리고 로열 프린스도."

정장을 차려입은 윤 회장이 윤동진과 아마도 그의 형이라 짐작
되는 남자를 거느리고 식장으로 들어섰다. 듣기로 윤 회장은 아들
만 둘 두었다고 한다. 그 뒤를 맏며느리인 듯한 여자와 또 한 여자
가 뒤따르고 있었다. 두 여자는 꽤 사이가 좋아 보였다. 저 여자는
누구일까? 유미는 본능적으로 그 여자에게 질투의 감정을 느꼈다.
여자는 유미보다 나이가 어려 보였다. 어린 나이지만 꽤 부티 나는
패션 감각과 피부를 지니고 있다. 아닌 게 아니라 관리를 잘 받고
있는 특수 신분처럼 보인다. 유미는 동진의 얼굴을 슬쩍 일별했으나

그는 유미에게 눈길을 주지 않았다.

윤 회장이 들어서다 유미를 보고 잠깐 멈춰 섰다. 유미는 고개를 숙여 인사했다.

"자네, 수고했네. 시작은 이리 창대한데 계속 추이를 지켜봐야겠지?"

"예, 회장님. 부족하지만 최선을 다했습니다. 지켜봐 주세요."

"전에도 얘기했지만, 난 용 머리에 뱀 꼬리는 싫어해. 지켜봐야겠지만."

재수 없는 노인네. 수고했네, 까지만 하지. 이렇게 복장 긁는 말도 때를 가려 가며 참 잘도 하지. 유미는 잠깐 머쓱했다. 그걸 보고 YB화학 사장인 동진의 형이 격려의 말을 던졌다.

"고생 많았어요. 반응이 아주 좋은 거 같더군요."

"감사합니다."

그때 갑자기 윤 회장이 동진의 뒤에 서 있던 여자에게 유미를 소개했다.

"참, 애리야. 이번 재개관전 준비한 오유미 실장이다."

여자가 유미를 보고 웃으며 인사했다. 보조개가 아주 애교스럽다.

"안녕하세요? 축하해요. 참 미인이시네요."

"감사합니다. 미인의 입에서 그 소리를 들으니 더욱 기쁩니다."

여자는 그 말에 기분이 좋은지 활짝 웃었다. 보조개가 날 좀 보소, 하며 옴폭옴폭 파였다. 우아하며 귀엽고 청순한 스타일이다. 그래, 윤 회장이 좋아하는 스타일이다. 그렇다면…… 윤 회장은 미래의 며느릿감을 과시하려고 저 애리인지 소매인지 하는 여자를 보란

듯이 데려왔단 말인가.

용준이 그들을 주빈석으로 안내했다. 아니나 다를까. 동진 옆에
그 여자가 앉았다. 여자가 동진에게 귓속말로 뭐라 하자 동진이 활
짝 웃었다. 남의 일이라면 저 두 사람이 참 잘 어울리는 한 쌍이라
말할 수도 있겠지만, 유미는 제 눈앞에서 동진이 여자와 함께 있는
꼴을 보는 게 빈속에 청양 고추를 씹은 듯 쓰라렸다.

얼굴을 알 만한 재벌들도 몇 오고 상류층 여자들과 문화계 인사
들, 그리고 본사 임원들이 다 모였다. 재개관식에서 윤 회장은 공식
식사 외에도 자신의 소회를 밝혔다.

"몇 년 만에 윤조미술관을 재개관하니 감회가 새롭습니다. 사실
나는 1970년대 개발 붐을 타고 땅을 팠던 1세대 기업가로, 기업 연
륜도 짧고 식견도 짧습니다. 집 지어서 파는 우리 회사가 비를 피하
는 집이 아닌, 이제는 아름답고 편안한 집을 지으려고 추구하는 모
토가 바로 이 예술을 누리고자 하는 마음으로 통합니다. 이렇게 아
름다움을 누리고자 하는 마음을 나는 이제야 좀 깨닫게 됩니다.
아름다움이라면, 소싯적에 우린 여자를 떠올렸습니다."

좌석에서 드문드문 웃음이 터졌다.

"그러나 그 아름다움이라는 게 자극적인 게 아니라 사람을 편하
게 하고 행복하게 하는 지고지순의 감정이라는 걸 나이 들면서 알게
됐습니다. 그 감정을 알게 해 준 사람은 이제 세상을 떠났지만, 그
사람의 유지를 받들어 만인이 그 감정을 즐기고 향유할 수 있도록
이 미술관을 오픈하게 되었습니다. 그 기질을 제 둘째 아들이 이어
받아 이 사업을 추진했는데 이만하면 만족스러운 생각이 듭니다."

윤동진의 얼굴이 살짝 붉어졌다. 강애리가 그런 윤동진을 보며 격려하는 몸짓으로 박수를 보내는 손짓을 했다. 지루한 식순이 끝난 후 손님들은 자리를 옮겨 전망이 좋고 넓은 로비의 파티장으로 갔다. 잔잔한 실내악이 흐르고 있는 가운데 사람들이 서로 인사를 나누며 담소를 나누었다. 윤동진은 윤 회장 앞에서 인질처럼 꼼짝하지 못했다. 그는 윤 회장을 보필하며 VVIP들과 인사를 나누었다. 그 옆에 강애리라는 여자가 휴대폰처럼 바짝 달라붙어 있었다. 저 휴대폰은 배터리도 안 나가나? 윤 회장이 누군가와 소탈하게 웃으며 반갑게 악수했다. 그러자 강애리가 그 노신사와 얼른 팔짱을 꼈다.

"아빠! 여기 너무 멋지죠? 정말 맘에 들어요. 그림도 안목이 대단한 거 같고요."

"허허, 애리가 마음에 든다니 다행이다. 윤 회장, 뭐 떡 줄 놈은 생각도 안 하는데 내가 김칫국만 잔뜩 들이켜는 꼴인지 모르겠다만, 이거 애리가 군침 흘리는 선물인데…… 허허허……."

윤 회장이 맞받았다.

"김칫국 계속 마셔라. 떡이 워낙 커서 목에 걸릴지 모르니까."

다른 데 신경 쓰는 척하고 있었지만 유미의 귀는 안테나가 되어 그들의 말을 낱낱이 수신하고 있었다. 마침 다가온 용준에게 물었다.

"저 노인네는 누구야?"

주머니에서 초청 인사 명단을 꺼내 대조해 보던 용준이 말했다.

"대명금융 회장 강호성인데요. 강애리와 부녀지간."

"알았어."

용준이 왠지 좀 안됐다는 표정으로 주먹을 쥐며 속삭였다.

"파이팅!"

유미는 고개를 끄덕이고는, 윤동진 일행 주변에서 벗어나 미술관 책임자로서 인사를 하려고 VVIP들에게 다가갔다. 이름을 알 만한 실세들도 여럿 보였다. 이렇게 큰물에서 대어랑 놀다니. 순간 뿌듯한 마음이 들었다. 유미는 그들에게 다가가 명함과 웃음으로 밑밥을 뿌리기 시작했다.

"안녕하세요? 이곳 책임자 오유미라고 합니다."

명함을 내밀자 더러는 자신의 명함을 주기도 했다. 몇몇 인사들은 대충 종합하면 이런 요지로 유미에게 치하했다.

"미술관도 멋지고."

"그림도 좋고."

"책임자는 그림보다 더 아름답습니다."

몇몇 인사들은 그림에 관심을 보였다. 그중 한 사람은 D그룹 계열사의 사장이라고 했다.

"저 그림은 상당히 독특한데……."

"안목이 대단하세요. 지금 독일에서 신표현주의의 계보를 잇는 거장의 작품이죠. 마침 화가분이 저기 계세요. 소개해 드리죠."

꾸어다 놓은 보릿자루처럼 서 있는 화가들도 신경을 써야 했다.

"볼프강 씨. 이리 오세요."

독일 화가를 그에게 소개했다. 화가는 영어로 열심히 자기소개를 하고 그림에 대해 설명을 했다. 남자는 고개만 끄덕이다가 유미에게 물었다.

"그림이 비싼가요?"

"생각하시기 나름이죠."

사실 미술관은 일개 화랑과 달리 대놓고 그림을 팔 수 있는 곳이 아니다. 그러나 모두들 눈 가리고 아웅이다. 여러 가지 이유로, 여러 가지 루트로, 뒤꽁무니로 거래를 한다.

"관심이 많이 가는데……."

"마음에 드시면 제가 어떻게 작가랑 얘기를 좀 해 볼까요?"

남자는 유미의 얼굴을 보고 빙그레 웃었다.

"그 문제에 대해서는 따로 전화를 하겠어요. 우선 나하고 만나서 얘기해 봅시다."

"예, 알겠습니다."

그러고도 계속 사람들이 유미를 찾았다. 정신없이 그들에게 응대하고 있는데 누군가가 어깨를 톡톡 쳤다. 돌아보니 고수익이었다. 그는 깔끔한 정장 차림이었다. 샴페인 잔을 들어 올리며 축하한다는 눈짓을 보냈다.

"어머, 와 주셨네요. 고마워요."

"멋져요."

"그림 둘러보시고 뭐 좀 드세요. 어유, 제가 오늘 정신이 없어서……."

"나 같은 촌놈은 낙동강 오리알 신세지만, 뭐 바쁜데 저 신경 쓰지 말고 일 보세요. 그림 구경보다는 사람 구경이 더 재밌네요."

"이해해 주시니 정말 고마워요."

유미는 고수익을 떠나 아까부터 가고 싶었던 화장실로 향했다.

어떤 여자가 화장실 안에서 통화하는 소리가 들렸다.

"오빠, 저 오빠 차 타고 같이 가면 안 돼요? 좋아요. 오빠의 예술에 대한 안목과 감식안에 오늘 또 한 번 놀랐어요. 그게 정말 저랑 잘 통하는 거 같아요. 저 원래 그림 되게 좋아하잖아요. 오늘 저녁 오빠랑 같이 보내고 싶어요. 정말? 아이, 좋아!"

여자가 화장실에서 나왔다. 그런데 그 여자는 다름 아닌 강애리였다. 그녀가 오빠라며 콧소리로 대화를 하던 상대가 윤동진이라는 확신이 퍼뜩 들었다. 순간, 속에서 열불이 났다. 하지만 유미는 강애리와 눈이 마주치자 미소를 띠며 인사를 했다.

"그림 좋아하세요? 오늘 맘에 드셨어요?"

"어머, 오 실장님! 그럼요. 우리 자주 봐요. 앞으로 이것저것, 오 실장님께 배워야 할 게 많을 거 같아요."

강애리가 나가고 나서 좀 있다 유미가 화장실을 나서는데 마침 남자 화장실에서 한 남자가 나왔다.

그는 윤 회장이었다. 윤 회장과 맞닥뜨린 유미는 무언가 말을 해야 한다는 생각이 앞섰지만, 갑자기 말문이 막혔다. 그동안의 분노와 억울함 같은 게 가슴속에 꽉 막혀 있었나 보다. 더군다나 좀 전에 강애리를 만나고부터는 억장이 무너지는 느낌이다. 눈치로 때려잡건대, 윤 회장이 강애리를 며느리로, 더 나아가서는 윤조미술관의 경영자로 점찍고 있는 거 같았기 때문이다.

하지만 유미를 본 윤 회장의 얼굴빛도 유미 못지않게 복잡해 보였다. 유미가 뒤돌아서는 윤 회장에게 말을 걸었다.

"회장님, 부탁이 있어요."

"뭔가?"

"제가 한 번 따로 뵙도록 허락해 주세요."

"따로?"

"예, 회장님 뜻은 일전에 전해 들었습니다만. 꼭 드릴 말씀이 있어서요."

"……."

윤 회장이 잠시 아무 말 없이 유미를 바라보았다.

"한준수 비서실장님께 예약을 해 놓을까요?"

윤 회장이 고개를 저었다.

"아냐, 그럴 필요 없어."

"그럼 윤 이사님을 통해서 연락을 드릴까요?"

"나를 따로 만난다? 말이라면 전화로 해도 되잖나?"

"꼭 뵙고 싶어요."

윤 회장이 괴팍한 눈빛으로 유미를 바라보았다.

"명함 내놔 봐."

유미는 얼른 명함을 내밀었다. 그러자 윤 회장도 개인 명함을 꺼냈다.

"이거 내 개인 전화야. 한 열흘 후에나 해. 근무 시간 피해서."

"감사합니다, 회장님."

머리를 조아려 인사하는 사이에 윤 회장이 사라졌다.

어떻게 행사가 끝났는지 정신을 차리고 보니 주차장의 자동차 안이었다. 정신이 멍했다. 차 안에서 한 10분은 멍하게 앉아 있었나 보다. 아직도 그 잔상이 어른거렸다. 화장실에서 강애리의 통화를 엿듣다 만난 그녀의 근심 걱정 없는 환한 얼굴과 화장실을 나서다 잠깐 우연히 만나 약속 예약을 했던 윤 회장의 표정과 행사장에서 딴 사람처럼 느껴지던 윤동진의 굳은 표정⋯⋯. 이 모두가 허망한 꿈인가.

마치 휘황한 무대에서 내려온 프리마돈나처럼 텅 빈 주차장에 혼자 남은 유미는 허탈한 기분이 들었다. 밝은 조명과 갈채 속의 화려한 꿈에서 깨어 초라한 암막 뒤의 무대처럼 갑자기 닥친 현실감이 갑갑했다. 강애리의 통화 내용처럼 윤동진은 강애리와 함께 오늘 밤 멋진 시간을 보내고 있을까? 강애리와의 정략결혼에 놀아나고 있는 윤동진에게 유미는 아무것도 아니었단 말인가. 그동안 윤동진과의 시간들, 특히 유미만이 알고 있는 그의 몸과 취향에 맞춰 함께했던, 두 사람만의 모험의 시간이 떠올랐다.

가슴속에서 열기가 훅 뻗쳐 왔다. 약이 올랐다. 윤동진이 옆에 있다면 지난번에 맞았던 뺨 한 대를 이자 듬뿍 쳐서 되돌려 주고 싶다. 아니면 약이 바짝 오른 손톱으로 얼굴을 걸레로 만들어 주고 싶다.

그때 누군가가 밖에서 차창을 톡톡 두드렸다. 창문을 내리고 보니 고수익의 얼굴이 그곳에 있었다. 밤에 핀 흰 사과꽃처럼 그가 환하게 웃고 있었다.

"어머! 웬일이세요?"

"우연히 다시 왔다가⋯⋯ 라고 한다면 촌스럽겠죠? 꼭 만나야겠다는 생각이 들어서 줄기차게 기다렸어요."

"정말요? 왜요?"

"오늘 같은 날은 정말 외로운 날이거든요. 화려한 시간 뒤에 남겨진 허탈한 유미 씨에게 작은 위로를 전하고 싶어서……."

오오, 이 남자 타이밍을 아는 남자구나. 하지만 유미는 까칠하게 물었다.

"위로라면?"

"밥도 좋고 술도 좋고. 유미 씨 원하는 대로 시간을 보내 드리죠."

"제가 거절한다면?"

"그럼 할 수 없죠. 그럼 지하철역까지만 태워 주세요."

"타세요."

고수익이 얼른 옆자리에 탔다.

"차 좋네요."

"차 팔까 봐요. 돼지 발에 진주예요."

"이렇게 이쁜 돼지도 있어요?"

"사실 지금 기분이 별로였어요."

"그럼 오늘 우리 돼지처럼 푸지게 먹고 마시고 기분 전환할래요?"

"돼지처럼요? 글쎄요."

"저 보기보다 저돌적입니다. 저돌적(猪突的)이라는 말의 어원이 돼지 저(猪)에서 나온 거거든요."

적절한 타이밍에 나타나 들이대는 저돌적인 이 남자가 밉지 않다. 아니, 오히려 순진한 것 같아 귀엽기도 하다. 오늘같이 열 받고 허전한 날에는 새로운 남자에게 끌리기도 한다.

"나 저돌적인 거 좋아하는데…… 수익 씨는 아는 것도 많네요. 전공이 뭐예요?"

"그런 거야 상식이죠, 뭐. 전공해야 아나요? 제 전공이 뭐 같아요?"

"글쎄…… 왠지 인문학 쪽일 거 같아. 의외로."

"의외로?"

"네, 수익 씨는 의외의 면이 있어요. 그래서 무언가 알면 알수록 발견하는 묘미가 있을 거 같아. 미스터리하다는 얘기지."

"그런가요? 맞는 거 같기도 하고."

"아주 평범한 듯한데 독특한 뭔가가 있어. 보험회사 다니는 게 어울리진 않았어요."

"그래서 때려치웠잖아요."

"전공이 문학이나 철학 쪽 아니에요? 무언가 영혼의 세계에 관심 있을 거 같아. 말하자면 무당과지."

"정말 족집게다. 국문학 전공했어요. 아닌 게 아니라 그런데 관심 있어요. 명리학과 주역 공부를 좀 했죠."

"정말? 나 그냥 넘겨짚은 건데…… 사실은 나한테 향로를 사서 선물할 때부터 왠지……."

"그쪽도 만만치 않은 거 같은데요. 같이 간판 걸래요? 총각 무당과 처녀 보살……."

"그럴까……? 그럼 나에 대해서도 무당의 감각으로 뭔가가 느껴져요?"

"그럼요. 그래서 이렇게 끌렸잖아요. 당신에게도 독특한 기운이 있어요. 내면에서 풍겨 오는 어떤 느낌이……."

"이뻐서가 아니라?"

농반진반으로 유미가 웃으며 물었다.

"물론 그런 것도 있지만, 당신을 보는 순간 당신의 과거가 훤히 보이는 거 같았어요."

유미가 놀라 물었다.

"내 과거가?"

"예, 과거가……."

"어떤 과거?"

"구체적으로 떠오르기보다는…… 으음. 상당히 아픔을 겪었어요. 온갖 고통과 내면의 번뇌, 그리고 재물에 대한 욕망, 그 속을 인간이 가진 오욕칠정을 너무나 풍부하게 타고난 몸과 마음으로 통과하다 보니 영혼이 많이 상했어요. 지금도 그 과거 때문에 고통을 받고 있는지 모르죠."

유미는 운전을 하면서도 수익의 얼굴을 보았다. 가슴이 뜨끔거리는 부분이 없지 않다. 동자승처럼 해맑은 얼굴로 처연하게 저런 말을 하는 그가 좀 섬뜩하게 느껴지기도 했다.

"제게는 유미 씨의 그런 기운이 느껴졌어요. 유미 씨를 보는 순간, 가슴이 싸하게 아파서 돌아설 수가 없었어요. 눈물이 날 것처럼 코끝이 맵고 그저 아, 이 사람, 그냥 꼭 안아 주고 싶다. 그런 생각만 들었어요."

유미가 일부러 농담하듯 툭 던졌다.

"작업하는 방식도 여러 가지네요."

"그렇게 보일 수도 있겠죠. 어떤 식으로 말해도 좋아요. 헤어지며 돌아서는 뒷모습을 보는데 왜 그렇게 애틋한지…… 당신의 아름다운 몸과 여린 영혼으로 겪어 냈을 세상의 극심한 고통이 제 가슴으로 느껴졌어요. 이상하죠? 그래서 그 짧은 순간 눈앞의 가게로 달려가 향로와 향을 사 왔던 거예요."

어떻게 보면 유치한 고백일 수도 있지만, 수익의 고백은 진심 어린 데가 있었다. 그것이 유미에게도 느껴졌다. 오늘 같은 날, 누군가 유미의 허전한 마음을 쓰다듬어 준다면 오죽 좋을까. 유미는 왠지 수익과 함께 좀 더 있고 싶은 생각이 들었다. 수익은 인간의 영혼에 대해 말하고 있다. 어쩌면 정효 스님이 유미에게 가진 연민지심과 비슷할 수도 있지만, 수익은 수도자가 아닌 욕망을 가진 중생이다. 그것이 다르다. 원하면 당장 그와 얼마든지 몸을 섞고 위로를 받고 욕망을 충족할 수 있다. 유미는 눈앞의 그런 가능성에 가슴이 설렜다. 오늘, 미술관 재재관을 성공시킨 날, 윤동진의 위로와 칭찬을 기대했다. 그러나 그는 강애리와 밤을 보낼 것이다. 오늘 밤난……. 그러는 사이에 지하철역을 지나쳐 버렸다.

"어머, 어쩌죠? 지하철역 지나 버렸네."

고수익을 돌아보니 그는 유미를 바라보며 조용히 미소 짓고 있었다. 이 남자의 미소는 정말 내가 좋아했던 이유진의 미소와 닮았어. 진지한 듯 순진한 듯 멍한 듯 섹시한 듯…… 내가 유일하게 사랑했던 남자.

"잠깐만 함께 더 있어요."

고수익이 애원하듯 말했다. 한적한 골목길로 들어가 잠깐 차를 세우자, 고수익이 가만히 유미의 손을 잡았다. 따스하면서 떨림이 전해졌다. 핸들을 쥐고 유미는 가만히 눈을 감았다. 감정이 좀 복잡해졌다. 어쩌면 오늘 밤 윤동진을 독점할 강애리의 얼굴이 떠올랐지만, 윤동진에 대한 어긋난 감정 때문에 이러는 것은 분명 아니다. 그저 하룻밤 허전한 마음을 달래려는 원 나이트 스탠드? 그것도 아닌 것 같다. 하지만 그럼 또 어때? 유미는 자신의 심장에서 울리는 북소리 같은 신호가 무엇을 뜻하는지 눈을 감고 귀를 기울였다. 그것은 오늘 밤 이 남자와의 결전을 예고하는 북소리처럼 들렸다.

신의 뜻을 전해 들은 무당처럼 유미는 자신의 의지와 상관없이 가벼운 한숨을 흘렸다. 그 뜻을 알아챘는지 유미의 숨소리를 듣자 수익의 손이 유미의 머리칼을 만졌다. 유미가 살포시 감은 눈을 떴다. 그의 웃는 듯, 우는 듯한 진지한 표정이 잠깐 스쳤다고 생각한 순간, 그의 뜨거운 입술이 유미의 입술에 낙인처럼 찍혔다.

유미는 기다렸다는 듯이 그의 입술을 받았다. 두 사람의 손이 서로의 머리통을 꽉 껴안고는 격렬하게 입을 맞추었다. 이가 부딪치고 코가 제멋대로 눌렸지만, 온몸이 부르르 떨리는 키스였다. 욕망은 갇힌 맹수처럼 으르렁댔다. 자동차가 들썩이고 클랙슨이 눌려 소리가 났다. 그러나 뜨거운 입술과 혀의 감각 이외 주위의 모든 것들은 그림 속의 여백에 불과했다. 수익도 불 맞은 돼지처럼 유미를 놓아주지 않았다. 유미는 숨이 가빠 심장이 터져 버릴 것 같았다. 폭탄을 안고 있는 것처럼 두 사람은 조급해졌다. 두 사람이 폭발하든지 차가 폭발할 거 같았다.

"잠깐!"

유미가 숨 가쁜 듯 새된 목소리로 겨우 말했다. 잠깐 몸을 떼며 수익도 조급하게 말했다.

"우리 어디로든 가요."

유미가 주변을 휘 둘러보았다. 마침 골목 저편에 모텔 간판이 보였다. 허름하고 오래된 모텔이지만 가릴 처지가 아니었다. 유미가 차를 주차하는 동안 수익이 뛰어내려 카운터로 가서 방을 잡았다. 엘리베이터 앞에서 만난 두 사람은 마침 문이 열린 엘리베이터에 뛰어들었다. 수익의 얼굴을 보자 유미가 웃음을 터뜨렸다. 유미의 붉은 립스틱이 얼룩져 수익의 얼굴은 쥐 잡아먹은 고양이 얼굴이었다.

"얼굴 좀 봐요."

수익이 엘리베이터 안의 거울을 보더니 씨익 웃었다.

"똥 묻은 개가 겨 묻은 개를 나무란다더니. 유미 씨도 거울 좀 봐요."

유미의 얼굴도 가관이었다. 입술 주위만이 아니라 눈 화장마저 지워져서 쥐 잡아먹은 판다 꼴이었다. 수익이 다시 유미의 얼굴을 끌어다 키스했다. 그리고 얼굴을 핥았다.

"으음…… 똥도 맛있어요."

두 사람은 방으로 들어서자마자 신발도 벗지 않은 채 키스했다. 수익이 현관에 유미를 몰아세우며 유미의 목과 가슴에 키스하자 유미가 힘없이 쓰러졌다. 부둥켜안은 두 사람이 현관 바닥에 쓰러져 서로를 탐닉했다.

"등이 아파요. 침대로 가요."

유미의 말에 수익이 유미를 냉큼 침대로 안고 갔다. 그가 유미의 하이힐을 벗겨 현관 쪽으로 냅다 집어 던졌다. 하이힐이 현관문에 딱 부딪히는 소리가 났다. 굽이 부러졌을 거 같다. 비싼 구두인데……. 하지만 잠시도 딴 생각을 할 수 없을 만큼 저돌적인 수익의 공격이 시작되었다. 수익이 단 5초 만에 자신이 걸친 모든 옷을 벗어 내고 유미의 옷을 벗기기 시작했다. 급했지만 손길만큼은 침착했다. 유미는 그의 손길이 다가와 옷가지를 하나씩 벗겨 낼 때마다 몸을 움츠렸다. 가슴이 설레는 만큼 부끄러웠다. 첫 경험도 아닌데 이상도 하지. 유미는 수익의 얼굴을 바로 보지 못했다. 눈길을 그의 가슴께에 고정했다. 그의 몸은 섬세하고 깨끗했다. 근육이 울퉁불퉁하기보다는 군살 없이 매끈하고 흰 몸이 흰 대리석으로 빚은 것처럼 수려했다. 무엇보다 그의 심벌이 더없이 아름다웠다. 보통 남자의 물건은 무식하고 흉악하게 생긴 게 꼭 흉기 같은데, 수익의 그것은 장난감처럼 보기 좋았다. 옥으로 만든 장난감처럼 보였다. 유미는 당당하게 부푼 그것에 저도 모르게 손길이 갔다. 손도 튕겨 낼 만큼 탄탄한 탄력으로 발기한 그걸 어루만지며 감탄했다.

"정말 예뻐요. 꼭 무슨 세공품 같아요. 내 방의 문손잡이를 이걸로 하면 좋겠어."

"마음에 들어요? 당신 몸도 내가 상상한 대로야. 정말 아름다워."

수익은 유미의 가슴을 움켜쥐고 탐스러운 과일을 베어 물듯 물고 빨았다. 유미의 유두가 단단하고 뾰족하게 뭉치고 대신 유미의 허리는 부드러운 물결을 탔다. 유미는 마치 자신의 몸이 한 척의 텅 빈 배가 된 듯 부드러운 물살에 몸을 맡겼다. 수익의 뜨거운 입술과 손길이 움푹 파인 아랫배를 지나 뜨겁게 젖은 유미의 그곳으로 옮겨 갔다. 수익이 그곳의 '작은 버튼'을 물고 혀로 누르자 유미의 배는 폭풍을 만난 듯 펄쩍 솟구쳤다. 갑자기 몸으로 몰아친 광풍에 흥분이 극에 달했다. 배가 전복될 것 같자 수익이 유미의 몸을 꼭 붙잡고 닻을 내렸다. 유미의 깊은 그곳에 수익의 닻이 박혀 유미는 가까스로 정박할 수 있었다. 그곳으로부터 가공할 희열과 쾌락이 해일처럼 밀려들었다. 유미는 온몸으로 수익을 껴안았다.

조종간을 잡은 선장처럼 수익이 유미를 조종했다. 수익의 몸이 유미의 깊은 곳에서 때로는 둔중하게 때로는 날렵하게 움직였다. 그에 따라 유미의 몸도 반응했다. 유미의 신음이 낮게 깔리다가 하늘을 높이 나는 종달새처럼 교성이 높아졌다. 롤러코스터를 탄 것처럼 변화무쌍했다.

"당신 몸은 명품 바이올린 같아."

수익이 땀으로 번들거리는 얼굴로 말했다.

"조금만 손대도 민감하고 섬세한 소리가 나는 바이올린 말이야. 너무 흥분돼."

수익이 흥분된다는 말에 유미는 더욱더 흥분이 되었다.

"나도 미쳐 버릴 거 같아."

그 말이 신호가 된 듯 걷잡을 수 없는 흥분이 유미에게 몰아쳤다. 온몸이 사시나무 떨리듯 강렬한 경련이 이어졌다. 유미는 신이 내린 무당처럼 저도 모르게 온몸이 리듬을 타며 펄쩍펄쩍 춤을 추었다. 무게감도 없이 하늘에서 춤을 추고 있는 것 같았다. 하늘의 투명한 뭉게구름을 두둥실 넘어갔다.

"아아아……."

어디선가 자신의 목소리가 천상의 선녀가 부르는 노랫소리처럼 아득하게 메아리로 들려왔다. 이렇게 죽어도 좋아. 차라리 이 순간에 죽는다면…… 더 이상의 만족과 행복이 없을 거 같았다. 그때 수익이 몸을 뺐다. 발동이 걸린 유미는 스스로 한동안 오르가슴을 겪었다. 그러는 동안 수익은 유미의 젖가슴에 푹 묻혀 있었다.

"정말 너무 좋았어요."

유미가 수익의 얼굴에 키스하며 말했다.

"정말? 그 정도쯤이야……."

놀랍게도 수익의 몸은 발기 상태를 그대로 유지하고 있었다. 아까보다 더욱더 반짝반짝 윤이 나고 있었다. 유미가 놀란 눈빛으로 쳐다보자 그가 씨익 웃었다. 그의 미소를 보자 다시 온몸이 간질거린다.

"시계 봐요. 우리 벌써 본 게임만 40분 넘었어요. 아무리 그래도 돼지도 30분인데 돼지보단 나아야죠."

"기특한 것!"

"유미 씨가 만족할 때까지, 아니 항복할 때까지 얘가 군기가 빠지면 안 되죠."

수익의 말에 유미가 그의 심벌을 툭 치며 말했다.

"그래. 오유미에게 받들어, 총!"

그러자 그의 물건이 꺼떡 올라갔다. 수익이 거기에 맞춰 거수경례를 하는 시늉을 했다.

"충성!"

"귀여워."

유미가 참을 수 없다는 듯 수익의 총신을 얼른 입에 물었다. 그리고 그것을 정성스레 애무해 주었다.

"총알 장전하고 윤활유도 쳤으니까 수익 씨 발사하고 싶은 순간에 언제든 해. 난 아까만으로도 너무 만족해요."

"난 총알 낭비 안 해요. 적재적시에 딱 한 번 하죠. 난 프로페셔널한 킬러거든요."

"으음…… 점점 맘에 들어."

수익이 유미의 입속에 있는 물건을 축으로 해서 몸을 틀었다. 두 사람은 한동안 서로의 심벌을 애무하며 탐닉했다. 그러다 수익이 유미에게 다시 올라탔다. 그는 자신의 물건을 회전축으로 몇 가지 체위로 변화를 주었다. 유미는 그의 리드에 따라 즐겁게 대응해 주었다. 듀엣으로 은반에서 피겨스케이팅을 하는 것처럼 두 사람은 호흡이 척척 맞았다. 힘이 하나도 들지 않으면서 두 사람은 온몸 곳곳의 세포가 요구하는 욕망에 다 부응할 수 있었다.

수익이 속삭였다.

"사랑해요. 당신의 털끝까지 땀구멍까지, 당신의 인생도, 당신의 과거도……."

유미는 수익의 말에 몸으로 화답했다. 그의 매끄러운 몸을 꼭 껴안았다. 사랑해요. 당신의 과거까지도……. 얼마나 위로가 필요했으면 그 말에 눈물이 찔끔 날 뻔했다. 그냥 그가 단순히 하나의 비유로 한 말이라 해도 유미는 그 말이 고마웠다. 그런 마음에 부응이라도 하는 것처럼 수익은 멧돼지 같은 저력으로 다시 돌진했다. 풀무질하듯 푸푸거리는 거친 숨결이 그의 입에서 뿜어 나왔다. 그의 몸 냄새와 땀 냄새, 그리고 체액이 뒤섞인 원시적인 냄새가 훅 끼쳤다. 모든 것은 짐승의 일이라…… 지금 현재 쾌락으로 엉켜 있는 짐승 같은 두 몸. 지금은 그것만이 인생이다.

그의 몸이 나사처럼 깊게 파고들었다. 그럴수록 간질거리던 온몸이 시원해지고 세포 하나하나가 깨어나 즐거운 비명을 질러 댔다. 유미는 그의 몸을 빨아들일 듯 빈틈없이 조이고 또 조였다. 그가 기분 좋은 신음 소리를 길게 흘렸다. 암나사와 수나사가 꼭 조인 두 몸이 빈틈없이 포개져서 하나가 되었다. 아무것도, 어떤 터럭 하나도 끼어들지 못하는 절대적인 합일이다. 두 몸은 마치 서로가 자신의 몸인 것처럼 한 치의 오차도 없이 동시에 오르가슴을 느꼈다. 그것은 머리가 아니라 몸만이 아는 확신이었다. 그 확신이 유미에게 지고한 위로와 충족감을 안겨 주었다. 유미는 무당이 사설을 풀 듯, 신자가 방언을 하듯 자신도 이해하지 못하는 말을 터트렸다. 수익도 마찬가지인가 보았다. 그의 입에서는 계속 사랑해란 말이 고장난 녹음기처럼 흘러나왔다.

갑자기 그가 몸을 심하게 떨었다. 그 진동이 유미에게도 전해져서 두 사람은 부둥켜안고 짧고 단속적인 경련을 수차례 했다. 어느 순간, 동시에 두 사람은 소리를 질렀다. 귀를 막고 눈을 감고 어떤 좁고 긴 동굴 속으로 함께 미끄러지듯 소리만 울려 왔다. 뭐라 형언할 수 없는 강력한 오르가슴 속으로 두 사람은 빨려 들어갔다.

정신을 차리자 유미는 자신이 울고 있음을 깨달았다. 4차원의 어느 세계에서 빈 배로 다시 돌아와 아직 잔잔한 물살에 흔들리고 있는 몸이 꼭 요람 속에 누워 있는 듯했다. 그 편안함 때문인지, 쾌락 후의 허전함 때문인지, 감정의 과잉 상태 때문인지 유미는 조금씩 흐느끼고 있었다.

"바보같이 울긴……."

수익이 혀로 유미의 눈물을 핥았다.

"미안해요. 그냥 눈물이 뺑 터져 버렸네."

수익이 땀으로 젖은 유미의 머리칼을 쓸어 주며 말했다.

"속에 울음이 가득 차 있었나 보죠. 울어요. 내 품에서 실컷."

수익이 유미를 품에 안고 등을 쓸어 주었다. 유미가 그 품에서 소리 없이 울었다. 아, 왜 이러지. 이러면 안 되는데. 혼자서는 울어도 남자 앞에선 울지 않았는데. 내가 왜 이렇게 약해졌을까. 그토록이나 많이 힘들었나…….

"그동안 많이 힘들었나 봐요."

수익이 다 알겠다는 듯 고개를 끄덕였다.

"괜찮아요. 유미 씨가 내 품에서 어린애처럼 우니까 더 사랑스러워요."

"나 이런 적 없는데……."

"예쁘고 도도하고 남부러울 것 없어 보이는 사람일수록 더 외로운 법이죠. 아마 유미 씨가 그럴 거 같은데……."

"수익 씨가 어떤 사람인지 모르지만, 그 어떤 사람보다도 따스한 사람 같아요."

문득, 고수익이 이유진을 떠오르게 하기도 하고 오랫동안 유미 곁에 있던 황인규의 공백으로 스미는 것 같기도 했다.

"그렇다면 다행이에요."

"내가 추워서 떨고 있을 때 나타난 아주 따스한 사람."

유미는 갑자기 무언가를 고백하고픈 강렬한 심정이 되었다.

"나 너무 추워요. 성냥팔이 소녀처럼⋯⋯."

"오, 불쌍해라. 성냥팔이 소녀⋯⋯ 가진 건 성냥밖에 없는데 아무도 성냥을 사 주진 않죠. 그래서 소녀는 남은 성냥을 하나씩 켜면서 따스한 환상을 보죠."

"그래요. 그건 동화고. 한때는 너무 화가 나서 가진 성냥으로 온 세상을 싹 불 질러 버리고 싶은 생각이 많았어요."

"어, 그건 성냥팔이 소녀가 아니라 무시무시한 또라이 방화범인데⋯⋯ 유미 씨가 설마⋯⋯."

"한때 그런 심정으로 살았다고요. 내가 가진 건 성냥밖에 없었어요. 잠깐 불을 밝히면 순간적으로 따스해지지만, 자꾸 성냥을 켜다 보면 언젠가는 성냥이 동나 아무것도 남지 않고 더 추워지죠. 결국 성냥팔이 소녀는 얼어 죽은 채 발견되잖아요. 내게 성냥이란 뭐냐면⋯⋯ 으음⋯⋯."

유미는 말을 멈췄다. 자신에게 성냥이란, 남보다 더 뜨거운 몸이었다. 한마디로 성능 좋은 내연(內燃) 기관을 타고난 덕에 뜨거운 몸을 불사르며 버텨 온 인생이었다. 그러나 유미의 그 성냥은 언젠가 고갈될 것이다. 한때는 그 성냥을 아무 곳에서나 아무 때나 그으며 추위와 배고픔을 이긴 적이 있었다. 성냥팔이 소녀처럼 성냥을 하나씩 그어 대며 하루하루를 버틴 과거가 가슴 아프게 떠오르자 유미는 더 이상 말을 하기 싫었다.

하지만 어쩌면 지금도 상황은 나아지지 않았을지 모른다. 어쩌면 유미가 지금 욕망하고 있는 것들은 성냥팔이 소녀의 환상 같은 게 아닐까? 그건 유미의 환상이지 유미에게 다가올 현실은 아닐지 모른다. 어쩌면 환상에서 깨어난 유미는 자신이 걸친 옷가지를 태운 잿더미를 보아야 할지 모른다.

"하지만 성냥팔이 소녀는 행복했을 거예요."

수익이 말이 없는 유미를 바라보며 안심시키듯 말했다.

"환상 속에서 죽어 갔다면 말이죠. 그 소녀는 얼어 죽은 채 발견됐지만, 그 소녀가 환상 속에서 얼마나 행복했는지는 아무도 모르잖아요."

"그렇게 환상 속에서 영원히 깨지 않고 죽는다면 얼마나 행복하겠어요. 그건 동화잖아요. 인생이 어디 그래요? 그리고 인간이 어디 그렇게 단순해요? 늘 회의하는 동물이잖아요. 그게 문제지."

"내가 당신의 난로가 되어 줄게요. 그럼 됐죠?"

수익이 유미를 다시 품 안 가득 안았다. 그래도 마음이 추운 건 어쩔 수 없을걸. 유미는 그 말이 맴돌았지만 수익의 품으로 파고들었다. 타인의 체온이 합쳐져 73도가 넘으면 오죽 따끈하랴만. 그래도 뜨거운 몸을 안고 있을 때만큼은 마음이 포근해졌다.

"나 나쁜 여자예요."

유미는 순진한 외모의 수익에게 고백하는 심정으로 그렇게 말해 보았다. 그 말의 뜻을 짐작이나 하는지 수익이 고개를 끄덕였다.

"알아요. 끔찍한 방화범일 수 있다는 거……."

유미가 뜨거운 입김을 그의 귀에 훅 불어 넣었다.

"이미 불 질렀는데…… 안 뜨거워요?"

"어잇! 벌써 나 홀랑 다 탔는걸요."

"후후…… 그럼 잘 익었을 때 먹어야지."

유미가 그의 심벌을 뜨거운 듯 살짝 손에 쥐었다.

"앗, 뜨거!"

"당신 정말 나쁜 여자야. 사나이 멀쩡한 가슴에 마구 불을 지르고."

수익이 거칠게 숨을 쉬며 다시 달려들었다.

"그래, 오유미. 뜨거운 맛 좀 봐라. 간다!"

두 몸이 다시 점화되어 뜨겁게 타올랐다. 한쪽 벽에 붙여 놓은
거울에는 땀으로 반들거리는 두 알몸이 기름이 자르르한 통닭구이
처럼 포개져 돌아가고 있는 게 보였다. '백인백섹'이라고, 백 사람과
의 섹스는 백 가지 맛이 있다. 유미는 고수익의 몸을 온 감각을 동
원해서 맛보고 탐닉했다.

마침내 고수익이 떨어져 나가 침대에 나동그라졌다.

"그런데 배가 너무 고파. 돼지도 이렇게 굶고는 못 할 거야."

그러고 보니 돼지처럼 푸지게 먹고 마시자고 했던 약속이 생각났
다. 너무도 두 몸이 고픈 나머지 저녁 먹는 것도 잊고 벌써 세 시간
째 서로의 알몸만 핥고 있었다.

"어머, 벌써 10시가 훨씬 넘었네. 우리 나가서 뭐 요기 좀 해요."

"식당은 다 문 닫았을 텐데……."

"그럼 술이나 마실까요?"

"난 빈속에 술 안 마시는데…… 밥을 먹어야죠."

"뭐 24시간 해장국집 같은 데 갈까?"

"유미 씨가 해 주는 밥을 먹어 보고 싶은데…… 그건 내 욕심이

겠죠?"

"오늘은 너무 피곤해요. 다음에 정식으로 초대할게요."

"좋아요. 얼른 나가서 밥부터 먹어요. 나 쌍코피 터질 거 같아."

유미와 수익은 시간도 아낄 겸 함께 욕실로 들어갔다. 샤워 물줄기를 함께 맞으며 몸을 씻어 냈다. 서로가 서로의 몸 곳곳을 비누칠해 주었다. 수익이 유미를 안고 다시 키스했다. 버둥거리는 두 마리 물고기처럼 매끄러운 몸뚱이를 놓칠세라 두 사람은 다시 빈틈없이 몸을 포개어 포옹했다.

유미가 수익과 헤어져 집으로 돌아오니 새벽 1시가 넘었다. 얼마 전 사촌 수민이 방을 얻어 나가서 집은 적막했다. 몇 가지 이상한 일을 겪고는 언제부턴가 집에 혼자 들어오기가 싫었다. 집을 내놔도 팔릴 기미가 없었다. 수민더러 함께 살자고 제안해 봤으나 일터와 거리가 멀다는 이유로 양평 쪽으로 이사를 갔다. 온몸이 녹작지근했다. 수익이 공격했던 몸 곳곳의 지점들이 기분 좋게 뻐근했다. 정말로 오랜만에 충만한 섹스를 했다. 첫 섹스인데도 어떻게 그럴 수 있었는지 신기했다.

후텁지근한 열대야가 며칠째 이어졌지만, 오늘만큼은 기분 좋게 잠들 거 같았다. 유미는 할랑할랑, 옷을 모두 벗고 알몸이 되었다. 침대에 길게 몸을 뻗어 기지개를 켜며 누웠다. 고수익을 떠올렸다. 눈을 감고 아까 모텔에서 그와 함께했던 행위들을 하나씩 재생시켰다. 그의 몸을, 이제 살갗의 온 세포까지 다 알 것 같았지만, 정작 유미는 고수익이 어떤 사람인지는 잘 모른다는 생각이 들었다. 이제 겨우 세 번 만난 남자. 그저 평범한 직장 생활을 하다 그만둔 30대 초반의 남자. 그러나 기대 외로 만족스러운 섹스를 선사한 남자다. 그보다는 더 어린 박용준과 비교해 보면 어딘지 고수익 쪽이 더 신비감이 느껴진다. 박용준처럼 껄떡대고 똥인지 된장인지 모르고 들쑤시는 남자는 아닌 것 같다. 인사동의 갤러리 주인 우승주에게라도 슬쩍 한번 고수익에 대해 물어봐야겠다.

고수익은 처음에 컬렉션 운운하며 거들먹거렸지만, 이름처럼 수익이 높은 남자는 아닐 것이다. 남자들의 귀여운 허세 정도로 생각하면 그만이다. 윤동진이 왕자라면 고수익은 평민일 것이다. 거지라면 또 어떤가. 왕자와 거지라…… 후후…… 참 다양하게도 남자를 만나는구나.

그러나저러나 윤동진은 오늘 밤을 어떻게 보냈을까. 어쩌면 오늘 밤이 디데이가 아닌지도 몰라. 강애리와 이미 그전에 초야를 보냈는지도 모르지. 방귀 뀐 놈이 성낸다고, 제 발이 저려서 내게 찾아와 닦달을 했는지도 모르지.

유미는 윤동진이 자신에게 정조 운운하면서 사진을 들이밀며 추궁했던 기억이 떠올랐다. 오늘 밤 고수익과의 일을 알면 그의 반응은 어떨까. 유미의 직감으로는 그가 강애리와도 화끈한 밤을 보낸게 분명하니 피장파장이다. 가만히 생각해 보면, 동진에게서 취하고 싶은 것은 그와의 섹스는 아닌 것 같다. 만약 유미가 재벌가의 며느리가 된다면 동진이 다른 여자와 기분 전환하는 것쯤은 눈감아 줄 수도 있을 것 같다. 물론 자신 또한 가끔 기분 전환을 해야겠지만. 유미가 원하는 건 섹스보다 달콤한 금력과 권력의 힘이 아닐까. 만약 가능하다면, 윤동진과 결혼하고 고수익을 애인으로 두면 환상적인 조합일 텐데…… 욕망에도 마음의 욕망과 몸의 욕망이 있다. 몸의 욕망이 다른 여자보다 강한 유미는 고수익의 발견에 아직까지 몸이 저릿저릿하다.

어쨌건 유미에게 결혼은 성사시켜야 할 하나의 중대한 프로젝트다. 그러기 위해서는 가장 큰 관문인 윤 회장을 넘어야 한다. 어쩌면 동진에게 사진을 제공한 것도 그 늙은이일지 모른다. 그 노인네를 어떻게 요리한다? 아차 싶으면 이참에 동진 대신 아예 그 노인네를 꼬셔? 그래서 동진의 새어머니가 된다? 공주가 아니라 왕비가 되는 거지. 유미의 상상이 날개를 달고 비약했다. 뭐 상상은 자유니까…… 유미는 상상의 나래를 타고 오랜만에 달콤한 잠 속으로 빠져들었다.

그다음 날 언론이나 매스컴의 반응을 분석해 보면 윤조미술관 재개관은 성공적이라는 평가가 대세였다. 유미는 일단 큰 짐을 벗은 듯 안심이 되었다. 그러나 윤 회장 측이 전언해 왔듯이 어쩌면 유미가 그 자리에서 물러날 날이 더 다가온 건지도 몰랐다. 윤 회장은 유미가 윤조미술관을 부흥시켜 놓고 아들의 장래를 위해 홀연히 사라져 주기를 원했다.

유미는 자신의 거취가 어찌될지 궁금했다. 얼마 전에 유미가 사표를 던졌을 때 동진 또한 일단은 유미가 재개관까지만이라도 책임을 다해 달라고 부탁했다. 조만간 동진에게서 공적인 연락이 있을 것이다. 유미는 일부러 전화를 하지 않고 있다.

과연 며칠 지나지 않아서 동진에게서 연락이 왔다. 사실 전화가

왔으나 유미가 받지 못했다. 퇴근 후에 고수익을 만나 호텔 뷔페에서 저녁을 먹고 있을 때였다. 지난번에 돼지처럼 먹자고 약속한 걸 못 지켰는데, 그 약속을 지키는 데는 호텔 뷔페가 최고라며 고수익이 추천했다. 고수익은 보기보다 식사량이 많았다. 어쩌면 그 식사의 다음 순서는 객실로 올라가야 할 것 같은 암묵적인 약속을 두 사람은 머릿속에서만 굴리고 있었다. 지난번 함께 치렀던 섹스의 관능이 야릇한 기대와 생기를 들쑤셨다. 수익의 눈빛이 더 반들거리고 유미의 감각이 더 예민해졌다.

그런 감정을 누르고 수익은 유미에게 사주 명리학에 대해 이런저런 재미있는 이야기를 해 주었다.

"유미 씨 사주 좀 대 봐요. 내가 한번 보게요."

"아이, 싫어요. 천기누설할 일 있어요?"

"싫으면 관둬요. 나도 사람을 선입견을 갖고 만나기는 싫어요. 사주는 과학이지요. 하지만 난 사랑은 과학이 아니라는 입장이거든요."

유미는 갑자기 무슨 생각이 떠올랐다.

"저 말고요. 보고 싶은 사람이 있는데 한번 봐 줘요."

"그래요? 어디 대 봐요."

"으음……"

유미는 사주를 말해 주었다.

"누군데요? 이름은?"

"그냥 묻지 말고 봐 주세요."

"…… 알았어요. 좋아요. 그런데 만세력이 없어서 여기서 보기는

238

좀 어려운데. 다음에 봐 가지고 올게요."

유미가 웃으며 고개를 끄덕였다.

"좋아요."

우승주에게 알아본 바로, 고수익은 보험회사원 출신으로 자기네 갤러리에서 얼마 전에 그림을 하나 샀다고 했다. 주식으로 재미를 좀 봤는지 돈은 좀 있는 남자 같더라. 그러며 승주가 덧붙였다. 초보 컬렉터인데 너네 미술관은 대어만 상대하니 걘 나한테 넘겨라. 그 남자 귀엽잖아. 웃는 거 보면 미주알이 쫄밋쫄밋…… 아유!

승주의 그 말이 아니라도 수익을 바라보고 있으니 지난번의 굉장했던 섹스가 떠올랐다. 음식을 다 먹고 난 유미는 화장을 고치기 위해 화장실로 갔다.

동진의 부재중 전화와 문자를 발견한 것은 화장실에서 입술을 고쳐 그리고 난 후였다. 시간은 이미 9시. 객실로 옮겨야 할까…… 그런 생각을 하며 휴대폰을 열었다. 동진이 전화를 세 번이나 했는데 받지 않자 문자를 남겼다.

―어디 있지? 오늘 밤 꼭 좀 보고 싶은데. 전화 줘.

왜 하필 오늘 밤이야? 유미는 망설이다가 전화를 걸었다. 왠지 중요한 일일 것 같았다.

"여보세요? 이사님?"

동진이 바로 전화를 받았다.

"왜 그리 전화를 안 받아? 지금 어디 있어?"

"시내에서 식사하고 있었어요."

"누구와?"

"초청 화가들과 호텔에서……."

"내가 그리 들르지."

"아뇨, 지금 식사 다 끝내고 헤어지려는 참이었어요."

"오늘 밤 좀 보지."

"오늘 밤 무슨 일로요? 근무 시간도 끝났는데."

유미는 동진을 상사로만 취급하겠다는 뜻을 에둘러 표현했다.

"당신과 나 사이에 그런 일만 있는 건 아니잖아."

유미는 잠시 생각하다가 대답했다.

"알았어요."

"9시 반까지 집으로 와."

"블루문에서 봐요."

"나 거기 싫어. 물먹었던 데잖아."

그러고 보니 유미가 취해서 그의 얼굴에 물을 끼얹었던 곳이다.

"그럼, 우리 처음 만났던 호텔 바에서 볼까?"

"저 거기 싫어요. 뺨 맞은 데잖아요."

유미도 지지 않고 말했다.

"그럼 우리 집 앞에서 9시 반에 봐요."

유미는 식당으로 돌아와 은근한 기대를 감추고 있는 수익에게 말했다.

"수익 씨, 미안. 갑자기 집에 손님이 오신다고 해서 가 봐야 해요."

"집으로 손님이…… 요?"

유미는 아차, 싶었다. 이 밤에 집으로 손님이 온다는 게 좀 이상하지 않나?

"으응, 사촌이 지방에서 갑자기 서울 올라왔다는데 오늘 밤 우리 집에서 재워 줘야 할 거 같아서……."

수익의 얼굴에 실망의 빛이 떠올랐다. 그러나 그는 금방 표정 관리를 했다.

"알았어요. 이번에 저한테 한 번 빚진 거예요."

"알았어요. 대신 식사 계산 내가 했어요. 덕분에 오늘 배부르게 잘 먹었어."

아쉬운 얼굴로 수익이 유미를 바라보았다. 유미는 서둘러 핸드백을 메고 수익을 떠났다.

아파트 단지로 들어와 차를 세우는데 마침 모범택시 한 대가 들어왔다. 거기서 동진이 내렸다. 유미는 비상등을 깜빡거렸다. 동진이 알아보고 유미의 차로 다가왔다.

"타세요."

동진은 잠시 망설이다 차에 올라탔다.

"기사를 보내고 오느라……."

유미와 공식적인 연인 관계가 아니니 기사 눈치를 보는 건 당연했지만 유미는 좀 섭섭했다.

"기사 여기 있잖아요. 어디로 모실까요?"

"집으로 가지. 남들 눈도 있고, 집이 편하잖아?"

"왜 사진 찍힐까 봐요?"

"사진은 무슨……."

"쉰네 집이 워낙 누추해서……."

"오늘 왜 이렇게 삐딱해?"

"그렇죠? 이상하게 자꾸 배배 꼬이네요. 꽈배기처럼."

"집에 술 있지? 술 한잔하면서 풀자."

집에 술이라면 마시다 만 양주가 한 병 있을 뿐이다. 인규와 한창 사이가 좋을 때는 집에 와인이 끊이지 않았는데……

"마시다 만 밸런타인이 있긴 한데. 술 사 올까요?"

"아니, 그러면 됐어."

유미는 동진과 함께 집으로 들어섰다. 동진을 앉혀 놓고 밸런타인과 잔을 찾아 꺼내고 얼음을 준비하려는데 그가 말렸다.

"그냥 스트레이트로 한두 잔 할 거야. 안주도 필요 없어. 이리 앉아 봐."

술을 마시고 싶은 게 아니라 하기 힘든 말을 하려는데 윤활유가 필요한 것이다. 유미는 그렇게 생각되었다.

유미는 동진의 맞은편 식탁 의자에 앉았다. 동진이 유미의 잔과 자신의 잔에 술을 따랐다. 유미와 동진은 서로의 눈을 보고 건배를 하며 단숨에 독한 술을 마셨다.

"오랜만이지? 좋다."

동진이 씩 웃었다. 유미가 술병을 들고 소파로 자리를 옮겼다. 무언가 말문을 트기 위해서는 남북 정상 회담용 같은 식탁보다는 정신과 상담용 소파 같은 널찍한 곳이 좋다. 동진이 잔을 들고 소파로 와서 유미 옆에 앉았다. 유미가 빈 잔을 채웠다. 두 사람이 다시 술잔을 부딪치며 말없이 마셨다. 동진이 먼저 말문을 열었다.

"이번 미술관 재개관은 정말 애썼어. 멋지게 잘 해냈어."

"고마워요."

"칭찬해 주고 싶었는데, 그날 너무 정신이 없었어."

"그랬겠죠. 어련하셨겠어요."

유미는 그날 밤 강애리와 함께했을 동진의 행각을 생각하고 비꼬았다.

"아버지가 워낙 강짜시다 보니까. 우리 집 분위기가 그래."

유미의 비꼬는 말에 동진은 윤 회장 핑계를 댔다.

"대충은 눈치채고 있었지만, 역시 당신은 회장님 꼭두각시더군요."

"뭐 그렇게까지야……."

"회장님이 짝을 맞춰 주신 대로 잘 어울리는 한 쌍이더군요. 뭐, 한 쌍의 바퀴벌레처럼 징그럽게도 잘 어울리더라고요."

"무슨 소리야?"

"시침 떼지 마요. 귀신은 속여도 내 눈은 못 속여요. 애리인지 오리인지 그 여자 말이에요."

"아, 강애리. 그 여자는 아버지 절친한 친구의 딸이야. 부친이 오래전부터 아버지 사업의 금융 파트너라고 할 수 있지."

"아버지끼리 파트너면 자식들도 파트너가 되는가 보죠? 그래, 짝짓기는 잘했어요? 그 집오리랑?"

"집오리?"

"걘 강에 나가 노는 강 오리는 못 되겠던데……."

동진이 풋, 하고 웃으며 수긍했다.

"으음. 좀 그렇지?"

"그냥 돈 있는 집의 귀염둥이로 커서 꾸밀 줄이나 아는 된장녀지 뭐. 아니 집오리도 아냐. 남편 골만 파먹을 탐관오리지."

"탐관오리? 앗싸! 가오리, 아니고? 무남독녀에 재산도 많은데?"

"근데 명줄이 짧아야지."

동진이 술에 취했는지 쿡쿡 웃으며 유미의 옆구리를 찔렀다.

"오유미가 질투하니까 웃긴다."

"그럼 당신도 하는 질투, 여자인 내가 못 할까 봐? 특히 상상력과 감성이 뛰어난 이 오유미가?"

"그래, 오유미는 뛰어난 여자지."

스트레이트로 넉 잔을 연거푸 마신 동진이 취기가 오르는지 발개진 얼굴로 오유미의 가슴을 파고들었다.

"말해 봐요. 그날 탐관오리랑 짝짓기 했어요, 안 했어요? 이자 더붙기 전에 바른대로 말해요."

"이자는 뭐야?"

"내 뺨 때린 거 기억 안 나요?"

"아, 그거……."

"오프닝 행사 끝나고 나 얼마나 힘들었는지 알아요? 당신은 내게 따스한 눈길 한번 주지 않고 그 여자랑 사라졌어요. 그날 밤 무슨 일이 일어났는지 내 눈에 훤해요. 둘이 함께 차를 타고 나가 그날 밤 잤죠?"

동진이 찔끔, 놀라는 눈빛으로 물었다.

"그런데 당신 무슨 신통력 같은 거 있어?"

유미는 동진에게 그날 강애리의 통화를 엿들었다는 말을 할 수는 없었다.

"그래요. 난 육감이 뛰어나요. 특히나 사랑하는 사람의 신변은

훤히 보이는 경우가 있어요. 그날이 그랬어요. 그래서 괴로웠고요."

동진이 그 말을 믿는다는 듯이 고개를 끄덕였다.

"더 이상 매를 벌지 말아야겠군. 그래. 그날 밤, 그 여자랑 잤어."

"에잇, 이 탐관오리보다 더 나쁜 놈!"

유미가 저도 모르게 손을 올리자 동진이 피하지 않고 말했다.

"그래, 날 때려 줘. 어서! 당신 지금 얼굴이 얼마나 섹시한 줄 알아?"

이런, 또 노예근성이 나오는구나. 유미는 들어 올린 손으로 에라, 모르겠다, 동진의 얼굴을 세게 때렸다. 동진의 얼굴이 홍분으로 들떴다. 동진이 유미의 얼굴에 키스하며 말했다.

"당신이 정말 그리웠어. 나를 이해해 주고 나를 그대로 사랑해 줄 사람은 오유미밖에 없어."

유미가 동진을 밀쳐 냈다.

"당신에게 도대체 내가 누구인지 모르겠어요."

"당신은 물처럼 공기처럼 내게 편안한 여자지."

"정말 날 물로 보지 마요. 비슷한 신분의 여자와 온갖 좋은 척 다 하다가, 배설할 때나 찾게 되는, 나 창녀 같은 여자 아니에요."

동진이 유미의 어깨를 낚아채며 말했다.

"아냐, 그 여자와 좋지 않았어. 어느 누구와도 좋지 않았어. 아무리 내가 여러 이유로 당신을 내치려고 해도 결국에는 내 몸이 당신을 그리워해."

동진이 유미를 안았다.

"그 여자와는 재미없었어. 평생 이렇게 살아야 한다면 도망가야겠구나, 란 생각만 들었어. 당신과 알콩달콩 함께했던 놀이들이 그리웠어."

그랬겠지. 애리 같은 여자는 동진의 취향을 이해하지 못할 것이다. 세상 대부분의 여자가 동진 같은 남자를 변태라고 부르겠지. 유미 또한 그의 취향과 맞는 것은 아니다. 그에게 맞춰 줄 수 있을 뿐이다. 하지만 평생을 동진과만 섹스하라고 한다면 얼마 못 가 지쳐 버릴 것 같다.

"당신에게 일부러 잔인하게 굴었던 거 미안해. 나를 때려. 세게 때려 줘."

동진이 아이처럼 보챘다. 그 모습을 보자 정말 동진이 어린 아들이나 되는 것처럼 안쓰러워 보였다. 유미가 동진을 물끄러미 바라보았다.

"오유미, 제발 그런 표정 짓지 마. 내가 맡겨 놓은 서류 가방 어디 있지?"

서로 한창 즐길 무렵 동진은 각종 도구가 든 가방을 유미의 집에 맡겨 놓았다. 하긴 그 짓을 한 지도 꽤 오래됐다. 맞고 싶어 몸이 근질근질한가 보다.

"침대로 가서 벗고 얌전히 누워 있어요."

유미가 명령하듯이 말하자 동진은 얼른 침실로 들어갔다. 유미는 거실의 서류장 속에 들어 있는 가방을 찾아냈다. 가방을 급히 들고 나가다가 엄마의 유품을 넣어 놓은 쇼핑백이 넘어져 내용물이 쏟아져 나왔다. 그것도 모르고 유미는 가방을 들고 얼른 욕실로 들어갔다. 대충 샤워를 하고 욕실장 속에서 가면을 찾아 썼다. 인규와 함께 베네치아에서 산 귀부인 가면이었다. 그리고 신발장으로 가서 하이힐을 꺼냈다. 실오라기 하나 걸치지 않은 알몸에 12센티미터짜리 킬 힐을 신고 서류 가방을 들고 유미는 침실 문을 열었다.

알몸으로 침대에 누워 있던 동진이 유미가 들어서는 모습을 보고 격하게 흥분했다.

"지금부터 내 말 잘 들을 거지?"

유미가 물었다.

동진이 고개를 끄덕였다. 유미가 눈가리개로 동진의 눈을 가렸다.

"바닥으로 기어서 내려와."

동진이 그대로 침대에서 방바닥으로 내려왔다. 유미는 가방을 열어 수갑을 꺼내 동진의 오른손을 침대 다리에 결박했다. 유미가 동진의 왼손을 자신의 젖가슴에 갖다 대자 동진이 흥분으로 신음 소리를 냈다.

"오늘 내 손에 죽을 수도 있어."

"응, 죽여 줘."

유미가 동진의 맨 발등을 킬 힐을 신은 한쪽 발로 찍었다. 동진의 입에서 신음인지 비명인지 모를 소리가 흘러나왔다.

"아파?"

"아니, 좋아."

이번에는 킬 힐이 동진의 손바닥에 올라탔다 내려왔다. 동진이 유미의 킬 힐 신은 늘씬한 다리를 어루만졌다. 두 눈은 가린 채 안타까운 듯 자유로운 한쪽 손만으로 유미의 다리를 오아시스를 찾는 사막의 낙타처럼 더듬더듬 타고 올라갔다. 오아시스에 살짝 동진의 손이 닿자 유미는 몸을 빼고 채찍을 들고 그의 가슴께를 한 대 쳤다. 그가 부르르 떨면서 흥분하는 모습이 보였다. 가면 사이로 장롱 거울에 그런 모습이 샅샅이 비쳐 보이자 유미 역시 흥분되었다. 유미는 거울에 비친 자신의 모습에 야릇한 쾌감을 느꼈다. 발가벗고 있는 몸은 비너스처럼 아름다운데, 긴 머리칼에 가면을 쓰고 송곳처럼 날카로운 킬 힐을 신고 채찍을 들고 근육질의 건장한 재벌 2세 남자의 몸을 후려치고 있는 자신의 모습이 기절할 만큼 뇌쇄적이었다. 젖꼭지가 뾰족하게 선 유방이 공처럼 탄탄하게 올라붙고 온몸이 긴장감으로 단단해진 게 거울로도 보였다. 유미는 거울 속 자신의 모습에 싸늘한 미소를 날렸다.

채찍을 몇 번 후려치자 힘에 부쳤다. 대신에 동진은 흥분으로 유미를 애타게 불렀다. 이번에 유미는 채찍을 던져 버리고 동진이 벗어 놓은 넥타이를 손에 들었다. 명품 넥타이를 나일론 끈처럼 사용해서 안됐지만, 주인을 잘못 만난 탓이니 어쩌겠는가. 유미가 동진의 몸에 올라탔다. 동진은 흥분의 도가니에서 유미의 몸이 닿자 미친 듯이 유미의 몸에 밀착했다. 유미는 그런 동진의 목에 넥타이를 걸었다.

"오유미, 정말 죽인다!"

동진이 숨을 헐떡이며 말했다.

"그래, 오늘 정말 내 손에 죽을지도 몰라."

"그럼 황공하지."

"죽을래? 살래? 물론 나하고 살 수도 있지. 매일 이 죽음 직전의 황홀경을 탐하면서."

"그러고 싶어."

동진이 아랫도리를 강하게 밀착해 왔다. 유미는 그를 받아들였다.

"하지만 난 당신을 이대로는 못 믿어. 맹세할 수 있어?"

"사랑해. 정말. 어떤 여자보다도 내겐 당신이 최고야."

"그런 말은 필요 없어."

유미가 몸을 뺐다.

"아, 안 돼, 유미……."

동진이 안타깝게 소리를 질렀다.

"약속해 줘. 이거 장난 아니야. 이거 게임 아니라고."

"알았어. 제발……."

동진이 애원하자 유미는 다시 동진의 위에서 그를 받아들였다. 그리고 그의 목에 건 넥타이를 당겼다.

"나 없이 살 수 있겠어?"

"못 살아."

유미가 그의 목을 조금씩 넥타이로 조였다. 그러자 동진의 페니스가 더욱 팽창하는 게 느껴졌다.

"그럼 나와 결혼할 거야?"

"그래."

그가 금방이라도 폭발할 것 같았다. 유미는 다시 한 번 흥분을 어금니로 누르고 삽입된 그것을 아래위로 조였다. 그리고 넥타이를 고삐처럼 꽉 잡고 냉정하게 물었다.

"서약할 수 있어?"

동진은 이미 절정에 다가가고 있었다. 유미는 다시 한 번 다짐했다.

"확실히 해."

동진이 몸을 떨며 부르짖었다.

"할게. 할게. 할게. 뭐든지 할게!"

그리고 그는 오래 참았던 걸 쏟아 냈다. 그 순간 유미도 쾌락이라는 기차의 마지막 칸에 뛰어올라 바람 같은 절정을 맛보았다. 왠지 끝까지 만족하지 못했다는 느낌이지만 그건 당연했다. 유미는 오르가슴이 목적이 아니었다. 오르가슴을 통제하면서 윤동진을 조절해야만 했다. 인생의 꽃밭에는 두 마리의 토끼가 뛰놀지만 두 마리를 다 잡을 순 없다. 윤동진을 만족시키면서 자신의 다른 욕망을 만족시키면 되는 것이다. 방법이 좀 이상하지만 우유부단한 윤동진의 입에서 결혼 약속을 받아 냈다. 유미는 동진의 손을 풀어 주고 안대를 풀어 주었다. 동진은 유미의 몸을 두 손으로 어루만지며 사랑스럽게 유미를 바라보았다. 유미도 동진의 두 눈에 입맞춤을 하며 그를 깊게 포옹했다.

동진이 욕실에서 몸을 씻고 나오자 유미는 시원한 꿀 차를 만들어 왔다. 유미가 동진의 붉게 자국 난 살을 호호 불면서 말했다.

"마셔요. 아유, 짠해라. 취향도 참."

동진이 꿀 차를 한 번에 쭉 들이켰다.

"아아, 살 거 같아. 너무 좋다!"

유미가 동진의 손에 볼펜을 쥐여 주었다. 동진 앞에는 흰 종이가 놓여 있었다.

"아까 약속했잖아."

"…… 그래."

동진이 머리를 긁적였다.

"결혼 서약서 쓰기로……."

"뭐라고 쓰지?"

"윤동진은 어떤 제약에도 불구하고 오유미와 결혼하기로 서약한다고 쓰고 날짜 쓰고 사인하면 되지."

동진이 머뭇거렸다.

"좀 치사하다…… 어떤 제약에도란 문구에도 좀 어폐가 있는 것 같고……."

"약속은 약속이니까 일단 그렇게 써요."

"내 마음은……."

"알아요. 동진 씨 마음. 그걸 표현하는 거예요. 내가 그거라도 붙들고 있고 싶으니까."

"그냥 그런 의미야?"

유미가 고개를 끄덕였다.

"알았어."

좀 전에 머뭇거리던 동진은 흰 종이에 시원스러운 필체로 서약서를 쓰고 사인을 했다.

"결혼할 인연은 하늘이 내는 거래요. 하늘이 갈라놓으면 어쩔 수 없겠죠. 하지만 애초에 결혼 이야기를 꺼낸 건 당신이고, 아무것도 가진 거 없는 나는 그렇게 흔들리는 당신의 뭘 믿고 사랑해야 하는 거죠? 나는 창녀가 아니니 돈은 필요 없고, 그냥 정표처럼 약속의 글을 받고 싶었어요."

유미가 동진에게 살포시 기대어 말했다. 동진이 유미의 머리칼을

쓰다듬으며 고개를 끄덕였다. 유미가 소파에 길게 누웠다. 나른함
이 몰려왔다. 그때 동진이 몸을 일으키며 물었다.

"내 서류 가방 전에처럼 저기다 두면 돼?"

"네, 그런데 강애리는 서류 가방 알아요?"

"걔가 어떻게 알겠어. 그냥 통나무던데. 통나무는 좀 심하고
딱딱한 플라스틱 마네킹 같더라고. 몸도 그렇고 상상력도 그렇
고······."

"상상력, 중요하죠."

"내가 유미, 당신을 좋아하는 건 당신의 탄력 있는 몸도 좋지만,
상상력이야. 스펀지처럼 탄력 있는 당신의 정신, 상상력이야."

"그래요. 상상력이 풍부하지 않으면 뭐든지 편협할 수밖에 없어
요. 섹스도······."

까마득히 잠의 나락으로 빠져드는데 동진의 목소리가 들려왔다.

"뭐야, 여기 뭐가 떨어져 있네."

서류장에 가방을 넣던 동진이 말했다. 그러나 유미는 잠에 빠졌
는지 소파 아래로 팔을 늘어뜨리고 있다. 서류장에 낡은 쇼핑백이
들어 있었는데 그 바깥에 사진과 무슨 편지 같은 게 떨어져 있었
다. 사진은 옛날 흑백 가족사진 같은데 너무 작아서 얼굴을 잘 알
아볼 수 없는 데다 누군가의 얼굴에는 구멍이 나 있었다. 편지는 펼
쳐 보니 연서인 것 같았다. 잠깐 일었던 호기심도 유미가 몸을 뒤채
자 금방 사라졌다.

"잠이 쏟아져······ 채찍질 너무 힘들······ 었······ 어······."

동진은 얼른 그것을 쇼핑백에 주워 넣고 서류 가방과 함께 넣은

뒤 서류장 문을 닫았다. 누군가의 휴대폰이 울리는지 진동 음이 들렸기 때문이다. 벗어 놓은 옷가지 사이에서 울리는 그것을 집어 들었다. 유미의 휴대폰에서 울리는 소리였다. 전화는 바로 끊어졌다. 액정 화면을 보니 '돼지'라고 떠 있었다. 돼지? 돼지가 누구야? 동진은 돼지처럼 뚱뚱한 푸줏간 주인이 떠올라 웃었다. 소파에 길게 누운 유미의 흰 몸이 스탠드 불빛에 은은하게 빛났다. 그때 동진의 휴대폰에 문자가 들어오는 소리가 났다.

―오빠, 내일모레가 아빠 생신인데 오빠 우리 집에 초대할게요. 특히 엄마가 오빠를 많이 보고 싶어 하세요. 엄마보다 오빠를 더 그리워하는 애리는 이제 저만의 애리가 아니네요. 내 안에 오빠가 늘 있는데 난 왜 자꾸 오빠가 그립죠?

동진이 휴대폰을 끄고 한숨을 길게 내쉬었다. 애리는 이제 저만의 애리가 아니네요. 그 문장이 자꾸 밟혔다. 미국에서 MBA를 마치고 돌아온 강애리는 스물여덟 살이다. 유미가 족집게 무당처럼 집어냈듯이 미술관 오프닝 날에 강애리와 술을 마셨다. 유미와 냉전 상태여서 착잡한 심정이기도 했고, 동진에 대한 강애리의 일편단심의 애정이 애틋해서 호텔에 함께 들었다. 강애리는 의젓했다. 사랑하는 사람과 함께 자는 것이 부끄럽지 않고 당당하다고까지 말했다. 그런데 놀랍게도 강애리는 처녀였다. 스물여덟 살이 될 때까지 어떻게 처녀를 사수할 수 있었을까. 강애리같이 철저하게 보호 속에서 키워진 여자는 그런 걸까? 동진은 그 이후로 마음이 무거웠다. 그런 여자가 나 같은 놈을 어떻게 이해할 수 있을까. 그건 서로가 불행한 일이다. 그러나 동진에게 최초로 몸의 문을 연 강애리는 그 후 거침없이 동진에게 빠져들었다.

숙맥인 강애리와 그렇게 얽혀 버렸으니 정말 결혼이라도 해야 할지 몰랐다. 아버지는 거의 그렇게 의중을 굳힌 것 같았다. 그런데 유미에게 결혼 서약서를 쓰다니. 사실 강애리와 결혼을 하더라도 유미를 잃고 싶지 않은 게 솔직한 마음이다. 돈이 얼마가 들든지 유미를 결혼보다 더 실질적인 내연의 관계로 곁에 두고 싶다. 그러나 결혼만큼은 유미와 하는 게 썩 내키지 않는 것도 사실이다. 어떻게 해야 유미를 잡아 둘 수 있을까. 모든 기득권을 포기하고 주식을 정리해서 유미와 아무도 없는 외국으로 나가서 살까? 동진의 머릿속은 복잡했다.

우정과 애정

미술관 일도 예정대로 잘 돌아가고, 오랜만에 단꿈 같은 평화로운 나날이 흘렀다. 그러나 단꿈은 원래 일찍 깨는 법. 점심시간이 되어 유미는 아직 출국하지 않고 서울에 머무르고 있는 프랑스 화가 위베르와 식사를 할까, 생각하고 있었다. 그는 폴의 친구이며 유명 화가다. 재개관전 이후로 새 전시회 준비를 해야 하는데 그와 화풍이 비슷한 김 교수와 듀오 전시회를 열 계획이었다.

그런데 갑자기 지완이 미술관으로 찾아왔다.

"어머, 지완아. 웬일이야? 나 보러 온 거니?"

지완을 본 유미는 얼결에 용준을 쳐다보았으나 웬일인지 두 사람은 모른 척했다. 두 사람 사이에 무슨 일이 있었나……? 하긴 그동안 하도 바빠서 지완이나 용준과 사적인 얘기를 할 틈도 없었다. 지완의 얼굴은 몹시 불안해 보였다.

"미술관 재개관했다는 소식은 들었는데, 한번 와 보고 싶었어.

한데 하도 정신이 없어서……."

"왜 무슨 일 있었어?"

"점심 같이 먹자."

"미리 전화나 하고 오지."

"미안…… 많이 바빠? 어쩔 수 없었어. 선약 있더라도 좀 깨라."

유미가 용준을 눈짓으로 가리켰다. 데리고 가? 지완은 고개를 저으며 말했다.

"너한테 긴히 할 얘기가 있어서 왔어."

그러고 보니 지완의 얼굴은 많이 상해 있었다.

"좀 조용한 데로 가자."

"그래, 알았어."

유미는 지완을 데리고 근처 일식집 룸으로 갔다. 지완은 주문한 음식을 먹는 둥 마는 둥 하며 말을 아꼈다. 유미는 혹시 지완이 뭔가를 눈치챈 건 아닌가, 하는 일말의 불안감을 느끼며 물었다.

"왜 무슨 일인데?"

"사는 게 왜 이리 힘드니?"

"원래 인생이 그렇지 뭐. 오르막길이 있으면 내리막길도 있고. 넌 그동안 탄탄대로였잖아."

"요즘엔 네가 정말 부러워."

지완이 유미를 보고 한숨을 쉬었다.

"얘는 내 팔자가 뭐가 좋다고…… 난 예전부터 네가 부러웠는데."

지완이 초밥 하나를 젓가락으로 이리저리 굴리더니 겨우 입을 뗐다.

"인규 씨가……."

유미가 불안하게 물었다.

"인규 씨가 왜……?"

"미쳤나 봐."

"그래, 좀 이상해졌다며……?"

"아주 비열하게 매달리고 있어. 난 정말 오만 정이 다 떨어졌어."

"그래도 미운 정 고운 정 오래 든 남편 아니니. 좀 불쌍하기도 하다."

"그래, 인간적으로 그렇기는 해. 하지만……."

지완이 물을 한 모금 마시고 말을 꺼냈다.

"이혼을 결심하고 나니까 이제 그 사람과 인연이 다 끊어진 거 같더라. 내가 그 사람한테 서류 준비해 놨다고 이혼해 달라고 통보했어. 그랬더니 이 남자가 나한테 협박하는 거야. 아이들과 동반 자살해 버리겠다고. 아이들 학교로 몰래 가서 아이들을 친정집에 빼돌려 놨어. 그랬더니 밤마다 술 먹고 나한테 전화해."

"뭐라고 하는데?"

"횡설수설이야. 애원했다가 날 죽이겠다고 협박도 했다가…… 정말 이 인간 미쳤어."

"설마……."

"지난번엔 찾아와서 자기가 사람을 죽였다며 울더라."

"뭐?"

놀란 유미는 하마터면 물 잔을 엎을 뻔했다.

"그러니까 미쳤지. 술을 마시긴 했지만 원래 제정신이 아니야. 자기는 그런 놈이라며, 그래서 그 벌로 스스로 언제 생을 마감할지 모르는 놈이라며 나를 마지막 여자로 생각한다나…… 그러니 아이들의 아빠만으로라도 자기를 버리지 말아 달라고."

"그래서……?"

지완이 콧방귀를 뀌었다.

"그게 다 쇼지 뭐. 최대한 불쌍하게 보이려고. 아니면 정말 미쳤는지도 몰라. 언제부터 누군가가 자기를 노리고 있다며 사람들을 피하고 폐인처럼 돼 가더니……."

"그래서 넌 어쩔 셈인데?"

"무서워. 더 이상 한집에서 못 살 거 같아. 그런 사람을 받아들이면 내가 정신이 이상한 거 아니니?"

유미는 지난번에 집으로 찾아왔던 인규의 절망적인 얼굴이 떠올랐다. 그때 지완이 은밀한 목소리로 유미를 불렀다.

"유미야……."

"어……?"

"너한테 부탁할 게 있어."

"네가 나한테 부탁을……?"

"넌 내 친구지?"

"응."

"세상에 둘도 없는 베스트 프렌드지?"

유미는 지완이 무슨 말을 하려고 하는 걸까, 궁금하고 불안해졌다.

"그렇다고 할 수 있지."

"우리 스무 살 때 처음 만나서 우정을 약속했잖아. 영원히 변치

말자고."

그랬지……. 그러나 세상에 변하지 않는 게 어디 있을까. 약속은 변함없이 기억나건만, 두 여자의 인생이 변하지 않았나. 변화무쌍한 인생의 앞날에 과거의 약속이라는 건 지나고 보면 얼마나 허망한 것인가.

"약속해 줘."

아니, 또 무슨 약속? 스무 살 처녀처럼 지완이 새끼손가락을 내밀었다.

"뭘?"

"날 원망하지 않겠다고."

내키지 않았지만 지완의 눈빛이 하도 진지해서 새끼손가락을 내밀었다.

"유미야, 우린 친구잖아. 너는 나랑 다른 삶을 살아도, 난 너를 생각하면 늘 든든했어. 강한 여자의 아름다움 같은 거라고나 할까. 질투 이전에 나를 오래 사로잡은 감정은 그런 거였어."

"말해 봐."

유미가 조용히 채근했다. 지완이 눈을 내리깔고 말했다.

"아마 내가 약하기 때문에 그랬을 거야. 이번에 이 일도, 비겁하다는 건 알지만 그렇게 할 수밖에 없었어. 네가 나보다 더 강하니까 잘 처리해 줄 거라 생각해서……."

유미는 점점 더 궁금해졌다.

"있잖아. 아까 그 사람이 또 술 먹고 전화했더라. 안 받으려다 받았더니 이번엔 또 협박하더라. 그동안 징징대는 걸 내가 눈 하나 깜짝 안 했더니, 날 간통죄로 고소하겠대. 박용준에 대해서도 알더라. 뒤로 조사해 봤다나. 아니, 고소하는 것도 귀찮으니까 나와 박용준을 죽여 버리겠대. 자기는 이제 무서운 거 없대. 정말 미친 거 아니니?"

"쥐도 막다른 길로 몰리면 고양이를 문다잖니."

"그래서 내가 거짓말을 했어. 오해라고, 박용준과 나는 불미스러운 관계가 아니라고. 사실은 유미의 애인이라고. 유미가 박용준과 연애도 하고 일도 부려 먹고 하다가 그 회사의 오너인 재벌 2세와 결혼하려고 박용준을 자꾸 부추겨서 나한테 붙여 준 거라고. 그래서 그 남자가 나한테 빠져서 내가 제 애인인 양 날 쫓아다녀서 내가 피해 다니느라 힘들었다고. 난 그 남자한테 아무 관심도 없었다고 말이야. 유미한테도 물어보고 그 남자한테도 물어보면 다 안다고……."

"아니, 뭐라고?"

이게 무슨 소리야?

"유미야, 미안해. 무서워서 거짓말했어. 죽이겠다잖아. 이해해 줘. 나 정말 황인규랑 빨리 조용히 끝내고 싶거든. 사실 말이야 바른 말이지, 무슨 상관이야. 네가 박용준과 애인 관계라도 황인규한테는 아무 문제가 안 되잖니. 그리고 용준 씨와 네가 그런 관계 아닌 건 용준 씨와 나도 다 아는 사실인데, 그냥 좀 눈감아 주면 되잖아. 친구를 위해서……."

유미의 머릿속에 순간, 일이 이렇게 꼬일 수도 있구나, 란 생각이 들었다. 그렇다고 지완에게 그간의 진실을 다 얘기할 수도 없다. 다시 한 번 상처받았을 인규의 모습이 떠올랐다.

"내가 다 약한 탓이야. 그냥 그 순간을 모면하고 싶었나 봐. 넌 강하니까 그런 거 정도야 별거 아니잖니. 혹시라도 인규 씨가 물으면 그렇다고 대답하면 돼. 아마 그럴 일도 없을 거 같다만. 네가 알고는 있어야 할 거 같아서 고백하는 거야. 미안해, 유미야. 날 좀 도와 줘."

"인규 씨는 뭐래?"

"그냥…… 그냥 아무 말 없이 전화를 끊더라. 잘 넘어간 거 같아. 순간적으로 그런 꾀가 반짝 떠오르다니. 똥을 피하려다 보니 참 별 순발력이 다 나오고…… 괜찮지, 유미야?"

지완은 살짝 웃기까지 했다. 유미는 그런 지완이 얄미운 생각이 들었다. 그러나 사실 지완을 엄청나게 배신하고 있는 자신을 생각하면 그 정도는 별거 아닐지도 몰랐다.

"그래, 넌 똥을 잘 피했다만, 똥물이 나한테 튀었구나."

"세탁비 생각해 줄게. 이혼만 하면……."

유미가 애써 무덤덤한 표정을 짓자 지완은 한술 더 떴다.

"유미야, 이건 네가 친구니까 말하는 건데…… 언제 또 부탁하면 들어주면 좋겠어."

"무슨 부탁이 또 있어?"

"그게…… 인규 씨가 좀 정신이 그렇잖니. 최악의 경우에는……."

"최악의 경우에는……?"

"정신과 의사에게 조언을 좀 구하고 있어. 그건 나중에 닥치면……."

지완이 고개를 끄덕였다. 무슨 소리인가? 인규를 정신병원에 집어넣겠다는 소리인가? 강제로라도 지완이 인규와 이혼하려면 그러는 게 유리할 거란 생각이 퍼뜩 들었다. 지완이 유미를 보고 희미하게 웃었다. 유미가 그런 지완을 낯설게 바라보았다. 부부 연은 맺기도 힘들지만, 끊기는 더 힘든가. 서로 사랑했던 인간들이 모든 관계의 끝에서 이렇게 잔인해질 수밖에 없다니.

"얘, 유미야. 네가 못 봐서 그래. 그 사람 눈빛도 이상하고 정말 무서워. 게다가 자기가 사람을 죽였는데 나더러 안 믿는다고 울면서 패악을 치더라니까."

유미는 지완의 입에서 그 소리를 들으니 섬뜩했다. 인규의 입에서 그런 말이, 더구나 지완에게 그런 말을 하다니. 인규의 입에서 무슨 말이 어디까지 나올까. 인규는 입에 폭탄을 물고 있구나. 무덤까지 가져갈 비밀이라는 걸 인규도 잘 알 텐데…… 그러니 인규는 정말 미친 게 아닐까.

"어쩌다 인규 씨가 그 지경이 됐니……."

유미가 인규를 동정했다.

"그러게 말이야. 그렇지만 황인규보다 내가 더 불쌍하지. 오유미, 넌 친구인 나보다도 황인규가 더 불쌍하다는 투로 말하네."

"그럴 리가? 그나저나 인규 씨가 그런 헛소리까지 하는 걸 보면 정말로 정신이상이야. 뭔가 조치를 취하긴 해야겠다, 얘."

그래, 어떡하든 인규의 입에 든 폭탄은 제거해야 한다. 여러 사람이 다치니까.

그런데 일이 기어이 터지고 말았다. 지완과 헤어진 유미는 무거운 마음으로 사무실로 돌아왔다. 인규와의 관계를 추호도 의심하지 않는 지완 앞에서 유미는 지완의 말대로 베스트 프렌드로서의 우정을 보여 줄 수밖에 없었다.

퇴근 시간이 다 되어 갈 무렵 바깥이 소란해졌다. 남자들이 언성을 높이는 소리가 나더니 여직원이 비명을 지르는 소리까지 들렸다. 급기야 뭔가를 치는지 투덕거리는 소리가 났다. 인터폰이 울렸다. 아르바이트생이었다.

"아, 실장님. 이상한 사람이 들어와서 난동을 부리고 있어요. 실장님을 만나겠다고 하는 거 안 계신다고 했으니까, 사무실 문 잠그고 계세요."

"경비를 부르세요."

"예, 그런데 자꾸 실장님을 만나야 한다고 하네요."

도대체 누군데 그러는 걸까? 유미는 직원의 당부에도 불구하고 호기심에 살짝 문을 열어 보았다. 박용준의 멱살을 잡고 승강이를 벌이고 있는 사람은 다름 아닌 인규였다. 박용준이 소리쳤다.

"당신 또라이 아냐? 아까 해명해 줬으면 됐지, 왜 여기까지 와서 이 난리냐고!"

"뭐 또라이? 이 색골같이 생긴 새끼가 어디다 대고 지랄이야."

"이 아저씨가 정말! 한 살이라도 젊은 내가 참아 주려 해도 못 참아 주겠네. 색골? 그래 당신, 내가 부럽지? 오뉴월 개 혓바닥처럼 늘어진 당신 그거 백날 주물러도 안 되지?"

"뭐야! 이 새끼가!"

인규가 용준의 얼굴을 한 대 갈겼다. 용준이 인규를 벽에 밀어붙였다.

"나 당신한테 맞을 이유 없어. 어디서 뺨을 맞고 나한테 와서 분 풀이하는지 모르겠는데, 나 당신 부인이랑 아무 일도 없었어. 애가 둘이나 딸린 그저 그런 아줌마한테 나 관심 없다고."

인규가 다시 머리로 용준의 가슴을 밀었다.

"너 오유미 애인이라며?"

"그게 당신하고 무슨 상관이야?"

인규가 그 말에 펄쩍 뛰어오르며 고함을 쳤다.

"오유미, 너 당장 나와! 네가 나한테 이럴 수 있어, 엉?"

그때 경비가 달려들어 인규와 용준을 떼어 놓았다. 경비가 인규를 끌고 가려 하자 인규는 더더욱 버티며 소리를 질렀다.

"오유미, 너 가만 안 둔다. 나 이대로 안 죽어. 오유미 나와! 네 정체를 다 까발려 버릴 거야!"

아무리 이성을 잃었다고 하지만, 그대로 두었다간 더 시끄러워질 게 분명했다. 황인규가 두려워서 피하나. 그의 입에 든 폭탄이 두려운 거지. 게다가 상부에 알려지면 신경 쓰인다. 유미가 문을 열고 나왔다.

"황인규 씨!"

패악을 부리던 인규가 퍼뜩 정신이 든 듯 돌아보았다. 경비가 물었다.

"아시는 분이세요?"

"네, 친구 남편이에요. 보시다시피 상태가 좀……."

"이 사람, 제정신이 아니에요. 나 참!"

박용준도 옷을 털며 말했다. 유미가 인규를 보며 말했다.

"지완이가 많이 걱정하고 있어요. 요즘 상태가 더 악화된 거 같다고. 약 잘 챙겨 드셔야죠. 안 그래도 지완이와 자리 한번 같이하려고 했어요. 저도 지완이에게 황인규 씨에 대해 할 말도 있고 말이죠. 제가 시간 한번 봐서 연락드릴게요. 그럼 안녕히 가세요."

그렇게 수선을 피우던 인규가 갑자기 수그러들었다. 유미가 지완과 함께 만나 인규에 대해 할 말이 있다고 한 때문일까.

"황인규 씨가 이러면 주변 분들이 다치고 아파요. 그거 아시죠? 이분 취하신 거 같은데 택시 불러서 집까지 좀 태워서 보내 드리세요."

유미가 지폐를 꺼내 경비에게 주었다. 인규가 경비를 뿌리쳤다. 그리고 유미를 바라보았다. 희번덕, 묘한 광채가 도는 눈빛이었다. 지완이 두려워할 만도 하겠구나. 유미도 속으로는 그 눈빛에 놀랐지만 태연하게 마주 보았다. 그 눈빛 속에는 인규의 두려움이 숨어 있었다. 사냥꾼에게 쫓기는 맹수의 눈빛이 저럴까. 제 앞에 다가오는 운명을 아는 짐승의 눈빛이 저럴까. 유미는 순간, 가슴을 면도날로 긋는 듯 날카로운 통증을 느꼈다. 유미를 그렇게 응시하던 인규가 뒤돌아섰다. 그리고 현관을 향해 허청허청 걸어 나갔다.

경비도 물러나고, 직원들의 웅성거림과 용준이 옷매무새를 고치며 투덜대는 소리를 뒤로 하고 유미는 방으로 돌아왔다. 인규의 그 눈빛이 뇌리에 박혀 지워지지 않았다. 힘없이 걸어가는 그의 뒷모습도…… 유미는 의자에 머리를 기대고 눈을 감았다.

용준이 노크를 하며 들어왔다.

"신경 쓰지 마세요. 그 또라이…… 길 가다 똥 밟았다 생각하세요. 길 가다 돈을 줍는 날도 있지만 똥을 밟는 날도 있잖아요. 재수 없는 날 말이죠. 아까 오후에 카페에서 잠깐 보자고 점잖게 전화가 왔더라고요. 사실 지완 씨랑 미리 입을 맞췄거든요. 지완 씨가 오늘 오전에 전화해서 작전을 말해 줬어요. 지완 씨와의 관계는 잡아떼고 오 실장님 애인하기로…… 그 남자 그때는 수긍하는 거 같더니 어느새 회사까지 와서 오 실장님한테까지 그럴 줄 몰랐어요. 지완 씨 말마따나 만나 보니까 정말 또라이 같네요."

용준이 뭐라고 핑계를 대며 계속 말을 했다.

"그만 나가 줘."

유미가 눈을 감은 채 말했다.

"기분이야 더럽겠지만……."

용준이 눈치 없이 계속 얘기하자 유미가 눈을 번쩍 뜨고 입을 앙다물며 말했다.

"그만 나가 달라 그런 말 안 들려?"

그제야 용준이 입을 다물고 물러났다. 좀 있으니 휴대폰이 울렸다. 지완이었다. 아마도 용준과 통화를 했을지 모른다. 유미는 전화를 받지 않았다. 지완에게 화가 났다기보다는 그냥 인간들이 다 싫었다. 전화를 안 받자 문자가 곧이어 들어왔다.

—유미야, 정말 미안해. 그 사람이 너한테까지 가서 그럴 줄은 몰랐어. 기분 나쁘겠지만 그냥 잊어버려. 오늘 밤 내가 술이나 사면 좋겠는데 연락 줘.

유미는 휴대폰 전원을 길게 눌러 꺼 버렸다. 그러고는 담배 한 대를 꺼내 물었다. 가슴속이 답답했다. 실타래처럼 엉켜 있는 이 인생을 어찌 풀어 가야 하나. 엉킨 실을 싹둑 잘라 내 버리고 새로 시작할 수는 없는 걸까. 미칠 수 있는 인규가 부럽다는 생각도 들었다. 유미는 연달아 담배를 두 개비나 피웠다. 가늘게 이어지는 실낱 같은 담배 연기가 마치 가슴속에 뭉친 털실 같은 응어리를 조금씩 풀어내고 있는 것 같았다.

이것은 외로움과는 또 다른 고통이다. 사람들 각자는 신으로부터 각각 어려운 인생 문제를 숙제로 부여 받고 태어나는 게 아닐까. 그 문제는 누구도 풀어 줄 수 없으며 정답은 오로지 신과 자신만이 알고 있는 것. 그런데 그 정답이란 것도 죽을 때나 되어야 알게 되는 것 아닐까.

유미는 홀로 블루문에 앉아 있었다. 그저 혼자 흠씬 취하고 싶었다. 눈에 띄는 칵테일을 되는 대로 여러 잔 시켜 마시며 취해 버렸다. 감미로운 재즈 선율이 흐르는 바에서 드디어 기분이 좀 가벼워졌다. 유미가 갑자기 생각난 듯 휴대폰을 열어 보았다. 지완과 박용준에게서 전화가 와 있었다.

유미가 지완의 번호를 눌렀다.

"유미니! 너 어디니?"

"어! 지완아. 나 혼자 술 마시고 있어."

"정말 미안해."

"뭐? 그거? 야! 그 까이꺼 괜안아!"

유미가 혀 꼬부라진 소리로 말했다.

"어머, 너 취했구나. 큰소리는……."

"굳세어라, 오유미! 이 오유미, 역전의 마담, 이 아니고 용사야. 하하……."

정말 술에 취했는지 깔깔 웃음이 자꾸 나왔다.

"나도 오늘 술이 무척 당겼어. 오늘 정말 취하고 싶어. 나랑 같이 마시면 어때? 너 있는 데로 갈게."

"그래? 좋아. 언니가 오늘 술김에 인생 한 수 가르쳐 주지. 인생 그까이 꺼, 별거 아냐. 여기 우리 집 앞에 있는 내 단골집 블루문이야."

"근데 유미야. 나도 기분도 그렇고 해서 1차 하고 있어. 오랜만에 용준 씨랑 만나서. 용준 씨가 네 걱정 많이 하고 있어."

"아이 씨, 너희들 뭐야? 오늘 오전에 입 맞추고 그랬다며? 입도 맞추고 배도 맞추고 다 해라, 씨이."

그때 갑자기 용준의 목소리가 전화기 저편에서 튀어나왔다.

"쌤, 취하셨네요. 저 귀염둥이 용준이에요. 기분 좀 좋아지신 거 같은데요? 지완 씨랑 함께 갈게요."

"나 오늘 정신 줄 놓을지 모른다. 네가 책임져라."

"옙! 금방 갈게요."

용준의 씩씩한 목소리가 들리는 것 같더니 어느새 지완과 함께 나타났다.

"뭐야? 날아왔냐?"

지완이 웃으며 말했다.

"사실 너한테 술 사 주고 싶어서 널 기다렸어. 우리도 너네 집 앞 삼겹살 집에서 소주 한잔하고 있었어."

"술 사 주고 싶긴. 네가 술이 잔뜩 고픈 얼굴이다. 야. 어디 술만 고프랴?"

유미가 윙크를 하며 장난스레 용준과 지완을 번갈아 보며 물었다.

"어우, 얘는!"

지완이 쑥스러운지 눈을 흘겼다.

"지완이 얘가 옛날부터 순진한 거 같아도 굉장한 광맥이 숨어 있는 애야. 개발하면 노다지야."

유미의 말에 용준이 끼어들었다.

"정말요?"

"그럼 제대로 안 파서 그렇지."

유미가 쿡쿡, 웃었다.

"어쨌거나 오늘은 모두 정신 줄 놓을 때까지 마시다. 유지완, 너 정신 줄 놓을 때까지 마신 적 없지?"

지완이 고개를 저었다.

"근데 나도 오늘 정말 아무 생각 없이 취하고 싶어. 그동안 쌓인 게 많아서 미칠 거 같았어."

"박용준은 어때?"

"저야 뭐 워낙 자주 그러니까. 그런데 쌤, 지완 씨, 두 분 괜찮으시겠어요? 왠지 오늘 살벌할 거 같은 예감이……."

유미가 지완이 시킨 양주를 잔마다 따르고 외쳤다.

"그래 봤자 스리 섬밖에 더 하겠냐? 자! 건배!"

유미와 지완은 술이 거나하게 취했다. 특히 지완이 오랜만에 자신을 풀어 놓은 채 퍼마셨다. 유미는 대취의 정점을 지나 버리자 오히려 술이 들어가도 취하지 않았다. 지완이 그동안 쌓인 게 많았던지 울었다 웃었다 하며 주사를 부렸다. 제 딴에는 세상에서 제일 믿는 베스트 프렌드 유미와 세상에서 자신을 제일 사랑하는 남자라고 믿는 용준 앞이라 긴장을 푼 탓이리라. 대신 용준은 술을 많이 마시지 않았다. 여자가 하나도 아니고 둘이나 대취하니 긴장한 듯했다.

"용준! 뭐야? 왜 이렇게 안 마시는 거야? 폭탄이나 돌리지 말고 마시라고, 이 폭탄아!"

지완이 술에 취해 소리를 질렀다.

용준이 곤란한 표정을 지었다.

"아이참, 술 취한 두 누님을 책임지고 보필해야 될 거 아닙니까."

"나, 너한테 불만 많아. 오늘 밤 가만 안 둘 거야. 쥐여 터질 줄 알아. 그래 우리 남편이 그렇게 무섭냐. 애 둘 딸린 그저 그런 아줌마 관심 없다고 했다며?"

지완이 용준에게 찍자를 부렸다. 용준이 억울하다는 표정으로 하소연했다.

"나 원 참! 기껏 그렇게 해 달라고 애원할 땐 언제고, 이래도 불만, 저래도 불만. 어쩌라고요!"

유미가 눈을 꿈쩍이며 말했다.

"용준 씨가 이해해. 애 많이 취했네."

지완이 용준의 목을 껴안고 어깨에 고개를 묻더니 곧바로 잠에 빠졌다.

"완전히 곯아떨어졌네요. 어쩌죠?"

"어쩌긴? 난 집으로 갈 거니까 둘이 알아서 해야지. 여기도 문 닫을 시간 다 됐는데."

"어휴, 쌤! 이 무거운 짐을 메고 어디로 가라는 거예요? 가까운 쌤 집에나 부려 놔야죠."

"그럼 짐만 부려 놓고 택배 기사는 가, 알았지?"

용준이 머뭇거리며 대답했다.

"예…… 알았어요."

용준이 지완을 업고 블루문을 나왔다. 유미의 집 안으로 들어가자 유미가 침실 문을 열어 주었다.

"침대에 눕혀 놓고 가."

용준이 지완을 침대에 눕히고 나가려 하자 갑자기 지완이 용준의 목을 끌어안았다.

"안 돼. 가지 마! 나 두고 가면 죽어. 내 곁에서 자, 알았지?"

지완이 용준을 놓치지 않겠다는 듯 용준을 부둥켜안았다. 어어, 하며 용준이 침대로 무너졌다. 유미는 조용히 침실 문을 닫고 거실로 나왔다.

"그만 자요! 많이 취했어요."

"가면 안 돼……."

두 사람의 목소리가 잠깐 들릴 뿐 아무 소리도 나지 않았다. 유미는 술에 취해 노곤한 몸을 소파에 뉘었다. 열기 있는 몸이 식을 줄 모르고 기분이 붕 뜬 게 쉽게 잠이 올 거 같지 않았다. 생각 같아서는 평소처럼 옷을 다 벗고 알몸으로 자고 싶었으나 그럴 수도 없었다. 그냥 답답한 채로 눈을 감고 억지로 잠을 청할 수밖에. 술을 많이 마셨지만, 몸이 풀어지기는커녕 온몸의 신경 줄이 곤두섰다. 술을 마시고 타이밍을 놓치면 이상하게 잠이 이렇게 오지 않는 경우가 있다. 오늘 낮의 일을 생각하니 가슴이 답답했다.

그때 침실 문이 열리고 누군가가 나오는 기척이 났다.

"잠이 안 와요?"

용준이었다.

"지완이는?"

"휴우, 겨우 잠들었어요."

"그래, 고생했어. 집에 가서 쉬어."

용준이 고개를 끄덕이다 갑자기 유미에게 고개를 숙여 입을 맞췄다. 유미가 고개를 흔들며 손가락을 입에 댔다.

"미쳤어?"

용준이 고개를 끄덕였다. 그리고 유미에게 조용히 하라는 손짓을 하더니 입술로 유미의 입을 막았다. 유미는 침실에 누운 지완이 깰까 봐 그의 완강한 키스에 저항도 못 하고 숨죽이며 키스를 받았다. 행여 작은 소리라도 날까 봐 조심스레 하는 키스는 한없이 부드러워졌다. 소리를 죽이고 슬로비디오로 움직이는 입술과 혀의 움직임…… 숨죽인 키스가 이렇게도 숨 막히게 감미로웠던가. 애간장을 태우다 못해 알코올에 전 온몸에 불길이 지펴지는 것 같았다. 용준의 몸도 불덩이 같았다. 꺽꺽 올라오려는 신음을 목이 아프도록 삼키며 두 사람은 숨을 죽여 가며 키스했다.

"잠깐요. 못 참겠어. 불 좀 끄고……."

용준이 떨어져 나가 전기 스위치를 찾으려 일어나서 거실 벽으로 갔다. 그때 지완이 침실 문을 벌컥 열고 나타났다.

"아, 용준 씨 갔나 하고…… 잠이 깼어. 둘이 뭐해?"

머쓱해진 유미와 용준이 동시에 말했다.

"잠이 안 와서 얘기나 하려고……."

"어디 술이 더 있나……."

유미가 일어나 냉장고 안의 맥주를 꺼내며 지완을 보고 물었다.

"그래, 우리 술이나 좀 더 하자. 너 괜찮은 거야? 술 많이 마셨는데……."

"잠깐 눈 붙이니까 괜찮아. 기분 알딸딸하고 좋아. 으음, 이래서 술을 마시는구나. 뭔가 내 안의 것들이 시원하게 빵! 터져 버릴 거 같은 아슬아슬한 간지러움과 기대가 생긴다. 여태 살면서 이런 기분은 처음이야. 나 이제부터 이렇게 살 거야."

지완이 헤실헤실 웃었다. 유미가 캔 맥주 하나를 건네며 지완을 부추겼다.

"그래, 빵빵 터져 봐. 팝콘처럼. 너 취해서 해롱대니까 되게 예뻐 보인다."

"정말? 이왕이면 섹시해 보인다고 해 줘. 근데 어떻게 해야 팝콘처럼 빵빵 터지는지 알아야지."

"팝콘? 기름 바르고 열 받으면 터지지."

원래부터 영근 씨 옥수수처럼 정조가 굳은 여자란 없다. 누구나 내압을 이기는 뜨거운 열을 받으면 자신도 모르게 딱딱한 옥수수 알갱이가 팝콘처럼 터질 수 있다. 지완도 그런 여자라는 걸 유미는 안다. 다만 그녀는 자신의 환경 때문에 조신하고 야무진 이미지 안에 자신을 가두고 억제하며 살았을 뿐이다. 그건 유미 또한 마찬가지다. 자신이 애초부터 특별히 헤픈 여자라고 생각해 본 적은 없다. 그녀에게도 정조가, 순정이 소중했던 적이 있지 않았던가.

"그런데요. 낮에 지완 씨 남편 말이에요. 무슨 억하심정으로 회사에 와서 쌤한테 그런 건지. 근데 막상 쌤이 나타나니까 깨갱 하는 꼴은 또 뭔지. 너무 웃겼어요."

용준이 아까 낮에 있었던 이야기를 꺼냈다.

"그러게…… 그 남자가 왜 유미 사무실에까지 가서 그 난리를 쳤는지…… 아유! 더 이상 그 얘기 하지 마."

지완이 고개를 흔들었다. 유미가 실실 웃으며 말을 꺼냈다.

"자신도 어찌할 수 없는 질투심에 휩싸여서 그랬을 거야."

"나한테?"

지완이 물었다. 유미가 고개를 저었다.

"아니, 나한테."

"질투심요? 자기 부인을 딴 남자에게 소개해 준 쌤에게 좀 섭하긴 했겠죠. 그래도 그렇지……."

용준이 끼어들었다. 유미가 지완을 보며 말했다.

"사실 네 남편 나한테 무척 꼬리 친 거 아니?"

"뭐?"

지완이 발끈했다.

"어머, 얘 좀 봐. 오만 정이 다 떨어졌다면서?"

유미가 깔깔거리며 웃었다.

"얘, 나한테 꼬리 치는 남자가 어디 한둘이니? 남자들은 자기 마누라 아니어도 자기가 좋아하는 여자가 다른 남자랑 뭐 어쨌다고 하면 수컷의 본능이 나온다고. 자기 영역이 침범당했다는 피해 의식에 사로잡히지. 떡 줄 년은 생각도 안 하는데…… 못 먹는 떡에도 질투를 한다니까."

지완이 갑자기 용준에게 말머리를 돌렸다.

"정말? 용준 씨도 그래?"

"어, 그런데 뭐랄까. 그게 또 서열 의식이 확실해요. 예를 들어 지완 씨 남편은 이미 기득권이 있는 사람이니까 제가 꼼짝 못 하죠. 그런데 만약 제 다음의 남자가 지완 씨를 건드린다 생각하면 열받죠."

"그런 데다가 마누라까지 자기를 버리려고 하니까 그 모든 질투심이 나한테 투사된 거야. 날 오래전부터 알았으니 어쩜 너와 동일시하는 건지도 모르지. 요즘따라 정신이 허약해졌으니 더 강박적이고 폭력적이 된 거야. 그 눈빛 보니까 정말 겁나더라. 앞으로 나에 대해 미친 헛소리를 지껄이고 나를 증오하게 될지도 몰라."

유미가 고개를 흔들며 말했다.

"미친개한테 물린 거죠. 미친개한테는 몽둥이밖엔 없는데. 걱정 마세요, 제가 있잖아요."

용준이 그 말을 하자 지완이 눈을 흘겼다.

"용준 씨가 뭔데?"

"어, 지완 씨. 미안……."

유미가 쿡, 웃으며 말했다.

"용준 씨? 내 애인."

"어? 쌤!"

용준이 지완의 눈치를 봤다.

"지완이가 그러는데 용준 씨가 내 애인이라던데? 박용준, 오늘 밤, 내 애인해라. 그것도 재밌겠다."

"헐!"

유미가 박용준을 쳐다보자 박용준은 얼굴이 벌게졌다. 좀 전엔 제가 먼저 몰래 달려들더니만. 유미는 아직도 박용준의 키스가 도발한 열기가 식지 않은 입술을 혀로 핥으며 용준을 바라보았다. 유미만이 느끼는 은밀한 그의 뜨거움이 용준의 눈빛에서 읽혔다. 지완만이 얼떨떨한 표정으로 멍하게 바라보았다. 유미가 말했다.

"지완아, 언제까지나 소유권을 주장할 수 없는 게 사람이야. 너 인규 씨가 평생 네 남편일 줄 알았잖아. 그런데 이제는 네가 인규 씨를 못 떼어 버려 안달이잖니. 세계적인 등산가가 그랬다잖아. 그냥 산이 거기 있기 때문에 올라간다고. 누구든 소유하려고 안달하지 마. 그럼 더 도망가. 그저 함께 있는 순간을 누려. 그 순간이 이어지면 평생이 되고 영원이 되는 거야. 영원한 사랑, 그런 건 미리 장담하고 맹세하는 거 아니야."

"그래? 그것도 재밌겠다. 오늘 밤, 너한테 용준 씨 애인으로 빌려줄게."

지완이 갑자기 대담하고 시원하게 선언했다. 당황한 건 오히려 박용준이었다.

"아니, 참! 지완 씨, 뭐예요?"

지완이 웃으며 말했다.

"용준 씨 싫으면 관둬. 용준 씨의 자유야. 그냥 오늘 밤, 세 사람이 즐겁게 지내자고."

"봐. 내가 말했잖아. 유지완은 알고 보면 대단한 광맥을 숨긴 여자라고."

유미가 용준의 얼굴을 끌어다 키스하며 말했다. 그러고 나서는 지완의 뺨에 키스하며 속삭였다.

"유지완, 너 멋지다."

지완도 그 말에 유미의 입술에 입을 맞추며 말했다.

"때로는 우정이 애정보다 강하지."

지완이 맥주 캔을 비우자 용준이 냉장고에 들어 있던 맥주를 다 꺼내 왔다. 그사이에 지완이 블라우스 단추를 풀고 있었다. 유미가 용준을 끌어당겨 아까 미진했던 키스를 다시 시작했다. 용준도 아까와는 달리 거침없이 키스를 퍼부었다. 이런 장면이 마치 저장되었다 재생되는 이미지처럼 유미의 머리에 떠올랐다. 유미는 오랜만에 생생한 피돌기를 느꼈다. 지완이 용준의 손을 가슴에 갖다 대자 용준이 지완의 젖가슴으로 입술을 옮겼다. 끓는 피 속에서 어떤 바이러스가 세 사람을 감염시키고 있는 것 같았다.

세 사람이 어느새 하나씩 옷을 벗고 있었다. 술에 취했는지 바이러스에 감염되었는지 어느 누구도 어색해하지 않고 자연스러운 스킨십이 이어졌다. 유미가 일어나서 DVD를 뒤져 포르노 동영상을 틀었다. 두 여자와 한 남자가 즐기고 있었다. 인규와 함께 보던 것이다.

"지완이 말이야. 당최 뭘 몰라서 재미가 없어. 지완이랑 자기랑 함께 저 비디오처럼 스리 섬 한번 하면 좋겠어. 이런 교육용 비디오로 여기 와서 연수 좀 받았으면 좋겠는데. 크크크……."

세상은 참 웃기는 자장면이다. 인규의 킥킥거리는 웃음소리가 당장이라도 들릴 듯하다. 그러나 지완은 놀랍게도 DVD의 여주인공보다 더 섹시한 몸놀림으로 유미를 놀라게 했다. 지완의 눈빛은 어느새 자신을 놓아 버린 듯 더 없이 초연하고도 뇌쇄적이었다. 저 여자가 지완이 맞나? 유미에게 늘 시샘하던 지완이었다. 어쩌면 박용준을 놓치고 싶지 않은 본능으로 지완은 유미 앞에서 더욱더 섹시해진 걸까? 아니면 저게 본래의 지완의 모습인가. 유미는 술이 깨는지 몹시 머리가 아파 왔다. 유미는 자연히 수동적이 되었다. 왠지 그러고 싶었다.

지완이 집요하게 용준을 애무했다. 용준은 유미에게 달려들어 유미의 깊은 산속 옹달샘에서 살짝 목만 축이다가 결국엔 지완의 샘에 올인하여 시추 작업을 하기 시작했다. 모든 기계가 풀가동이 되어 갱도의 탐사 작업을 완벽하게 수행하는 모습이었다. 유미는 두 사람을 보며 미소 지었다. 땀을 흘리며 시추 작업에 몰두하고 있는 두 사람에게서 유미는 살짝 빠져나왔다.

"나 술 좀 더 사 올게."

그렇게 두 사람에게 속삭였지만 두 사람이 들을 리 없었다. 유미 또한 들으라고 한 말이 아니었다. 두 사람은 탐사의 기쁨과 새로운 광맥의 발견으로 탄성을 내지르고 있었다. 유미는 겉옷을 걸치고 아파트 밖으로 나갔다. 낮의 포악했던 열기가 죽고 대신 제법 선선한 바람이 불었다. 하늘을 올려다보았다. 청남색 하늘엔 보름달이 휘영청, 떠 있었다. 어느새 흐느적흐느적 걷다 보니 차 앞에 이르렀다. 차 문을 열고 들어가 카 오디오를 켜고 시트를 젖혀 길게 누웠다. 무슨 곡인지 피아노 연주가 흘러나왔다. 차창으로 하늘의 달이 보였다. 달은 하늘에 뚫린 노란 구멍처럼 보였다. 그 아득한 구멍을 응시하다 유미는 어느새 서서히 잠으로 빠져들었다.

유미가 잠을 깬 것은 새벽 5시가 넘은 시각이었다. 밤의 일이 마치 꿈속처럼 모호하게 떠올랐다. 용준과 지완이 아직 아파트에 있을까? 술이 깨니 왠지 두 사람을 보는 게 좀 어색할 거 같았다. 그러나 피할 이유도 없지 않은가.

유미가 아파트로 들어가니 용준은 보이지 않고 지완이 거실 마룻바닥에 타월 하나만 걸친 채 누워 자고 있었다. 지완이 완전히 퍼져 버려서 용준이 목욕 타월을 지완의 몸에 덮어 주고 간 게 틀림없다. 유미가 소파에 앉아 지완의 자는 모습을 물끄러미 바라보았다. 지완은 골격이 크고 젖가슴이 유난히 풍만하게 발달했다. 스무 살 시절에 함께 수영장에 갔을 때 유미가 부러워했던 지완의 가슴이었다. 인규가 그 젖가슴 때문에 지완을 엄마라고 놀렸다는 걸 유미도 기억한다. 세월의 흐름과 중력의 법칙 때문에 지금 그 큰 가슴은 좀 처지긴 했지만 그래도 그곳에 얼굴을 묻고 싶다는 따스한 느낌을 주기에는 충분했다. 우정이 애정보다 강하다는 지완의 말이 떠올랐다. 지완은 인규와의 일을 알게 되면 우정의 이름으로 유미를 용서해 줄 것인가.

"으음…… 물 좀……."

지완이 괴로운지 몸을 뒤챘다. 유미가 냉장고에서 보리차를 꺼내 지완에게 건넸다. 지완이 눈을 뜨고 타월로 가슴을 가리더니 물을 받아 마셨다. 유미가 지완에게 물었다.

"괜찮니?"

"으음…… 목이 너무 마르다. 나 미쳤지, 어떻게 그렇게 술을 마셨나 몰라."

"용준 씨는?"

"몰라. 어떻게 잠들었는지 기억도 안 나."

"다른 건 기억나고?"

유미가 싱긋 웃으며 말했다.

"어머, 몰라!"

지완이 무릎에 얼굴을 묻으며 웃었다.

"너희들 언제부턴가 권태기인 것 같아서 내가 어제 자극 좀 했지. 화끈하던데? 좀 덥혀 주니까 그렇게 팝콘처럼 팡팡 터지더구먼."

"그래, 덕분에 여태까지 경험해 보지 못한 밤을 보낸 거 같다. 넌 그렇게 예열만 하고는 어딜 간 거야?"

"내가 누구니? 사실 박용준과 오랜만에 만나 다시 뜨거워지고 싶은 네 마음이 느껴져서 도와주고 싶었어. 그리고 술이 깨면서 머리가 너무 아팠어."

"그런데 나 색다르고 정말 좋았어. 후후……."

"얘가, 얘가! 중이 고기 맛 알면 어쩐다더니……."

"언니가 가끔 한 수씩 가르쳐 주라."

"늦게 배운 도둑질이 무섭다더니……."

"아니지. 늦게 배운 화냥질이지."

지완이 웃음을 터트리자 유미도 갑자기 웃음이 터져 나왔다. 두 사람은 뭐가 우스운지 한동안 웃음을 그칠 줄 몰랐다. 웃음이 그친 뒤에 유미가 말했다.

"너 정말 어제 섹시했어. 너한테 그런 모습이 있었나 하고 놀랐어. 사실 머리 아픈 것보다 내가 깨갱! 하며 나온 거야."

"정말?"

"그리고 박용준을 많이 사랑하는 거 같더라. 그게 네 몸짓에서 그대로 느껴졌어."

"그래, 내가 연애한 유일한 남자가 그 남자잖아. 그런데 네 말대로 나 이제 박용준도 자유롭게 놓아 주려고…… 내가 너무 집착했던 것도 같아. 그 남자가 누군가를 사랑한다면 놓아 주고 싶어. 이제 나도 자유롭게 살 거야."

"자유 부인 선언하시는 거야?"

"그래."

"우리 이번에 자유당 창당이나 할까?"

지완의 내숭은 낡은 내복처럼 벗어던져진 건가? 유미는 지완의 얼굴을 다시 보았다.

(3권에서 계속)

권지예

1960년 경북 경주에서 태어나 서울에서 자랐다. 이화여대에서 영문학을 전공했고 프랑스 파리7대학 동양학부에서 '한국 근대문학에 나타난 여주인공들의 섹슈얼리티를 통한 여성 상'을 주제로 박사학위를 받았다. 유학 중인 1997년 《라쁠륨》에 단편 「꿈꾸는 마리오네뜨」 를 발표하며 등단했다.

장편소설 『4월의 물고기』, 『붉은 비단보』, 『아름다운 지옥』과 소설집 『퍼즐』, 『꽃게무덤』, 『폭소』, 『꿈꾸는 마리오네뜨』가 있다. 그림소설집 『사랑하거나 미치거나』, 『서른일곱에 별 이 된 남자』와 산문집 『권지예의 빠리, 빠리, 빠리』, 『해피홀릭』 등이 있다.

2002년 「뱀장어 스튜」로 이상문학상을, 2005년 『꽃게무덤』으로 동인문학상을 수상했다.

유혹 2

권지예 장편소설

1판 1쇄 펴냄 2011년 7월 18일
1판 2쇄 펴냄 2012년 6월 22일

지은이 | 권지예
발행인 | 박근섭·박상준
편집인 | 장은수
펴낸곳 | (주)민음사

출판등록 | 1966. 5. 19. 제16-490호
주소 | 서울시 강남구 신사동 506번지 강남출판문화센터 5층 (135-887)
대표전화 | 515-2000 | 팩시밀리 | 515-2007
홈페이지 | www.minumsa.com

ISBN 978-89-374-8378-3 (04810)
ISBN 978-89-374-8376-9 (세트)